HEYNE HARDCORE

JENS WESTERBECK

AFTER SHOW PARTY

ROMAN

WILHELM HEYNE VERLAG
MÜNCHEN

Rechtlicher Hinweis:

Diese Buch ist ein Roman. Alles was darin steht, hat sich so nie ereignet, sondern ist erfunden und damit von der Kunstfreiheit geschützt. Insbesondere ist keine Zeitung vorstellbar, bei der derartiges passiert, und keine Redaktion und kein Chefredakteur, die sich so benehmen.

MIX
Papier aus verantwortungsvollen Quellen
FSC® C014496
FSC
www.fsc.org

Verlagsgruppe Random House FSC® N001967
Das für dieses Buch verwendete
FSC®-zertifizierte Papier *Super Snowbright*
liefert Hellefoss AS, Hokksund, Norwegen.

Redaktion: Hanka Jobke
Umschlaggestaltung: Nele Schütz Design, München
Satz: Schaber Datentechnik, Wels
Druck und Bindung: GGP Media GmbH, Pößneck
Printed in Germany

ISBN: 978-3-453-26966-8

www.heyne-hardcore.de

Für Bendix und Keegane

Vorwort

Eine gute Geschichte muss nicht unbedingt wahr sein. Die Wahrheit nervt. Sie ist so verbindlich. Die Lüge dagegen ist wundervoll. Sie erfüllt unsere Sehnsüchte. Sie befreit uns. Doch was ist wahr, und was ist gelogen? Darin liegt das eigentliche Problem: Zum Schluss müssen wir selbst entscheiden.

37 Arten von Kopfschmerzen

Oktober 2014. Manfred Dörner quält sich auf der Rückbank einer Berliner Taxe. Die offensichtlich defekten Stoßdämpfer lassen ihn nicht einschlafen, und eine unerträglich gut gelaunte Radiomoderatorin kündigt mit Tinnitus auslösender Stimme den jungen Sonntagmorgen an, auf den man sich mit ihr zusammen freuen soll.

Dörner freut sich nicht. Ihm steckt eine zwanzigstündige Sauftour in den nicht mehr ganz so jungen Knochen, und nur unter größter Mühe gelingt es ihm, nicht direkt in den Wagen zu kotzen. Zu allem Überfluss hängt ihm irgendein Kneipen-Aufriss im Arm, dessen primitiv rot gefärbte Haare den Geruch einer Nacht tragen, an die man sich nicht unbedingt erinnern will. Insbesondere dann nicht, wenn man auf dem Weg zur Arbeit ist.

Es gibt 37 Arten von Kopfschmerzen. Dörner hat sie heute alle.

Manfred Dörner ist Journalist beim BLATT. Das BLATT ist Deutschlands größte Tageszeitung und so ziemlich alles außer unabhängig und unparteilich. Die Nase ganz nah am Arsch des Lesers, mit großen Buchstaben und kurzen Texten ist das BLATT ein Anwalt des kleinen Mannes, den man sich für unter einen Euro in den Bauwagen holen kann. Manfred Dörner hat es dank seiner boulevardesken Intelligenz, aber vor allem durch noch mehr miese Tricks vom einfachen Reporter zum Klatsch-Experten gebracht. Entsprechend verlebt sieht er aus. Wenn das Leben bunte Geschichten schreibt, berichten Typen wie er davon in schwarzer Schrift neben Fotos, die entweder einen Paparazzi reich oder die Rechtsabteilung der Zeitung arm machen. Und so heißt Manfred in diesem Tauchbecken der Eitelkeiten einfach nur »Story«.

Story wühlt sich in seinem Job durch die Scheiße der Prominenz, die zuvor sorgfältig unter rote Teppiche gekehrt wurde.

Jetzt lehnt er seine Schläfe an die kühle Seitenscheibe des Taxis und erfährt kurzfristig so etwas wie Linderung. Der Bügel seiner Brille bedankt sich mit einem lauten »Knack« und entscheidet sich, zukünftig in zwei Hälften zu existieren. Das kann Story nach dieser Nacht aber auch nicht mehr aus den Socken hauen. Er schiebt sich die Reste der Brille auf die Stirn, während seine leeren Augen nach Ablenkung suchen. Passend zur Tristesse des Wetters fliegt am Straßenrand eine Ansammlung architektonischer Arschtritte aus den Siebzigerjahren vorbei, die in modischem Gelb und mit orange abgesetzten Balkonen ihren durchgehartzten Bewohnern suggerieren wollen, dass es schön sei, in ihnen zu leben. In den Randbezirken Berlins findet man mehr solcher Wohnarrangements als pinkfarbene Jogginghosen auf geklauten Rädern.

Story selbst wohnt im noblen Ritz-Carlton. So erzählt er es zumindest. In Wirklichkeit schläft er in seinem alten Saab-Cabrio, das lediglich in einer Seitenstraße vom Hotel parkt. Der Concierge des Ritz bekommt für ein paar Indiskretionen einen monatlichen Verrechnungscheck vom BLATT, und im Gegenzug darf Story frühmorgens die Waschräume des Spa benutzen. Lassen ihn die unbequemen Sitze seines Autos nicht ruhen, sucht er nachts den menschenleeren Pool auf, schwimmt ein paar Runden und genießt die unwirkliche Stille des Fünf-Sterne-Umfelds mit künstlichem Sternenhimmel. Lediglich das Absauggeräusch des Wasserüberlaufs kann ihn dann noch stören oder, wie kürzlich, ein verräterisches Kichern. So kam es inmitten dieser eigentlich traurigen Existenz zu einem Reporterglück, das am nächsten Tag mit HIER PLANSCHT DIE SCHÖNEMEYER MIT IHREM NEUEN LOVER! und einem verwackelten Handyfoto auf Seite eins landete.

Mit solchen Zufällen wurde Story beim BLATT zu dem Helden, der er immer sein wollte. Aber als Reporter ist man immer nur so gut wie seine letzte Geschichte. In Wahrheit ist Storys Leben dem eines Plattenbaus viel näher, als er je zugeben würde: Es begann vielversprechend und durchdacht, wurde im Lauf der Zeit aber ein Brennpunkt für familiäre Streitereien, falsche Freunde und finanzielle Probleme. Seine Frau hat ihn erst kürzlich vor die Tür gesetzt und unterbindet seitdem den Kontakt zum gemeinsamen Sohn, der in zwei Tagen vierzehn Jahre alt wird.

Story hat heute aber nicht nur eine durchzechte Nacht, sondern auch die Geschichte seines Lebens im Gepäck. Den absoluten *Scoop*. Es wird über Wochen nur noch ein Thema in den Medien geben, *sein* Thema. Ein Sexskandal, der sich gewaschen hat. Bizarrer als alles, was jemals in Deutschland gedruckt wurde.

Erschöpft wandert sein Blick zurück ins Taxi. Er atmet tief ein, um danach noch tiefer auszuatmen. Die aschfahle Haut, die eingefallenen Wangenknochen und sein Dreitagebart, der ungepflegter ist als die Droschke, in der er sitzt, ließen fast aufrichtiges Mitleid aufkommen – würde nicht genau jetzt seine unbekannte Begleitung anfangen, die Knöpfe seiner Jeans zu öffnen.

Der Wagen stoppt an einer roten Ampel. Es kreuzen sich relativ kompliziert zwei mehrspurige Ausfallstraßen und menschliche Bedürfnisse.

Story räuspert sich. »Würde es Ihnen was ausmachen, wenn die Kleine mir einen bläst?«

Der Fahrer dreht sich um und erschrickt fürchterlich.

Im Büro

Zur selben Zeit sitzt Franziska Steil an einem gläsernen Schreibtisch der Größe Helgolands. Ihr Vorstandsbüro befindet sich in der 35. Etage, auf 125 Metern Höhe im SMT am Potsdamer Platz. SMT steht für Steil Media Tower. Ihrem Vater, der den Bau Anfang 2000 in Auftrag gab, war es wichtig, dass sein Hochhaus das der benachbarten Deutschen Bahn sichtlich überragt. Das ist gelungen, denn der Bahn-Tower schafft es nur auf knapp 100 Meter Höhe. Die im SMT ansässige Steil Media AG verlegt regionale und überregionale Tageszeitungen, gibt Wochen- sowie Monatsmagazine heraus und betreibt mehrere Offsetdruckereien. Kernstück und Cashcow ist das BLATT. Franziska hat 60 Prozent der Anteile an der Aktiengesellschaft geerbt, nachdem ihre Eltern Ende März beim Heliskiing in Aspen, Colorado, ums Leben kamen.

Vor ihr steht ein Teller mit in Streifen geschnittener Rohkost und ein Glas lauwarmes Leitungswasser. Zu ihren

Füßen liegt Benno, ein Entlebucher Sennenhund. So früh ist Franziska immer im Büro. Insbesondere sonntags.

Für gewöhnlich liebt und nutzt sie die Ruhe, um an komplizierten Excel-Tabellen und aussagekräftigen PowerPoint-Präsentationen zu arbeiten. Zumindest erzählt sie das ihren engsten Mitarbeitern, die montags immer ganz verwundert sind, wenn die neuesten To-do-Listen schon vor Dienstbeginn auf die ans Intranet gekoppelten Blackberrys übertragen wurden. Wer kein Privatleben hat, kann sich diese Form, den Sonntag zu verbringen, problemlos schönreden. Franziska hat nur Benno, der ihr manchmal unterm Schreibtisch die Füße leckt. Das ist die einzige Nachlässigkeit, die sie sich gönnt: In ihrem Büro geht sie barfuß.

Heute aber nicht. Und heute ist es auch nicht ruhig. Heute sitzen ihr genau die Mitarbeiter gegenüber, welche sich sonst hinter vorgehaltener Hand über die sonntäglichen Einsätze ihrer jungen Chefin lustig machen, und hacken auf Zuruf Zahlen in ihre Laptops.

»Die Steil«, wie Franziska von allen genannt wird, verfolgt ihre Vision für die Zukunft der Media AG gnadenlos. Der Wandel zum digitalen Zeitalter, rückläufige Erlöse im Printbereich und kartellrechtliche Bedenken lasten schwerer auf dem Unternehmen, als es der imposante Tower in Berlins bester Lage vermuten lässt. In regelmäßigen Abständen ruft sie Sondersitzungen aus, in denen sich der gesamte Vorstand bei ihr versammelt und alles auf den Prüfstand gestellt wird, was das Überleben ihres

Imperiums gefährden könnte. »Gestalten statt Verwalten!«, lautet das Motto dieses Arbeitskreises, den die Steil dank ihrer absoluten Aktienmehrheit führt wie auch den Rest des Unternehmens: mit der Kompromissbereitschaft eines Einzelkindes. Eine Mittzwanzigerin mit der Macht von Europas größtem Medienunternehmen. Unberechenbar und erschreckend kaltschnäuzig.

Die Steil trägt einen schwarzen Hosenanzug mit schwarzem Body drunter und flache Schuhe, ebenfalls in Schwarz. Sie hat sich sehr zurückhaltend geschminkt und die blonden Haare zum Zopf gebunden. Neben einer unauffälligen Armbanduhr schmücken sie nur eine Perlenkette und die passenden Ohrstecker. Auf Parfüm hat sie wie immer verzichtet. Aus dem richtigen Winkel betrachtet, ist sie eine klassische Schönheit. Die blonden Haare, die leicht gebräunte Haut und die stilsichere Kleidung lassen hoffen. Doch wer genauer hinschaut, entdeckt einen leichten Bauchansatz, Schlupflider und nur mäusefäustchengroße Brüste. Wenn sie lacht, räumen die kurzen Zähne dem Zahnfleisch unästhetisch viel Platz ein. Als würde das nicht reichen, quälen eine zu hohe Stimme und infantile Gestiken ihre Umwelt zusätzlich.

Inmitten der Sitzung erreicht sie eine E-Mail von Carl Trabitz, dem Chefredakteur des BLATT. Sie überfliegt den Inhalt und lässt schlagartig von ihren Mitarbeitern ab. Geschockt dreht sie sich im Schreibtischstuhl Richtung Panoramafenster.

Die Wolken hängen tief über der Hauptstadt. Keine andere Stadt ist so hässlich, wenn die Sonne nicht scheint. Da hilft die Aussicht auf das Brandenburger Tor und den Reichstag auch nicht viel. In der gläsernen Kuppel des Parlaments herrscht noch gut ausgeleuchtete Ruhe, bald werden die ersten Besucher dort ihre Runden drehen. Der Autoverkehr ist übersichtlich, und die gelben Busse der BVG können ihre Spur ungestört befahren. Gefühlt müsste es jeden Moment anfangen zu regnen.

Die Steil bleibt regungslos, doch ihr Verstand arbeitet auf Hochtouren. Genauer drüber nachgedacht, könnte die brisante E-Mail ihr eine Möglichkeit eröffnen, auf die sie seit Wochen wartet. Sie darf jetzt keinen Fehler machen. Sie muss jetzt gestalten. Franziska Steils große Chance ist gekommen.

Hinter ihrem Rücken schaut sich die Versammlung von Führungskräften fragend an und gibt sich ihr Nichtwissen lautlos durch Achselzucken oder Kopfschütteln zu verstehen. Mit anhaltender Dauer wird die Situation grotesker. Es traut sich aber niemand zu fragen, wann und wie es weitergeht. Die ersten Manager fangen an, ihre Facebook-Seiten zu checken und die Essensbilder ihrer Freunde vom gestrigen Samstagabend mit »Gefällt mir« zu versehen. Selbst Benno ist irritiert und wechselt seine Position in dieselbe Blickrichtung wie Frauchen. Die hält noch einen kurzen Moment inne und verlässt dann wortlos ihr Büro. Er läuft ihr nicht nach, sondern schließt seine Augen und legt den Kopf auf die Vorderläufe. Mit dem Fallen der Tür ins Schloss bricht ein aufgeregtes Murmeln unter den Kollegen aus, die möglichst viel möglichst leise in möglichst kurzer Zeit besprechen wollen. Es erzeugt eine gewisse Tragik, wenn gestandene Männer in teuren Anzügen flüstern wie Schuljungens, deren Lehrerin mal kurz das Klassenzimmer verlassen hat, ohne zu sagen, wann sie wiederkommt.

Der erste Morgen eines neuen Lebens

Am anderen Ende der Stadt liegt John-Bob Corner in seinem Bett und starrt an die Decke. In wenigen Minuten müsste der Radiowecker anspringen. Corner widersteht dem Drang, in Richtung der rot schimmernden Ziffern zu gucken, und schließt die Augen. Besser macht es die Situation nicht. Wach, mit geschlossenen Augen, fühlt er sich wie in einem Sarg. Er öffnet sie wieder, und es dauert einen Moment, bis sich der Blick scharf stellt. Gedankenverloren betrachtet er die kunstvollen Stuckbordüren am Ende der vier Meter hohen Wände. Er bewohnt das ehemalige Privathaus des britischen Botschafters im noblen Berliner Vorort Grunewald. Die mondäne Villa wurde 1920 von einem namhaften Architekten errichtet und verteilt 700 Quadratmeter Wohnfläche auf 16 Räume im Haupthaus. Die Empfangshalle ist das unstrittige Schmuckstück des Anwesens und nimmt allein 150 Quadratmeter ein. Die Deckenhöhe beträgt dort sechs Meter. In einem Nebenhaus steht dem Personal wesentlich enger geschnittener Wohnraum zur Verfügung, und kürzlich erst wurden die Garagen erneuert, um der über die Jahrzehnte stetig wachsenden Fahrzeugbreite Rechnung zu tragen. Das parkähnliche Grundstück wird täglich von einem innungsgeprüften Gärtnerfachbetrieb gepflegt. Zum Wechsel der Jahreszeiten verlassen fünf Tonnen Herbstlaub die Anlage, und einmal jährlich werden die Vorfahrt und sämtliche Wege mit 650 Kilo frischem Weserkies aufgefüllt. Damit verlassen täglich knapp 1,8 Kilo der kleinen weißen Steine in Reifenprofilen, Schuhsohlen oder im Fangkorb eines Kantenschneiders diese hinter Mauern arrangierte Großkotzigkeit.

John-Bob ist Spross einer britischen Lordschaft südlich von London und kommentierte nach der Wiedervereinigung als Hauptstadtkorrespondent der BBC die deutsche Politik, gesellschaftliche Veränderungen und ihre wirtschaftlichen Auswirkungen auf die Eurozone im britischen Fernsehen. Irgendwann entdeckten ihn die deutschen Talkshowmacher, und er wurde hierzulande ein gefragter Gast, Experte und Publikumsliebling. Ob das nun an seinem schwungvollen Auftreten, dem lustigen Denglisch oder an der Presse lag, die ihn mit einer hofstaatähnlichen Berichterstattung auf den Thron der Deutungshoheit hob, sei dahingestellt. Das unstrittige Ergebnis ist, dass John-Bob Corner heute Abend um 21.45 Uhr das Talk-Flaggschiff des Ersten Deutschen Fernsehens übernehmen wird. Und wie es auch bei seinen Vorgängern üblich war, trägt die Sendung seinen Namen. Das heißt, nicht ganz, in seinem Fall sind es nur die Initialen. Mit ihm als Moderator gilt JBC als das größte TV-Experiment seit *Big Brother*. Wer jetzt was zu sagen hat, wer sich der Nation mitteilen will, über wen morgen jeder sprechen soll, der muss heute in seiner Talkshow sitzen. Es werden weit über zehn Millionen Zuschauer erwartet – und diese Zahl ist es auch, die Corner gerade nicht schlafen lässt. Er, ein Engländer, soll im Anschluss an den *Tatort* den kritischen Zuschauern in den deutschen Wohnzimmern die Welt erklären, ohne jemals zuvor eine eigene Fernsehsendung dieser Größenordnung moderiert zu haben. Man muss kein Prophet sein, um festzuhalten, dass man genauso gut einen talentierten Segelschüler fragen könnte, ob er die Queen Mary 2 im Hamburger Hafen einparken will.

Der Wecker will einfach nicht klingeln. Seinen Blick nicht von der Decke ablassend, tastet Corner das kirschholzfarbene Nachtschränkchen aus der Jahrhundertwende ab und findet schließlich den Schalter, um die elektrischen Vorhänge zu öffnen. Mit Eintreffen der schwachen Lichtstrahlen dreht er seinen Kopf Richtung Fenster. Aber auch in diesem Ambiente bleibt der Sonntagmorgen grau. Endlich springt die Digitalanzeige des Weckers von 7:59 auf 8:00, und das Radio schaltet sich ein. Corners Blick wandert zurück zur Decke. Nach einem Hit von gestern folgen sinnfreie Worthülsen derselben quietschenden Moderatorin, die bereits Story vor ein paar Minuten Kotze in den Kehlkopf getrieben hat.

JBC zu machen ist der Fehler seines Lebens. Dessen ist sich Corner bewusst – anders als die Verantwortlichen des Fernsehsenders, der Produktionsfirma und sämtliche Kritiker, die ihm das Format alle zutrauen beziehungsweise zutrauen wollen. Der Wunsch nach Veränderung im deutschen TV ist in dem Fall größer als die Fähigkeit des Moderators. Nach außen hin spielt Corner Gelassenheit, innerlich zerreißt es ihn, und er wünscht sich nichts sehnlicher, als die Premiere endlich hinter sich zu haben. Es geht heute Abend um nicht weniger als sein Leben. Fährt er die Show an die Wand, kann er sich ein Flugticket zurück nach London kaufen. Und zwar one-way.

Von diesen Sorgen nichts ahnend, liegt sein Lover tief schlafend neben ihm. Der Junge ist Blogger. Das ist in Berlin ein anderes Wort für arbeitslos. Die beiden haben sich erst kürzlich auf einer Podiumsdiskussion in der Humboldt-Universität kennengelernt. John-Bob streichelt ihm zärtlich über die Wange und steht auf. Mit jedem Schritt sinkt er tiefer in den Teppich des Schlafzimmers und wirkt dadurch noch kleiner, als er eh schon ist. Sein kugelrunder Bauch erreicht als Erstes das Badezimmer. Während er schwallartig ins Waschbecken pinkelt, richtet er sich die rotblonden Haare im Spiegel und erfreut sich des Anblicks. Wenn es nur darum ginge, sich selbst zu lieben, wäre er allen anderen Fernsehmoderatoren weit voraus. Erleichtert greift er nach dem über der Handtuchheizung hängenden Bademantel, und sofort stellt sich dieses angenehme Kindheitsgefühl ein, das er seiner Mutter zu verdanken hat. Allabendlich wärmte sie ihm die Schlafkleidung auf der Heizung vor. Er hat sich erlaubt, das System auf seinen Bademantel zu übertragen, da er mittlerweile lieber nackt schläft und sich so auf den Morgen freuen kann. Gleich besser gelaunt, macht er sich auf den Weg zurück ins Schlafzimmer, öffnet den Mantel und weckt den Blogger.

Halleluja

So etwas hat der Taxifahrer noch nicht gesehen. Und damit ist in dem Fall nicht die sprichwörtliche Schwanzlänge aller BLATT-Reporter gemeint, die mit dem ersten Satz Visitenkarten ausgehändigt wird, sondern die tatsächliche.

»Sofort raus. Beide!« Für Story und seine Begleiterin endet die Fahrt inmitten einer verlassenen Straßenkreuzung vor den Toren Berlins. Die Schlampe flucht und wirft dem fortfahrenden Taxi wütend einen ihrer Billig-High-Heels hinterher. Story knöpft sich derweil seine Hose zu und schaut sich nach der nächstbesten Gelegenheit um, es doch noch pünktlich in die Redaktion zu schaffen. Dabei fällt ihm die bedingte Tageslichttauglichkeit seiner Begleitung auf. Er hat sie in einer dieser Genickschussbars kennengelernt, da, wo sich samstags die Asis ihr mit Zahnlücken versehenes Leben schönsaufen. Oder einfach nur das Spielergebnis der Hertha.

Aber wie soll er sie jetzt loswerden?

Ein herannahender Bus der Linie M9 rettet Story. Mit beiden Schuhen an den Füßen erreicht er, im Gegensatz zu ihr, die auf der anderen Straßenseite befindliche Haltestelle noch rechtzeitig und quetscht sich im letzten Moment durch die sich unter ohrenbetäubendem Zischen schließende Tür. Der zweite Billig-High-Heel kracht scheppernd an die Heckscheibe des anfahrenden Busses, und das Letzte, was er sieht, bevor der Bus um die nächste Ecke biegt, ist eine barfuß dastehende Endvierzigerin, die sich den Rock hochzieht und wild gestikulierend auf ihren Schritt zeigt. Das soll wohl bedeuten, dass er sie mal lecken kann, was ja auch fast passiert wäre, wäre sie doch nur etwas hübscher gewesen.

Story verbringt jeden seiner Samstage so: lange schlafen, dann in eine Kneipe und später was zum Vögeln suchen. Das ist der Dreikampf, den jeder Journalist beherrschen muss, wenn er für eine sechsmal die Woche erscheinende Zeitung arbeitet. Samstag ist der einzige freie Tag. Am Sonntag wird bereits die Ausgabe für Montag erstellt, und da sich im Zwang dieser Freizeitgestaltung alle Kollegen einer samstäglichen Druckbetankung unterziehen, beinhaltet die Montagsausgabe gemeinhin selten eine euphorische Berichterstattung. Da wird dann gern mal aus der nicht mehr ganz so jungen Schauspielerin eine alternde Ex-Darstellerin oder aus dem nicht mehr ganz so erfolgreichen Schlagerstar ein Ex-Hitgarant. Alles unter dem Eindruck hämmernder Kopfschmerzen,

Sodbrennens und einer verkorksten Verdauung der Redakteure. Die Sonntage sind wahrlich keine gute Zeit für Prominente beim BLATT.

In einer halben Stunde beginnt die Frühkonferenz. Story muss laut lachen. So elend er sich auch fühlt, die letzten paar Minuten waren ganz nach seinem Geschmack. Rechtzeitig schaffen wird er es zwar nicht mehr, aber das Gesicht zu seinem Samstag, ohne Schuhe und mit hochgezogenem Rock, aus einem wegfahrenden Bus zu beobachten – halleluja!

In solchen Momenten erfährt man viel von ihm. Wie er funktioniert, was ihn treibt und vor allem was ihn überhaupt noch glücklich machen kann. Leider nicht viel weniger als die totale Eskalation. Die Jahre beim BLATT haben Story abstumpfen lassen. Emotional bewegt er sich auf dem Niveau eines Fünfjährigen, der freudig erregt Libellen die Flügel ausreißt. Zur Empathie nicht mehr fähig, dem Zynismus frönend und der Schadenfreude zugeneigt, führt er das Leben eines Einzelgängers, dessen berufliches Interesse es aber sein muss, möglichst viele Leser anzusprechen. Das ist sein Schicksal.

Die Frühkonferenz ist ein großer Trichter, in den zu diesem Zeitpunkt eine Handvoll Boulevardjournalisten scheißen, um am Ende mit ihrer Geschichte in der Zeitung des nächsten Tages zu landen. Die Frühkonferenz ist ein erster Stimmungstest. Was haben die Kollegen im Angebot, wer arbeitet an derselben Nummer, und wer hat gar nichts? Eine durchaus unangenehme Situation, wenn man da so sitzt und zugeben muss, dass man keinen neuen Tratsch auftreiben konnte. Krankheit, Trennung, Sex – das ist der Stoff, von dem das BLATT abhängig ist. Im Idealfall mit halbprominentem Hintergrund. Soapdarsteller, Dschungelbewohner und Castingteilnehmer sind das perfekte Kanonenfutter, um Schlagzeilen am Himmel der Bedeutungslosigkeit zu produzieren. Tag für Tag, Woche für Woche, Jahr für Jahr. Es hört niemals auf. Eine Industrie, die öffentliches Leben herstellt, dessen einzige Existenzberechtigung der mediale Vollwaschgang ist, um danach in hohem Bogen auf den harten Bordstein des Boulevards ausgekotzt zu werden. Mit harten Bandagen, aberwitzigen Methoden und ohne Skrupel.

Story kommt noch aus einer anderen Zeit. Damals gab es eine überschaubare Anzahl A-Prominenter, die sich drei Fernsehsender und eine Plattenfirma teilten. Man konnte im Radio noch Karrieren beginnen und nicht beenden, der Umgang war ein anderer, ja, fast respektvoll. Deswegen waren die Geschichten nicht weniger schlecht, auch nicht weniger harmlos, sie waren in erster Linie berechenbarer. Es gab keine zweite Ebene. Heute verbreitet und deutet jeder Leser übers Internet mit. Es ist ein digitaler Pranger entstanden, der sich nicht kontrollieren lässt. In Storys Welt helfen noch Kohletabletten gegen einen Shitstorm, Online-Petitionen hießen früher Leserbriefe, und die Selbstdarstellung einiger Prominenter auf ihren Twitter-Profilen erledigte man seinerzeit mit Homestorys. Es hat sich einiges geändert. Das Rennen um die beste Geschichte ist härter geworden, schneller. Die Säue werden kleiner und die Dörfer immer größer. Heutzutage muss er mit einer nur halb so alten Ressortleiterin diskutieren, ob es denn nun eine Meldung sei, dass die Viertplatzierte der dritten Staffel DSDS ihren Führerschein verloren hat oder die Drittplatzierte der vierten Staffel GNTM tatsächlich an Magersucht erkrankt ist.

An diesem Morgen aber soll alles so werden, wie es früher einmal war. Story steht schon seit Mitternacht mit Chefredakteur Trabitz in Kontakt und hat freie Hand, was die Umsetzung seiner Geschichte betrifft. Normalerweise müsste er sich heute gar nicht in die Niederungen der Frühkonferenz begeben. Heute hat er pures Gold dabei. Giftiger, als alle Schränke beim BLATT je waren. Chefsache! Es soll seine große Stunde werden. Seine Show. Nach langer Zeit mal wieder.

Mittlerweile passiert der Bus den Potsdamer Platz, und Story guckt an den Hochhäusern vorbei, in den wolkenverhangenen Himmel. Nur die oberste Etage des Steil Media Towers ist hell erleuchtet. »Da sitzt sie also …«, murmelt er noch, bevor sich die Häuserschlucht zu einer erdrückenden Kulisse zusammenfügt, so als säße ihm buchstäblich die gesamte Hauptstadt im Nacken. Die Leipziger Straße führt von hier aus weiter Richtung Osten bis zum Spittelmarkt, auf dessen Terrassenbauten eine tennisplatzgroße Coca-Cola-Lichtreklame die Benutzer der insgesamt acht Fahrspuren begrüßt. Auf dieser Höhe muss er aussteigen, um dann, dem alten Mauerverlauf folgend, das Verlagsgebäude zu erreichen.

Die Redaktionsräume des BLATT befinden sich in einem mehrstöckigen Zweckbau aus den frühen Siebzigerjahren, der im Rahmen von Modernisierungsmaßnahmen zur Jahrtausendwende um ein tageslichtdurchflutetes Foyer ergänzt wurde. Insgesamt arbeiten an einem Sonntag hier fast dreihundert Menschen mit dem bereits beschriebenen Frustrationshintergrund. Der Zugang ist streng reglementiert. Mitarbeiter weisen sich mit ihren Hausausweisen beim Wachdienst aus und betreten das Gebäude durch zweiflüglige Schleusen, die sich erst hinter ihnen schließen, bevor sie sich vorne wieder öffnen. Die Schleuse darf immer nur von einer Person gleichzeitig betreten werden. Insgesamt gibt es sechs solcher Zugangskontrollen, um den morgendlichen Andrang zu bewältigen. Besucher müssen einen Metallscanner passieren, ihr Gepäck wird wie am Flughafen geröntgt, und während der Besuchsdauer behält man ihren Personalausweis ein. Dieses Prozedere dient nicht nur der Sicherheit, sondern soll in erster Linie einschüchtern. Die Macht des BLATT ist allgegenwärtig. Niemand darf sich zu wohl fühlen. Nicht einmal die eigenen Leute.

Story ist das nicht nur heute egal. Ohne auf die militärisch angespannte Stimmung im Foyer Rücksicht zu nehmen, grüßt er den Betriebswachschutz übertrieben freundlich. Erwartungsgemäß ohne eine Antwort zu bekommen, betritt er mit einem »Ihr mich auch« die Schleuse und lässt ordentlich einen fahren. In der Hoffnung, dass sich die vordere Tür schnell öffnet, hält er die Luft an und kann sich vor Lachen kaum halten.

Eine Kollegin mit frisch gewaschenen Haaren, die direkt nach ihm in der Schleuse steckt, ist kurz davor, in die Handtasche zu reihern, während Story schon am Fahrstuhl steht und auf einen Haufen Zeitungen blickt, die dort hüfthoch gestapelt sind. Die Samstagsausgabe des BLATT titelte mit: HERR MINISTER, WIE LANGE KÖNNEN WIR UNS DEN EURO NOCH LEISTEN?

Der »Herr Minister« ist der Finanzminister Julius Knetter von der SPD. Das entbehrt nicht einer gewissen Komik, denn als genau dieser Minister nicht nur sein Amt, sondern auch zu einem Besuch beim BLATT antrat, fuhr Story seinerzeit zufälligerweise im gleichen Fahrstuhl mit ihm in die Etage der Chefredaktion nach oben. Heute findet er ihn am Fuße desselbigen wieder. Erst hoch, dann wieder runter. Dafür ist das BLATT bekannt.

Das Verlagshaus ist über die einzelnen Stockwerke hierarchisch aufgebaut. Unten tummeln sich vornehmlich

Frauen in »Ratgeber«-Ressorts. Was mit Witzen, Horoskopen und dem TV-Programm anfing, nimmt seit Jahren einen niemals für möglich gehaltenen Platz in der Zeitung ein. Ärzte-Ratgeber, Rückenschulen, Diäten – eigentlich nichts, was man in den Gelben Seiten nicht auch finden würde, aber dank moderner Computergrafiken und erklärender Worte für den grenzdebilen Leser nimmt dieser Lobbyjournalismus einen immer größeren Stellenwert ein. Unnötig zu erwähnen, dass Story diese »Linksdrehenden-Joghurt-Redakteusen« verachtet, genauer gesagt ignoriert er sie nicht einmal. Dann folgen die Räume der Wirtschaftsredaktion, geschenkt, »Politik«, sehr gut informiert, »Sport«, noch besser informiert, und schließlich, auf der vorletzten Etage, die DNA des BLATT – Storys Abteilung, die Krone der Schöpfung, die Höhle des Löwen: die »Unterhaltung«. Auch »Show« genannt. Extra breite Gänge sorgen dafür, dass sich die straußeneiergroßen Egos aus dem Weg gehen können, und auf der Toilette hängt ein Zentimetermaß aus, sodass Schwanzvergleiche gleich an Ort und Stelle durchgeführt werden können. Über der Unterhaltung befindet sich nur noch die Chefredaktion und der sogenannte Balken, ein geschäftiger Arbeitsplatz mit unzähligen Computern in Reihe, an denen die Zeitung final »gemacht« wird.

Obwohl es Story nicht besonders interessiert, wie er auf andere Menschen im Verlag wirkt, kann er dem Spiegel im Fahrstuhl nicht widerstehen und richtet seine Kleidung vom Kneipenmodus zurück auf Job. Mit anderen Worten: Er schließt einen Hemdknopf mehr und schoppt die Ärmel der Lederjacke Richtung Handgelenk zurück. Das muss reichen. In letzter Sekunde überlegt er noch, sich die Zähne mit dem Zeigefinger zu putzen, bricht den Versuch aber sofort ab, als er merkt, wie eklig dieser nach kaltem Nikotin schmeckt. Er selbst riecht wie ein übervoller Aschenbecher, der mit Weinbrand-Cola abgelöscht wurde.

Der Fahrstuhl erreicht die achte Etage. Wie auf allen anderen Etagen auch, befindet sich hier ein Großraumbüro. Das heißt vierzig Meter Sicht in die Tiefe und zwanzig in die Breite. Das Auge bleibt lediglich an ein paar Pfeilern hängen, die den Stand der Statik zum Zeitpunkt der Errichtung widerspiegeln. Die Schreibtische sind zur Hälfte besetzt, und in Leuchtbahnen verlegtes Neonlicht verrät gnadenlos, welchem der Köpfe eine Halbglatze droht. Draußen ist es nach wie vor waschküchengrau. Trotz sehr großer Fenster gibt es keinen Ausblick, da ringsherum ebenso hohe Gebäude stehen.

Am Ende des Großraums gibt es zwei Glaskästen. Links waltet die Ressortleiterin, und rechts ist ein Konferenztisch installiert. Es herrscht keine Kleiderordnung. Die ältere Generation trägt vorwiegend gedeckte Anzüge, allerdings ohne Krawatte, die mittlere kombiniert sportliche Sakkos mit Jeanshosen, und die jungen Wilden kommen hornbebrillt im urbanen Berlin-Mitte-Style. Story mixt das alles, seit Jahren. Er ist so etwas wie das letzte Kassettendeck der Redaktion. Je nach Betrachtungsweise strahlt er Retrocharme aus oder gilt als hoffnungslos veraltet. Dabei bleibt er stets berechenbar. Ist es warm, kommt er mit einem kurzärmligen Hemd. Ist es kalt, trägt er die Jacke auch im Büro. Scheint die Sonne, trägt er eine Brille. Liegt Schnee, pinkelt er rein.

Neue City West

Geografisch nicht weit weg, vom Verständnis, wie eine Zeitung gemacht wird, aber Lichtjahre entfernt, verstummt das Tuscheln schlagartig, als die Steil wieder ins Büro tritt. Zwölf Augenpaare gucken sie fragend an. Benno erhebt sich schwanzwedelnd und bellt. Doch anstatt ihre Abwesenheit zu erklären, nimmt sie seine Leine und ihren Mantel von der Garderobe, lässt sich Laptop und Handtasche bringen und verabschiedet ihre Leute mit dem Hinweis, dass man bitte weiter an der Strategie arbeiten solle, sie werde später wieder dazukommen.

Es ist ihr vollkommen egal, ob ihre Anweisung befolgt wird und die Ansammlung von Idioten weiterhin ihre eigene Unfähigkeit in die Computer hackt. Diese Führungsetage ist ein Relikt aus der Zeit ihres Vaters, der dachte, es sei revolutionär, Menschen mit Facebook-Profilen in den Vorstand zu berufen. Die Steil plant auf

Dauer den Austausch des kompletten Vorstandes. Facebook-Profile sind ihr zu 2010, die nächste Generation von Führungskräften trifft sich in den Quellcodes frei programmierbarer Betriebssysteme im Bereich des Mobile Computing und spricht verhandlungssicher Chinesisch. Es ist ihr bereits gelungen, drei solcher Hyper Potentials zu rekrutieren. Der Älteste ist neunzehn Jahre alt und lutscht öffentlich am Daumen. Der Jüngste ist ein verhaltensauffälliger Zwangsonanierer. Angeblich aber nicht in der Öffentlichkeit. Der Mittlere läuft bis auf die üblichen ADS-Erscheinungen und Ritalindepots in der Kieferhöhle unter Normal. Sie kommen aus allen Teilen der Welt. Die Steil verspricht sich von der extremen Verjüngung des Vorstands und dem Abbau des alten ein fünfzehnprozentiges Kursplus innerhalb der nächsten drei Monate auf ihre Aktien. Das soll jedoch nur der Anfang sein. Im nächsten Quartalsbericht, gleich zu Beginn der Berichtsaison, wird sie eine Restrukturierung des Konzernportfolios ankündigen. Als Erstes werden vier regionale Tageszeitungen geschlossen, die seit Jahren Verluste einfahren. Eine überregionale Wirtschaftszeitung wird komplett auf digital umgestellt werden, sodass man deren Inhalte nur noch kostenpflichtig im Internet oder als E-Paper im Abo auf entsprechenden Lesegeräten konsumieren kann. Damit einhergehend wird die alte Offsetdruckerei am Standort der früheren Firmenzentrale dichtgemacht. Auf dieser Druckerei baute ihr Vater das Imperium einst auf, seiner Tochter ist sie nur noch ein Klotz am Bein.

Traditionen und Emotionen sind ihr gänzlich fremd. Auch alle Wochen- oder Monatspublikationen werden einer strengen Revision unterzogen. Sollte sich daraus nicht mindestens eine Umsatzrentabilität von 12,5 Prozent binnen Zweijahresfrist ergeben, erfolgt die sofortige Schließung. Ausgenommen davon sind nur Auto- und Motorradmagazine. Ein seit Langem Ärger bereitender Buchverlag wird der ehemaligen Eigentümerfamilie zum Rückkauf angeboten. Die daraus entstehenden Verluste wurden bereits zurückgestellt und beeinträchtigen das Ergebnis nicht mehr sonderlich. Mittels einer Kapitalerhöhung soll frisches Geld für eine noch nie da gewesene Expansion im E-Commerce eingetrieben werden: Dating, Search, Bet, Social & Sex – von jedem Typus wird es im Konzern binnen Jahresfrist mindestens drei Mehrheitsbeteiligungen und eine selbst betriebene Seite geben. Der absolute Coup aber ist ein sich selbst befruchtendes Werbesystem, das als erstes funktionierendes Perpetuum mobile die Branche auf den Kopf stellen soll. Jede Publikation, ob digital oder analog, bewirbt nur noch Produkte aus dem Reich der Steil Media AG. Bezahlt wird intern mit Vorzugsaktien, die die jeweiligen Proficenter dann bei Bankhäusern beleihen und so zu Bargeld machen. Im Klartext: An jeder Zeitung, an jedem Magazin, an jedem E-Paper, an jedem Datingportal, an jedem Wettanbieter und an jedem Internethändler, der für Steil-Produkte wirbt, ist Steil Media entweder mehrheitlich beteiligt oder betreibt ihn selbst. Externe Umsatzerlöse, wie sie zum Beispiel durch Dritte an Kiosken oder im Internet erzielt werden, dienen nur noch dazu, sie direkt an die Muttergesellschaft abzuführen, die dann den Banken die Aktien im Paket und damit auch zu niedrigeren Kursen abkauft. Mit Journalismus hat das nicht mehr viel zu tun, aber es rechnet sich.

Der Steil fehlt einzig und allein noch die Unbedenklichkeitsbescheinigung aus dem Finanzministerium. Sie ist das letzte Puzzlestück. Dann hätte sie in einer unglaublichen Aktion ihr Erbe fit für die Zukunft gemacht und als erste Frau einen Medienkonzern so signifikant umgebaut, dass ihr ein Platz in den Geschichtsbüchern sicher wäre. Sie steht ganz kurz vorm letzten Schritt.

Benno interessieren Frauchens Pläne nicht. Er hockt auf der winzigen Grünfläche vorm Eingang des Towers und kackt. Im Hintergrund steht eine Langversion der Mercedes S-Klasse in Schwarz, und ein uniformierter Chauffeur mit weißen Handschuhen hält die Tür zum Fond auf. Nach Vollrichtung seines Geschäfts steigen Benno und die Steil ein. Vor der Abfahrt entfernt der Fahrer mittels einer Plastiktüte den Haufen. Dabei wird er von seiner Chefin kritisch beobachtet. Der Gedanke daran, dass Hundekot an die weißen Handschuhe kommen könnte, lässt sie schaudern.

Die Limousine beschleunigt mit Vollgas durch die halbovale Ausfahrt Richtung Straße des 17. Juni. Die Chefin mag es, wenn sich ihr Wagen wie in einem Sondereinsatz der Polizei bewegt. Anfahren mit quietschenden Reifen, das Schneiden von Kurven und dichtes Auffahren sind genau nach ihrem Geschmack. Benno schließt die Augen. Neben Autos sind Hunde ihre zweite große Leidenschaft. Mit ihm teilt sie einfach alles. Er darf neben ihr im Auto sitzen, in ihrem Bett schlafen, und beim Fitnesstraining teilen sie sich ein Laufband. Nur eine Sache ist ihr Benno gegenüber peinlich: Er darf nicht sehen, wie sie auf der Toilette sitzt. Das Bad ist für ihn tabu.

Die Steil befiehlt ihrem Chauffeur, sie direkt zu dem dicken Engländer zu bringen, der heute Abend diese neue Talkshow moderiert. Als der nicht sofort weiß, wo Corner genau wohnt, erkundigt sich die Chefin, ob seine Erstqualifikation das Wegmachen von Hundescheiße oder das Chauffieren der Vorstandsvorsitzenden von Deutschlands erfolgreichster Medien-AG sei. Hektisch versucht der Fahrer, unter Beobachtung aus dem Fond, die Adresse im Navigationssystem zu finden, und verlangsamt dabei ungewollt die Fahrt. Diese männliche Schwäche, zwei Dinge auf einmal nicht gleich gut zu machen, bringt ihm weitere Kritik ein. Schließlich müssen das Lufthansa-Piloten bereits im Eignungstest können. In der nächsten Kurve müssen wieder die Reifen quietschen, sonst kann er ab Montag S-Bahn fahren. Der arme Kerl hat in dem Moment die gesamte Medienmacht der Hauptstadt im Kreuz. Und einen Entlebucher Sennenhund.

Zufrieden guckt die Steil die Siegessäule hoch. Ihr Chauffeur nimmt den Kreisverkehr zügig, und die Reifen quietschen unter der Last der schweren Limousine auf. Die Adresse ist gefunden, und der Fahrer fühlt sich seines Jobs wieder sicherer. Auf besonderen Wunsch wählt er die Route über Hofjägerallee und Ku'damm, da sich Franziska im Vorbeifahren das am Bahnhof Zoo neu eröffnete Waldorf Astoria anschauen möchte. Berlin hat die höchste Fünf-Sterne-Hotel-Dichte Europas. Internationale Namen wie The Regent, Rocco Forte oder Hyatt stehen für Gastlichkeit auf höchstem Niveau. Das geht aber genau in dem Moment schief, wenn örtliches Personal eingestellt wird. Dann landet man automatisch wieder bei einem Stern. Berliner sind mit latenter Körperspannung versehene Vollversager. Das ist das Drama der Hauptstadt. Dicke Fresse, aber nichts dahinter.

Das in den Köpfen bundesweit immer noch unter »Drogen« abgelegte Viertel am Bahnhof Zoo wird aktuell einer Rosskur unterzogen, die weitreichende Veränderungen mit sich bringen soll. So versprechen es sich zumindest die Stadtplaner der City West. Zeitgleich mit der Errichtung des imposanten neuen 5-Sterne-Hotels wurde das Bikini-Gebäude kernsaniert und damit rund um die Gedächtniskirche ein Bild wiederhergestellt, welches ursprünglich für das Westberlin von Eberhard Diepgen stand: Männer mit goldenen Brillen, deren Gläser blau verliefen, stiegen aus Limousinen und trafen sich in samtbehangenen Hinterzimmern. Es waren genau diese angenehm korrupten Hinterzimmer, in denen Franziskas Vater die Steil Media AG zu dem machte, was sie heute ist. Vormittags besuchte man das KaDeWe, nachmittags den Zoo, und abends bat Dieter Thomas Heck seine Schlagerfuzzis an die Bar des Schweizer Hofs zum Komasaufen. Komischerweise findet die junge Generation diese Örtlichkeiten wieder hipp, fotografiert sie in Instagram-Optik und imitiert so ihre Videokamera schwenkenden Eltern.

Befeuert durch Geld von zweifelhafter Herkunft, etabliert sich hier, ungeachtet des vollkommen überschuldeten Stadthaushalts, wieder eine Mischpoke aus Luxusboutiquen, repräsentativen Stadtwohnungen und Ballhäusern – ein Kosmos, zu dem immer weniger Leute Zugang finden. Nicht nur materiell, sondern in erster Linie vom Verständnis. Aber so war es schon immer in Berlin. Alles war schon mal da, alles war schon mal weg. Adlon, Stadtschloss, Ku'damm – gekommen, um zu gehen; wiedergekommen, um zu nerven. Wen interessieren heute noch die ehemaligen Toplocations in der Friedrichstraße oder am Gendarmenmarkt? Ist es die schiere Größe der Stadt, oder die schiere Unfähigkeit ihrer Bewohner, den *Place to be* länger als die Debatte darüber aufrechtzuerhalten? Düsseldorfs Königsallee, Münchens Maximilianstraße und Hamburgs Neuer Wall strahlen seit Jahrzehnten gleich hell, während man in Berlin mit Taschenlampen bewaffnet den Hotspot ausruft. Hält das wach, oder macht es müde? Manche sagen, man müsse die Teilung und die besondere Belastung als Hauptstadt berücksichtigen. Aber die Mauer ist mittlerweile fast genauso lange weg, wie sie stand, und Hauptstadt zu sein ist eigentlich kein Nimbus. Es sei denn, man versucht die ganze Zeit, eine Sushikultur zwischen Japan und Neukölln auszurufen, den Prenzlberger Kinderwagenslalom zu hypen oder Charlottenburg bürgerlicher zu etablieren, als es die Bürger in Wirklichkeit sind.

Der Steil sind solche Überlegungen vollkommen egal. So wie ihr fast alles egal ist, was nicht direkt mit ihr zu tun hat. Selbst ihre Eltern waren ihr egal, obwohl sie denen ja wenigstens für ihre Zeugung hätte dankbar sein können. War sie aber nicht. Sie verzieh ihrem Vater nicht die vererbte Stoffwechselschwäche und ihrer Mutter nicht die Entscheidung, sie in ein Internat zu stecken. Vom Unfalltod der beiden erfuhr sie wie alle anderen auch durch +++breaking news+++ im Internet. Und das nicht einmal auf einer Seite der Steil Media AG, sondern beim Wettbewerber aus München. Dies und der Umstand, dass ihre Aktien seit dem Tod des Verlegers über 30 Prozent verloren, verhindern eine Versöhnung auch posthum.

Eigentlich verwirkt die Höhe des Erbes ihr das Recht darauf, unglücklich zu sein. Franziska ist aktuell immer noch über drei Milliarden Euro reich. Trotzdem betrachtet sie die Summe als letzte Gemeinheit der Eltern ihr gegenüber. Dieser Hass auf die eigene Abstammung lässt sie in geschäftlichen Fragen für Außenstehende unberechenbar erscheinen, obwohl sie offensichtlich nur ein Ziel verfolgt: ihr eigenes. Und genau aus diesem Grund ist sie auf dem Weg zu John-Bob Corner.

Der Anruf

Weiter im Westen Berlins ist man anderen Sorgen näher als Club-Cola dem Szenetod. John-Bob Corner kriegt irgendwie keinen hoch. Von seiner Homosexualität wissen nicht viele Leute. Er versteckt sie nicht explizit, posaunt sie aber auch nicht raus. Es ist ein offenes Geheimnis, dem er sich wohl oder übel irgendwann mal stellen muss, zumal er ab heute Abend eine äußerst prominente Position innehaben wird. Eigentlich bedarf es in der modernen Zeit keiner medienträchtigen Outings mehr, aber als Moderator einer Fernsehinstitution werden für ihn andere Maßstäbe gelten. Die Nation wird wissen wollen, was ihn privat glücklich macht. Es ist die gleiche Nation, die sich darüber aufregt, dass Google Earth ihre Häuser abfotografiert, dass ihre Daten im Internet gesammelt und ihre E-Mails mitgelesen werden. Das Recht auf Privatsphäre gilt anscheinend immer nur für einen selbst. Betrifft es andere, ist die Gier nach Sensation das wertvollere Gut. Corner ist nicht der blutige

Anfänger, der einem deshalb leidtun muss. Er führt seit Jahren ein halb öffentliches Leben und kennt die Mechanismen des Geschäfts. Gibt man seinen Namen bei Google ein, vervollständigt die Suchmaschine ihn automatisch mit »schwul«. Ein Small-Talk-taugliches Gerücht. So wie jeder einen Profifußballer kennt, der *es* garantiert ist. Oder eine Bundespräsidentengattin, die früher angeblich als Prostituierte gearbeitet hat. Stille Post für die Generation Internet. Bisher hat ihn das nicht besonders gestört, doch jetzt, mit Beginn der JBC-Show, ändern sich schlagartig die Dimensionen. Er gehört jetzt allen. Er führt mit Anfang fünfzig das Leben eines Teenagers, der heimlich raucht und es so langsam mal seinen Eltern sagen sollte. Nie war ihm das bewusster als in diesem Moment. Fuck! Jetzt klingelt auch noch sein Telefon.

Es ist nicht die beste Situation, um einen Anruf entgegenzunehmen, der bereits mit unterdrückter Rufnummer für weiteres Unwohlsein in der Magengegend sorgt, aber an einem Tag wie heute gibt es keine Alternative. Es könnte jemand von der JBC-Fernsehredaktion sein oder ein Intendant vom Ersten, der ihm etwas Gutgemeintes mit auf den Weg geben möchte. Es kommt aber noch schlimmer. Am anderen Ende der Leitung kündigt Franziska Steil ihren Besuch in gut fünfzehn Minuten an. Corners grauenvoller Tag nimmt weiter Fahrt auf. Was will die Steil bloß bei ihm? Die beiden kennen sich zwar von gesellschaftlichen Anlässen, pflegen aber keinen engeren Kontakt. Corner instruiert den Blogger, dass er das Schlafzimmer auf gar keinen Fall verlassen dürfe, und begibt sich nebenan in die Ankleide. Hektisch wechselt er den Bademantel gegen einen dunkelbraunen Tweedanzug, fummelt nervös die Union-Jack-Manschettenknöpfe ins weiße Hemd und entscheidet sich für eine farblich zwar nicht hundertprozentig passende, dafür aber schon vorgebundene Fliege. In seine weinroten Slipper schlüpft er ohne Socken, dann bürstet er noch schnell die Flusen vom Sakko. Die Verlegerin des BLATT besucht einen immerhin nicht alle Tage. Kurz salutiert er vorm Porträt der Queen, bevor er sich in die untere Etage begibt, um Tee aufzusetzen.

Die Steil betritt verwundert die Empfangshalle. Trotz des Wissens um seine Herkunft ist sie erstaunt über so viel Wohlstand. Natürlich würde sie es sich selbst nicht eingestehen, aber faktisch wohnt sie schlechter. Nach Argumenten dagegen suchend, redet sie sich ein, lediglich anders, moderner zu wohnen. Doch dann fällt ihr Gott sei Dank das Chalet ihrer Eltern in den französischen Alpen ein, welches sie auch geerbt hat. Zwar war sie seit Jahren nicht mehr dort, aber es erinnert sie in Größe und Einrichtung an Corners Anwesen. Dessen bewusst, fällt es ihr gleich leichter, sein imposantes Anwesen und die geschmackvolle Einrichtung zu loben. Nach einem kurzen Austausch nichtssagender Begrüßungsfloskeln entsteht entgegen Corners erster Befürchtung eine Atmosphäre, die man als angenehm bezeichnen kann. Soweit es der noch nicht ausgesprochene Grund des Besuchs zulässt, machen es sich die beiden beim Tee gemütlich und verharren in der Belanglosigkeit. Der Hausherr berichtet anhand ausgestellter Trophäen über eine Safari im Senegal, die er erst kürzlich mit Mitgliedern des spanischen Königshauses absolviert hat, und die Steil erzählt bereitwillig, dass ihr Benno seit der Umstellung auf Trockennahrung über eine wesentlich bessere Verdauung verfügt. Weiter geht es mit der aktuellen Lage rund um das heute stattfindende Pferderennen in Hoppegarten, der anstehenden Fuchsjagd in Southampton, dem Golfturnier des Jahres in Dubai, der nachlassenden Qualität der Oldtimer-Parade in Pebble Beach und dem Nachtleben in St. Moritz seit dem Freitod von Gunter Sachs.

Eine milliardenschwere Erbin und der Moderator des Flaggschiffs öffentlich-rechtlicher Unterhaltung treffen sich auf Augenhöhe. In einem Koordinatensystem fremdfinanzierten Lebens. Nicht rechts, nicht links, sondern einfach oben. Und wenn die Welt von oben wirklich anders aussieht, blicken sie gerade gemeinsam darauf herab. Erwartungsgemäß lässt der Abgrund nicht lange auf sich warten, und über feinstes Porzellan eröffnet die Steil den Grund ihres Besuchs.

»Laden Sie mich heute Abend in Ihre Talkshow ein.«

Corner fühlt sich geschmeichelt. »Ich halte Ihnen gern einen Platz in der ersten Reihe frei«, verspricht er.

»Ich fürchte, Sie haben mich falsch verstanden. Ich will nicht zuschauen, ich will mitreden.«

Corner zuckt zusammen. »Das geht nicht, das kann ich nicht machen. Die Sendung ist durchgeplant, die Gäste stehen seit Wochen fest, unser Thema ist der europäische Wandel, ich …«

»Sie werden mich in Ihre Show einladen«, unterbricht sie ihn. Die Steil wird deutlicher.

Er schüttelt vehement den Kopf. »Das kann ich nicht machen.«

»Sie müssen ab jetzt alles machen, was ich Ihnen sage.« Ihr Mund verzieht sich zu diesem unschönen Grinsen mit dem gut sichtbaren Zahnfleisch.

»Warum?«

Die Steil liest dem verdutzten Moderator aus der E-Mail von Carl Trabitz vor.

Corner lässt vor Entsetzen seine Tasse fallen.

Die Frühkonferenz

Story hat als letzter Redakteur am Tisch der Frühkonferenz Platz genommen, welcher glücklicherweise länger ist als seine Fahne. Am anderen Ende sitzt ihm die Ressortleiterin gegenüber. Ihr gesenkter Blick sagt alles. Besser gesagt, ihr Blick meißelt das Wort »Abschaum« in die Tischplatte. Ihr Name ist Julia von Starnberg-Ritter. Sie ist das edle Gesicht einer jungen Generation neuer Leistungsträger beim BLATT: Einser-Abschluss auf der Journalistenschule, Ressort-übergreifende Ausbildung mit Auszeichnung und Anspruch auf Karriere innerhalb kürzester Zeit. Also genau das Gegenteil der Generation Story, die lieber gesoffen hat, als sich auf den Weg nach oben zu machen. Jedoch funktioniert eine Zeitung wie das BLATT nicht ohne Typen wie ihn. Die Starnberg-Ritters dieser Welt wühlen nicht in Mülltonnen, um an Geschichten zu kommen. Und so bilden sie eine Schicksalsgemeinschaft, deren Frieden und Funktion darauf beruhen, dass die eine Seite sich im Suff einreden kann, der großen Karriere hätten immer nur spaßbefreite Streber im Weg gestanden, und die andere Seite es als Prüfung ansieht, über Schnapsleichen gehend auf den Thron des BLATT zu steigen, ohne sich die Mokassins dreckig zu machen. Julia plant, wie alle anderen Karrieristen auch, eines Tages ihren direkten Vorgesetzten zu beerben, den großen Carl Trabitz, der so lange wie niemand anders vor ihm dem BLATT vorsteht und als erfolgreichster Chefredakteur der gesamten Branche gilt. Die Leitung des Ressorts »Unterhaltung« wird ihre Feuertaufe sein. An keiner anderen Stelle der Zeitung kann man sich so schnell beweisen oder für immer verglühen.

Neben Story und ihr sitzen fünf weitere Redakteure am Tisch, die ihre Angebote in dieser Runde vortragen und um Julias Aufmerksamkeit buhlen werden. Die Nachrichtenlage ist dünn. Kein Finale irgendeiner Talentshow, das tränenreich zu Ende gegangen ist, kein frisch getrennter Bachelor, keine neue Kochshow für C-Prominente. Story ist gespannt, was seine Kollegen im Köcher haben.

Florian Wittenberg fängt an. Ein Strahlemann ohne nennenswerte Ausbildung. Florians Weg zum BLATT führte über ein Berliner Promi-Restaurant, in dem er kellnerte. Als er dort eines Abends eine heikle Geschichte am Tisch seiner Gäste belauschte, verkaufte er sie ans BLATT und ließ sich mit einem Jahresvertrag als Reporter bezahlen. Seitdem macht er nicht viel falsch, aber auch nicht viel richtig. Es ist bei dem One-Hit-Wonder geblieben. Missgünstigen Kollegen sagt er regelmäßig, dass das immer noch besser als ein No-Hit-Wonder sei. Sein Spitzname in der Redaktion ist »Trinkgeld«. Sein Angebot für heute:

MANDY TWITTERT NACKTEN HINTERN

»Wer ist das?«, will Starnberg-Ritter wissen.

»Die Sängerin dieser Girlband …«

Sie schreibt nicht mal den Namen mit und unterbricht Trinkgeld mit »Nächster!«.

Kalle Jankowski. Kalle war schon immer da. Niemand weiß, woher er kam, niemand weiß, wann er gehen wird. Seinem Aussehen nach ist er mindestens fünf Jahre über der Rente. Jeder kennt ihn, und Kalle kennt jeden. Daher ist sein Name in der Redaktion »Kenn-ich«. Er schert sich nicht um Notwendigkeiten und macht Sachen im Job, die sich andere nicht mal trauen auszusprechen. Seine Geschichten sind regelmäßig Gegenstand verlagsinterner Schulungen – zu seinem kompletten Unverständnis immer nur im negativen Sinne. Kenn-ich besitzt die letzte Schreibmaschine im Verlag. Sein Angebot:

KREBS-DRAMA UM SOAP-STAR

»Worum geht es da?«

»Daniel Becks von *GZSZ* hat eine schwierige Zeit hinter sich, wegen Krebs!«

»Er selbst?«

»Na ja, nicht so richtig. Also eher im familiären Umfeld.«

»Seine Frau?«

»Deren Mutter.«

»Seine Schwiegermutter also?«

»Fast, eher eine Freundin von ihr.«

»Willst du mich verarschen? Die Freundin seiner Schwiegermutter hat Krebs, und du bietest das als KREBSDRAMA UM SOAP-STAR an? Nächster!«

Kay-Sölve Bredenkötter. Neben Julia die einzige Frau am Tisch. Ihre Figur wurde geformt von Sport. Ritter Sport. Das hält sie aber nicht davon ab, hautenge Kleidung zu tragen. Heute kleidet sie etwas, das aussieht, als hätte man Catwomans Anzug mit einer Flasche Helium aufgefüllt. Niemand ist so schlecht informiert wie sie. Gefährliches Halbwissen bei totaler Ahnungslosigkeit. Über einen Spitznamen verfügt sie nicht, ihr eigentlicher ist dämlich genug. Genau wie ihr Angebot:

CAFÉ VON MALLORCA-AUSWANDERER
DICHTGEMACHT

»Warum?«

»Muss ich noch rausfinden …«

Julia von Starnberg-Ritters Laune ist auf dem Tiefpunkt. »Nächster!«

Udo Müller. Udo hat vier Kinder. Einen Säugling, eines im Kindergarten, eines wiederholt die fünfte Klasse, und das älteste macht gerade den Mofa-Führerschein. Er ist als Einziger froh, an diesem Sonntag arbeiten zu müssen. Jede Falte auf seiner extrem hohen Stirn steht für das nicht vorhandene Familienglück. Um sich nicht ständig die Haare zu raufen, hat er sich eine Glatze rasiert. Seine Frau empfindet naturgemäß ganz anders und wünscht sich weitere Kinder. Regelmäßig bringt sie ihrem Udo Eintopf in die Redaktion, den er dann verzweifelt versucht, gegen Schokoriegel einzutauschen. Die Kollegen nennen ihn »Spritzer«.

PROMI-TV-MAKLER MELDET INSOLVENZ AN

Starnberg-Ritter winkt ab. »Die Geschichte ist uralt. Die lief letzte Woche rauf und runter, es täte dir mal ganz gut, die Zeitung auch zu lesen, die deine Kinder durchfüttert. Nächster!«

Hagen Kleine-Klönne. Hagens eigenwilliger Nachname entstammt einer ostfriesischen Krabbenfischer-Dynastie. Deren Handwerk hat er zwar nicht erlernt, wohl aber das des Journalisten. Von einem Volontariat beim *Flensburger Anzeiger* über einen Redakteursposten beim *Hamburger Abendblatt* bis hin zum Chefredakteur eines lokalen

People-Magazins blickt er auf so etwas wie Berufserfahrung zurück. Die Kollegen nennen ihn deswegen »Kotelett« – von beiden Seiten bekloppt. Kotelett ist aber eigentlich eine sichere Bank und hat fast jeden Tag eine Geschichte im BLATT. Und jetzt das.

»Sorry, ich bin blank. Hab nichts.«

Es ist bisher der Super-GAU. Niemand hat auch nur was annähernd Schlagzeilenträchtiges im Angebot. Im Normalfall kommen zehn gute Geschichten zusammen, nach einem Wochenende eher mehr. Entsprechend wütend reagiert die Ressortleiterin. »Das ist nicht euer Ernst, oder? Was sollen wir denn morgen machen, 'ne *Tatort*-Kritik?«

Eine Situation wie im Baumarkt. Keiner fühlt sich angesprochen. Trinkgeld macht, was er am besten kann, und lächelt. Kenn-ich spitzt seinen Bleistift an, Kay-Sölve nestelt nervös an ihrer Kleidung, und der Spritzer versucht, sich die nicht vorhandenen Haare zu raufen. Kenn-ich ergreift die Initiative. »Ich hab mir das noch mal überlegt, es war die eigene Mutter. Lass uns das Ding machen. KREBS-DRAMA UM SOAP-STAR geht immer, besser wird's nicht.«

»Du tickst nicht ganz richtig«, lässt Starnberg-Ritter ihn wissen und guckt Story an. »Was ist mit dir?«

Endlich. Jetzt kann er ihr die Lektion erteilen, für die er sich hierher begeben hat.

Seine Stimme ist noch nicht voll da, und so muss er erst einmal laut husten, sich mehrfach räuspern und gleichzeitig verhindern, dass sein Auswurf auf den Konferenztisch gelangt. Entsprechend lange dauert es bis zum ersten verständlichen Wort.

»Ich … hab ’ne Geschichte.«

»Und?« Starnberg-Ritter guckt ihn auffordernd da.

»Kann ich leider nicht erzählen.«

»Was?«

»Topsecret, mache ich direkt mit Trabitz!«

Zu gern würde er ihren Gesichtsausdruck jetzt für ewig einfrieren und bei Gelegenheit mal dran lutschen. Niemand macht seine Geschichten direkt mit dem Boss. Weder im Bereich der Wirtschaft noch der Politik oder dem Sport. Niemand außer Story. Eine Redaktion funktioniert hierarchisch. Die Ressortleiter sind das Bindeglied zur Chefredaktion und stellen die Themen ihrer Mannschaft aus der Frühkonferenz später in der Chefredakteurskonferenz vor. Ihre Aufgabe ist es, eine Vorauswahl zu treffen. Und zwar eine möglichst gute. Es ist der bereits erwähnte Trichter. Und am Ende des Trichters steht dann Trabitz und hält die Hand auf. Er macht die Zeitung. Er bestimmt, was und vor allem wie es gedruckt wird. Er *ist* die Zeitung. Wen interessieren die Trinkgelds, Kay-Sölves und Koteletts dieser Welt? Ob deren Namen in den Autorenzeilen stehen, ist doch vollkommen egal. Den Ruhm fährt am Ende des Tages Carl Trabitz ein.

Julia von Starnberg-Ritter ruft ihren Redakteur zur Ordnung.

»Ob es dir gefällt oder nicht, ich leite dieses Ressort.«

»Heute nicht. Ruf ihn an.« Auffordernd streckt Story ihr sein Telefon entgegen.

Sie zeigt ihm einen Vogel und verschränkt demonstrativ ihre Arme.

»Dann mache ich das!« Story wählt seelenruhig Trabitz' Nummer.

Jetzt hat er sie genau da, wo er sie haben wollte. Am Abgrund ihrer Kompetenz.

»Grüß dich, Carl, meine Ressortleiterin möchte mal mit dir sprechen. Moment …«

Mit der Lässigkeit des sicheren Gewinners wirft Story ihr in hohem Bogen sein Telefon zu. Starnberg-Ritter fängt es wie die sprichwörtlich heiße Kartoffel auf und jongliert damit ungeschickt von Hand zu Hand, bis es in der richtigen Position ist. Sie kann es sich nicht erlauben, das Gespräch wegzudrücken. Für einen Bluff ist Story schon zu weit gegangen. Sie muss davon ausgehen, dass Trabitz wirklich am anderen Ende der Leitung ist. Sie sitzt in der Falle. Ihrer Position dennoch gewiss, zögert sie demonstrativ einen Moment.

»Ja, bitte …?« Die Teilnehmer der Frühkonferenz beobachten gemeinsam, wie sich die Gesichtsfarbe ihrer Chefin im Verlauf des Gesprächs von Rouge auf RAL 9010 (Reinweiß) färbt. Starnberg-Ritter ist gefallen. Dass der Aufprall am Ende genauso hart wie unerwartet kam, gibt ihre Stimme preis. Mit einem zittrigen »Ja, okay« legt sie auf und guckt Story fassungslos an. Mit weit geöffneten Augen und einem noch weiter geöffneten Mund beantwortet sie mit geschockter Ehrlichkeit Storys Frage danach, was Trabitz denn zu ihr gesagt habe.

»... mir würde für solche Geschichten einfach der Schwanz fehlen.«

Klatsch. Ungebremst auf Beton.

Porsche 964 RS 3.8

John-Bob Corner sitzt zurückgelassen in der Küche seiner Villa und starrt auf die zerbrochene Tasse am Boden. »Fucking Bitch!«

Franziska Steil muss komplett geisteskrank sein. Wie soll er seiner Redaktion und dem Sender erklären, dass sie gut zwölf Stunden vor seiner Premierensendung unbedingt eingeladen werden muss? Die Stühle sind gestellt und durchgezählt, selbst wenn alle Beteiligten wollten, ist es ein Ding der Unmöglichkeit. Eine Mondlandung. Ihm bleibt aber keine andere Chance. Sie hat ihn in der Hand. Sie und ihr BLATT.

»Kann ich runterkommen?«, erscheint als SMS auf seinem Telefon. Seinen Lover hat er ganz vergessen.

»Ja, die Luft ist rein«, schreit er durchs Haus.

Der Blogger ist während eines Barcelona-Aufenthalts zu so etwas wie einem Twitter-Star geworden. Im Rahmen des Social-Media-Kongresses konnte er durch geschickt eingesetzte Hashtags die Aufmerksamkeit im Netz generieren, die man braucht, um retweeted zu werden. Die Anzahl seiner Follower hat exponentiell zugenommen, was ihn innerhalb kürzester Zeit befähigte, eigene Topics zu setzen und Meinung zu machen.

Das alles würde er seinem John-Bob in diesem Moment gern erzählen, doch der würde dies eh mit »Internetgedöns« abkanzeln und ihm darüber hinaus mitteilen, »ganz andere Sorgen« zu haben. Trotz der Größe seines Hauses ist er dermaßen in die Enge getrieben, dass er anfängt, Fehler zu machen, die ihm später nicht mal mehr leidtun können, so erledigt wird er schon bald sein.

Der Blogger streckt den Kopf zur Küchentür herein. »Wer war das denn?«

»Ach, nicht so wichtig.«

»Kann ich später mit zu deiner Sendung?«

Das fehlte gerade noch. »No way.«

»Warum nicht? Niemand weiß, dass ich dein Freund bin.«

»You have no idea.«

»Was ist denn auf einmal mit dir los?«

»Später, good boy, später.«

Steht Corner unter Druck, neigt er dazu, Englisch zu sprechen. Was dann folgt, ist ein trotz der angespannten Situation sehr herzlicher Abschied. John-Bob stellt sich auf die erste Stufe der Treppe und küsst den Blogger innig. Was ihm selbst eben nicht gelingen wollte, klappt bei seinem Freund umso besser. Corner holt ihm schnell noch einen runter und verabschiedet sich mit »Wir sehen uns später auf der Aftershowparty«.

Nun lassen Menschen, die sich anderen Menschen im Internet mitteilen, ihren Gefühlen bereitwilliger Auslauf als ihren Gedanken Zeit, und so twittert der Blogger noch unter dem Eindruck des Handjobs an seine 400 000 Follower:

JOHN, YOU ARE MY #GOODBOY #JBC

Damit ist der Trend gesetzt, und unter dem Hashtag #JBC wird es die nächsten Stunden unruhiger als im Bermudadreieck bei schlechtem Wetter.

Noch ahnt John-Bob nichts. Er hat für den Weg ins TV-Studio seinen schiefergrauen Porsche 964 RS 3.8 aus dem Jahr 1993 ausgewählt, der Himmel über Berlin klart auf, und er ist in der beneidenswerten Lage, das situative Glück zu genießen. Das sind, genauer gesagt, dreihundert luftgekühlte Boxer-PS, die im Heck eines Autos arbeiten, das lediglich in einer neunzig Exemplare umfassenden Kleinserie gebaut wurde. Den damaligen Stückpreis von 225 000 DM muss man heute mal zwei nehmen und dann auch noch in Euro bezahlen, um überhaupt theoretisch an ein solches Auto zu kommen. Noch besser ist es aber, dass es kein Radio hat. Lediglich das Röcheln, Pfeifen und Blubbern dieser einzigartigen Fahrmaschine bestimmen den heiseren Soundtrack auf der Autobahn 100 raus nach Adlershof. Die Karosserie kauert im Turbolook so unverschämt gut aussehend über dem Asphalt, dass sich alle anderen Fahrzeuge beschämt rechts einordnen, um die linke Spur für die einzig wahre Ikone des Sportwagenbaus frei zu machen. Die Orgie kann beginnen. Dritter Gang Volllast, bei 170 km/h unterbricht die Zugkraft, ein schlagartiger Gangwechsel, nur kurz, um dann unter dem Geräusch eines sehr bösen Staubsaugers wieder oberhalb von fünftausend Umdrehungen zu einem infernalischen Sägen aufzudrehen, zischend kurz vorm Drehzahlbegrenzer bei 240 den Vierten gegen den Fünften zu tauschen und mit 280 Sachen über den nur langsam abtrocknenden Asphalt zu jagen. Dabei ist die Lenkung zittrig und der Hintern leicht.

Es braucht John-Bobs ganzes Lionheart, um diesen Ritt zu bewältigen. In einem über zwanzig Jahre alten Auto ohne jegliche Fahrhilfen, mit Türen aus Aluminium und Nerven aus Stahl. Das ist der Stoff, aus dem Helden gemacht sind. Nicht jene sechzehnfach beplankten Airbag-Diesel, deren Elektronik den IQ ihrer Handelsvertreter in den klimatisierten Schatten stellt, nein, es gibt nur die eine Möglichkeit, von unten auf andere herabzublicken – und das sind Porsches alte RS-Modelle. Unkorrekt geil.

Das ist an Corner so bewundernswert. Dem Autismus nahekommend, kann er sich einer bestimmten Lebenswirklichkeit widmen und dabei alles andere vergessen. Heute Morgen noch voller Sorgen über seine Sendung, danach von einer Erektionsstörung gepeinigt, im Anschluss einer dreisten Erpressung der BLATT-Verlegerin ausgesetzt, holt er seinem Freund genüsslich einen runter, um dann mit dem coolsten Auto der Welt eine Nahtoderfahrung zu machen. Das ist mehr Rock 'n' Roll, als die Stones je auf eine Platte gepresst haben.

Nachdem er in Adlershof rausgefahren ist, kurbelt er die Scheibe runter, steckt sich eine Zigarette an und rollt gemütlich auf dem Ernst-Ruska-Ufer zum TV-Studio aus. Aus den hinteren Radkästen steigt Nebel auf. Das ist die restliche Straßennässe, die auf der 3,8-Liter-Maschine verdampft. Zu diesem durchaus mystisch wirkenden Schauspiel gesellt sich der Gestank von verbrannter Kupplung, siedendem Öl und heißem Gummi. Zufrieden betrachtet Corner sein Werk im Außenspiegel und grinst. »Hell yeah!«

Wie zum Abschied aus seinem alten Leben zieht er an der nächsten Ampel einen langen Beschleunigungsstrich, nimmt die Einfahrt zum TV-Studio im Drift und dreht auf dem Parkplatz wunderschön kontrollierte Pirouetten. Aus weißem Rauch entsteigt ein äußerst entschlossen wirkender JBC, der seinem knisternden Porsche über den vorderen Kotflügel streichelt und »Thank you for the music« zuflüstert.

Über Adlershof muss man eigentlich nicht viel wissen. Es ist ein Berliner Ortsteil im Bezirk Treptow-Köpenick, und auf der südwestlichen Seite entstand, dank zweihundert Millionen Euro Fördergeld, auf dem alten Gelände des DDR-Fernsehens und der Akademie der Wissenschaften ein über vier Quadratkilometer großer Wissenschafts- und Wirtschaftsstandort mit angeschlossener Mediencity, kurz WISTA genannt. Und so, wie sich das liest, fühlt es sich auch an. Extreme Weite bei gleichzeitiger Leere und zahlreiche Schilder, die mittels Abkürzungen anzeigen, wohin man eigentlich nicht will. Die größte Frechheit aber ist es, diese Ansammlung von Zweckbauten als »Studio Berlin Adlershof« zu bezeichnen. Nur der Münchner Flughafen ist von seiner namensgebenden Stadt noch weiter entfernt als Adlershof von Berlin. Dennoch werden hier TV-Shows aufgezeichnet, wöchentliche Sendungen ausgestrahlt, und die Übertragungen großer Live-Ereignisse dank hervorragender HDTV-Technik für die Welt gebündelt. Und ja, es ist immer noch besser, als in den Kölner Stadtteilen Ossendorf oder Hürth von der Tristesse eines TV-Studios in die der Domstadt zu wechseln. Von Adlershof aus kann man wenigstens im Anschluss der Produktion noch ein Schnitzel im Borchardt essen. Auch wenn die Fahrt ein wenig dauert.

Vorm Eingang von Studio C wartet die Regieassistentin Ivana Popow auf Corner, eine annähernd zwei Meter große Russin, die neben ihrem Angst einflößenden Körpermaß über ein Klemmbrett, ein Headset und einen Gürtel voller Stoppuhren verfügt. Mit den Oberschenkeln einer Gewichtheberin stampft sie ihm entgegen und streckt, durchaus bedrohlich wirkend, die bratpfannengroße Hand zum Gruß aus. »Guten Mittag, Herr Corner«, bellt sie.

John-Bob hat Angst vor ihr. Und zwar seit dem ersten Tag der Vorbereitungen, die vor ungefähr vier Wochen begannen. »Guten Morgen, Genossin!«

»Ich bringe Sie zu Garderobe.«

»Das habe ich befürchtet, finde aber alleine hin, danke.« Schnellen Schrittes weicht er ihr aus, macht einen großen Bogen, um das Risiko eines Bodychecks zu umgehen, und wähnt sich schon fast aus der Gefahrenzone, als sie ihm »Geht nicht, ich habe Schlüssel!« mit landestypischer Grammatik hinterherruft. Da ist es wieder, sein eigentliches Problem. Er ist eben nur Passagier in seiner eigenen TV-Show. Ivana ist der verlängerte Arm des Regisseurs ins TV-Studio. Sie überwacht die vereinbarten Abläufe, greift notfalls ein und hat im Idealfall von allen Beteiligten den besten Überblick. Im Gegensatz zu Corner hat Ivana ihren Job gelernt und verfügt über ausgezeichnete Referenzen. Seinem Wunsch, sie rauszuschmeißen, entgegnete man lapidar mit einem »Können wir uns nicht leisten«, was nichts anderes heißt, als dass man bei einem Moderator wie ihm auf Toppersonal am Set nicht verzichten kann.

Die Garderobe des Moderators, dessen Initialen die wichtigste Talkshow im deutschen Fernsehen ab 21.45 Uhr tragen wird, ist nur unwesentlich größer als die der maximal sechs Gäste pro Sendung. Darüber hinaus befinden sich die Garderoben auch noch auf derselben Etage, und was Corner besonders ärgert, ist die Tatsache, dass er über kein eigenes Bad verfügt. Im Grunde genommen hat der Flur mit den Garderoben auf der ersten Etage die Anmutung einer Jugendherberge. Außenstehende stellen sich die Fernsehwelt oft glamourös vor, die Wirklichkeit begrüßt die Protagonisten mit durchgeranzten Ikea-Sofas und fleckiger Auslegeware aus dem Baumarkt. Dazu gesellen sich Deckenfluter und Yuccapalmen aus Kunststoff. Jeder auf RTL II reportierte Swingerclub ist stilvoller eingerichtet.

»Ich lasse Schlüssel außen stecken, okay?«

Corner quittiert die Frage mit einem Nicken, wartet, bis Ivana die Tür hinter sich geschlossen hat, und guckt sich mit dem gleichen Entsetzen wie schon seit vier Wochen in seiner Garderobe um. Zum Tag der heutigen Premiere hat man seine Würde zusätzlich mit einem lieblosen Obstkorb, einem Blumenstrauß in Zellophan und einem stümperhaft installierten Fernseher angetastet. Als Dekoration hängt ein Schwarz-Weiß-Bild des Londoner Big Ben an der Wand, in dem der typische Doppeldeckerbus rot koloriert wurde, und das Sofa schmückt ein Plaid in den britischen Landesfarben. Wie originell. Zusammen hat der Schrott weniger als eine Stange Zigaretten gekostet, die natürlich fehlt. Genauso wie ein Aschenbecher. Willkommen im Ersten Deutschen Fernsehen.

Mit »Ivana, wie geht der Fernseher an?« hechtet Corner aus dem Zimmer, sieht aber nur noch eine zufallende

Glastür am Ende des Ganges. »Shit!« Es wird heute nicht das letzte Mal sein, dass ihm ihre Kompetenz fehlt.

Nach einigen Versuchen am Gerät selbst findet er schließlich die Fernbedienung und damit auch den Regiekanal. So kann er sehen, was gerade im Studio passiert. Sogar mit Ton. In der Totalen sieht die Kulisse beeindruckend aus. Im Vergleich zu seiner Garderobe ist das so zwar besser als andersherum, trotzdem nimmt er nur angewidert auf dem Sofa Platz und stellt sich beim Betrachten des TV-Bilds vor, wie er als Teil darin auf Millionen von Zuschauern wirken wird. Helle Birkenhölzer dominieren den Aufbau, der die Anmutung eines Raumschiffs erwecken soll: filigran getrennt durch blaue Lichtschläuche, eingerahmt von einer im Halboval aufgestellten LED-Wand und insgesamt sieben dunkelbraunen Sesseln auf einem schwebenden Podest. Das Studio ist gelungen. Gestern war davon noch nicht viel zu sehen, die Arbeiten dauern bis zur letzten Sekunde an. Es treiben sich eine Menge Leute rum: Kameramänner, Beleuchter, Toningenieure und zahlreiche Lebenskünstler, die man in Brandenburg nicht mal unter Aufsicht Spargel stechen lassen würde. Beim Fernsehen ist für alle Platz, und so ist es wenig verwunderlich, dass der Regisseur immer am Rande eines Nervenzusammenbruchs steht. Der Regisseur von JBC wurde allerdings schon mit einem Nervenzusammenbruch geboren. Joseph Wind, Österreicher und von allen, inklusive sich selbst, nur »der Joseph« genannt, sitzt mit einem Mikrofon in der Hand auf Corners Stuhl und spricht unentwegt den einen Satz: »Der Joseph an alle, Kinder, des geht so nicht, hört's mir bitt'schön zu.«

Der Joseph war heute Morgen bis fünf Uhr in einem Bordell, das sich fußläufig von seinem Hotel befindet. Genauer gesagt, verbringt er da seit vier Wochen seine Nächte, also exakt so lang, wie er wegen des neuen Jobs bei JBC in Adlershof wohnt. Er kann die Entstehung des Studios und der Show anhand von Nutten rekonstruieren, mit denen er sich im Suff über die Probleme eines Bewegtbildführers unterhalten hat. Andersrum funktioniert das im Übrigen auch, und so wird sich jetzt ein ganzer Haufen Nutten in der Mediencity viel besser vorstellen können, was genau der Joseph mit Kameraachsen und Bildscheren meinte, wenn sie die Sendung zum ersten Mal sehen. So weit ist das alles normal und durchaus üblich in der Branche. Also, in der Fernsehbranche. Was sich zum Problem entwickeln könnte, ist, dass der Joseph gestern Nacht mit Mitte fünfzig zum ersten Mal in seinem Leben Kokain genommen hat. Und zwar genau solches, wie man es von Adlershofer Nutten bekommt, die sich für 60 Euro stundenweise vögeln lassen. Gestreckt mit Flugzeugbenzin, Glaskristallen und Aspirin. Man könnte genauso gut Rattengift schnupfen, um seinem Herzen einen ähnlichen Schaden zuzufügen, wie es die vier Gramm Verschnitt der letzten Nacht gerade beim Joseph tun. Seine reflexartigen Griffe zur Brust fallen so weit niemandem auf. Beim Fernsehen gibt es immer Wichtigeres zu tun, als sich um andere Menschen zu kümmern. Lediglich die zugeschnürt wirkende Stimme lässt den ein oder anderen im Studio aufmerken, der Rest trägt Kabel und merkt eh nichts.

Die vergangenen Wochen waren kein Zuckerschlecken. Die Einrichtung des Studios, die Bestellung der Redaktion sowie unzählige Kamera- und Stellproben haben bei allen Beteiligten Spuren hinterlassen. Je spielerischer es nachher am Bildschirm aussehen soll, desto akribischer muss die Vorbereitung sein. Heute erwarten John-Bob eine kurze Besprechung mit dem Joseph in seiner Garderobe, danach die Probe im Studio, ein letztes Briefing mit der Redaktion und im Anschluss die Vorgespräche mit seinen Gästen. Das Thema der heutigen Sendung lautet: »Neue Angst in Europa – bringt uns der Euro den Krieg zurück?« Dazu haben die folgenden Gesprächspartner zugesagt:

Julius Knetter, vom BLATT bekämpfter Finanzminister, SPD.

Pierre de Kandénz, französischer Botschafter in Berlin.

Andreas Fenster, Eurogegner.

Silke Meyer-Unwucht, Finanzexpertin und Mitglied des Europäischen Parlaments (MdEP), Bündnis 90/Die Grünen.

Alfred Krallmann, überlebte beide Weltkriege, 117 Jahre alt.

Jette-Malin Schöfferhuber, Fraktionsvorsitzende und Mitglied des NATO-Ausschusses, CDU.

Und dann hat sich Franziska Steil ja noch selbst eingeladen. Aber warum? Was bezweckt sie damit? Zum eigentlichen Thema der Sendung kann sie nicht viel beitragen, mit einer Kindheit in Deutschland und einem Konto in der Schweiz. Mit welchem Argument soll Corner seine Redaktion bloß überzeugen, sie offiziell einzuladen?

Derweil betritt der Produzent das Studio, setzt sich neben den Joseph und fragt, ob »der Amateurmoderator« denn schon da sei. Der Joseph versucht noch blitzartig, das Mikrofon mit einer Hand abzudecken, jedoch zu spät. Als auch Ivana dem Produzenten hektisch signalisiert, den Mund zu halten, wird ihm klar, dass seine Bemerkung gerade live in Corners Garderobe übertragen wurde.

Tempelkatze

»Können Sie Menschen Angst einjagen?«

Der Chauffeur guckt die Steil fragend über den Rückspiegel an.

»Ja oder nein?«

In seiner Miene stellt sich keine Erleuchtung ein, ihm fehlt aber der Mut, genauer nachzufragen.

»Sie müssen mir schon antworten!«

Mit einem zögerlichen »Äh … na ja … wenn es sein muss … wieso?« kommt er ihrer Aufforderung nach.

»Dann fahren Sie jetzt zur Köpenicker, Ecke Heinrich-Heine.«

Der sich dort befindliche Club ist nach der birmanischen Tempelkatze Fa-raon benannt, die im Pariser Hotel Le Bristol wohnt, und eine der legendärsten, wenn nicht *die* legendärste Adresse im Berliner Nachtleben. Jeder kann eine ungefähre Geschichte über den Laden erzählen, ohne selbst drin gewesen zu sein oder überhaupt die genaue Adresse zu kennen. In etwa wie das Berghain mal sein wollte. Während sich im Berghain Touristen gegenseitig aus Reiseführern vorlesen, treffen sich im Fa-raon Hauptstadthedonisten, um nicht den Club, sondern das Leben zu feiern. Es gibt keinerlei Grenzen, erst recht keine moralischen. Der Dresscode ist der eigene Körper. Kleidung, Tabus und Mobiltelefone werden an der Garderobe abgegeben. Nirgendwo in Berlin wird mehr gevögelt als hier. Und die Musik ist auch noch ganz gut.

Sonntagmorgens kommen ab acht Uhr die Freunde des »Nachspiels« zusammen, bei den Spaniern als Afterhour bekannt. Jedoch ist die Institution im Fa-raon keinem ibizenkischen Brauch geschuldet, die Zeit totzuschlagen, bis am Mittag der Ferienflieger zurück nach Düsseldorf geht. Im Fa-raon widmet sich diese jahrzehntealte Veranstaltung ursächlich dem Umstand, dass es einfach besser ist, seinen Rausch da zu Ende zu bringen, wo man eigentlich anfangen sollte.

Die schwarze Limousine hält direkt am Niedergang einer alten U-Bahn-Station, über den auch der Eintritt zum Club erfolgt. Oberhalb kreuzt die S-Bahn, von schwarzen Metallbögen getragen, das industriell gestaltete Bauwerk und stellt im Drei-Minuten-Takt die Belastbarkeit auf die Probe. Wenn sie nicht von Graffiti-Schmierereien oder zigfach überleimten Plakaten verdeckt sind, erwecken faustgroße Nieten den Eindruck, dass die Konstruktion aus längst vergangenen Tagen schon halten werde. Das Mauerwerk ist feinstaubgrau. Die Türken der integrierten Dönerbude hängen gerade einen neuen Spieß in den Edelstahlbräter und türmen frisch geschnittene Tomaten, Gurken und Salate in die Auslage, deren Farben so gar nicht zur versifften, nach Urin stinkenden Umgebung passen wollen. Die langsam zum Vorschein kommende Sonne versucht, dem Gebäude so etwas wie Reflexionen abzugewinnen, scheitert aber an der trostlosen Szenerie. Lediglich ein Kehrfahrzeug der Straßenreinigung kann genug Nässe aufwirbeln, um Ansätze eines Regenbogens herbeizuzaubern.

Mit einer Flasche Bier in der Hand beobachtet ein von der Nacht angespülter Hostel-Schwachkopf das Spektakel und freut sich einen Keks. Nur ein paar Meter weiter könnte er im Fa-raon vermutlich die Party seines Lebens erleben, seine Freunde rieten ihm aber zum Berghain, wo er bis eben noch in der Schlange stand, um nicht reinzukommen. Jetzt reichen ihm die Flasche Bier, der beißende Geruch und das erbärmliche Farbenspiel, um zu Hause erzählen zu können, wie geil in Berlin gefeiert wird. Dank seiner Unwissenheit ist es irgendwie ein beneidenswertes Glück.

»Kommen Sie mit. Benno, du auch.« Die Steil marschiert zielstrebig voran.

Auf der Treppe hinab zu den Gleisen kommen dem Trio einige Fahrgäste entgegen, die nicht schlecht staunen, was ein Typ mit weißen Handschuhen und eine Frau im Businesskostüm, gefolgt von einem Sennenhund, hier zu suchen haben. Für den Großteil der Bevölkerung ist es ja ein ganz normaler Sonntagmorgen. Vor Erreichen des eigentlichen U-Bahn-Schachts, auf einem Zwischenpodest, schiebt die Steil einen Feuermelder zur Seite und betätigt die darunter liegende Klingel. Kurze Zeit später öffnet sich eine zigarettenschachtelgroße Klappe innerhalb des nur mühsam erkennbaren Eingangs, und ohne dass man sieht, wer oder was sich dahinter befindet, fragt eine helle Stimme aus dem dunklen Schlitz: »Was wollt ihr denn?«

»Zu Underberg. Melden Sie Franziska Steil, ich werde erwartet.«

Quietschend schnappen ein paar Schlösser auf, und die Tür bewegt sich einen Spalt weit auf. Gerade genug, um sich durchzuquetschen. Benno ist zunächst skeptisch, tastet sich mit einer Pfote vor, verliert seine Scheu aber augenblicklich, als Frauchen ihm mit »Alles gut, Großer!« Mut zuspricht. Es ist ihr menschlichster Moment seit langer Zeit.

Die Tür fällt genauso ächzend ins Schloss, wie sie sich öffnete, und die Augen benötigen einen Moment, um sich an die Dunkelheit zu gewöhnen. Außer bei Benno. Der sieht jetzt schon zwei Türsteher mit gullydeckelgroßen Armen, einen wesentlich kleineren Tisch, auf dem sich ein Nachtlämpchen befindet, und dahinter auf einem Barhocker die Frau, die zuvor durch den Schlitz gesprochen haben muss. Was Benno nicht wissen kann, ist, dass es sich um einen Transvestiten handelt. Zugegebenermaßen um einen sehr hübschen. Nach einem kurzen Moment der Eingewöhnung erkennen auch die beiden anderen das Umfeld.

»Wo finde ich Underberg?«, will Franziska von der Transe wissen.

»Er ist in seinem Büro«, antwortet die, diesmal mit tiefer Stimme, was Benno erschrocken aufhorchen lässt, und deutet mit dem Daumen über ihre Schulter, in die Dunkelheit hinter sich. »Folgt dem Gang.«

Der »Gang« besteht aus einfachen Stahlgittern, die, durch einen kniehohen Handlauf flankiert, horizontal am Rand der U-Bahn-Röhre entlanglaufen und alle fünf Meter von flackernden Neonröhren ziemlich schlecht ausgeleuchtet werden. Rechts befindet sich ein Seil, an dem man sich festhalten kann. Coole Leute unterlassen das, aber spätestens wenn sich durch Scheinwerferlicht und angsteinflößendes Grollen die heranrasende Bahn der Linie 8 ankündigt, packt ein jeder zu. Egal, welche Drogen er zuvor genommen hat. Nach gut zwanzig Metern ist die Tortur beendet, und hinter der nächsten Tür betritt man eine Welt, in der sich die Menschen im Zweiten Weltkrieg vor den Bomben der Alliierten versteckten und heute Spinde dazu einladen, sich seiner Klamotten und Sorgen zu entledigen.

»Müssen wir uns nicht ausziehen?« Der Chauffeur versucht, sicher zu wirken.

»Nicht, wenn Sie Ihren Job behalten wollen.«

Hinter der Umkleide erfolgt eine letzte Zutrittskontrolle. Eine nackte Frau und ein nackter Mann achten darauf, dass die Partygäste nicht anders gekleidet sind als sie selbst. Doch das Trio erhält eine Sondererlaubnis.

»Rechts herum, an der Liegewiese vorbei, beim DJ fragen, der bringt euch zu Underberg. Ist der Hund geimpft?«

Dem Chauffeur liegt ein »Ja, aber er hat seinen Pelz noch an« auf der Zunge, er verzichtet aber darauf.

Auf den ersten Blick sind rund hundert Menschen im Club, davon ein Drittel auf einer runden Liegewiese, die sich sehr langsam, aber trotzdem erkennbar mitten im Raum dreht. An dem sich darum befindlichen Oval auf Thekenhöhe hängen ein paar Typen ab, die ihre Geschlechtsteile in dafür vorgesehene Aussparungen gesteckt haben und nebenbei was trinken. In diesem Glory-Hole hat jeder irgendwas im Mund, in der Muschi oder im Arsch. Benno scheint der Anblick zu gefallen, auch er wedelt fröhlich mit dem Schwanz. Im weiteren Verlauf steuert man unter dem Eindruck wummernder Bässe auf die Tanzfläche zu, auf der sich fummelnd ein weiteres Drittel der Gäste im Takt psychedelischer Trance-Music bewegt. Alle anderen stehen der Steil nur im Weg. Endlich beim DJ angekommen, stellt sich schnell heraus, dass es dem komplett egal ist, was die drei von ihm wollen. Er will sein Set zu Ende spielen und nur noch nach Hause. Seit Freitag, 23.00 Uhr, legt er auf, und die

Drogen im Pult neigen sich dem Ende zu. Rhythmisch kopfschüttelnd fasst er sich an den Kopfhörer und dreht die Musik weiter auf. Der Einfachheit halber klopft die Steil an eine Tür neben seiner Kanzel, auf der »Büro« steht. Ohne auf eine Antwort zu warten, tritt sie samt Gefolge ein.

»Na ditte is ja mal 'ne richtige Überraschung, wa. Die kleene Steil höchstpersönlichsterweise.« Underberg erhebt sich aus seinem Sessel. Er trägt nur ein offenes Hemd und Boxershorts, schlackert zur Begrüßung mit seiner wuchtigen Armbanduhr und fasst sich kurz an den Sack. Er ist ein hagerer Typ, dessen fortgeschrittenes Alter sich am Bauchansatz und den Hautlappen über seinen Kniescheiben ganz gut ausmachen lässt. Ansonsten tragen seine Solariumbräune und die zurückgegelten Haare zu einer gewollten Jugendlichkeit bei, die nicht nur durch die Comic-Prints auf seiner Unterhose tragisch wirkt.

An der einen Wand hängen zahlreiche Bildschirme, die jede Ecke des Clubs überwachen, inklusive dem Büro, in dem sie gerade stehen. An den anderen Wänden hängen Fotografien, die Underberg mit prominenten Gesichtern im Fa-raon abbilden. Darauf zeigend, fährt er fort. »Alle waren se hier. Alle. Kick dir ditte mal an, Franziska. Dein Vater auch!«

Ohne das Bild anzusehen, entgegnet sie ihm: »Ja, dann weiß ich ja endlich, wo er meine Mutter kennengelernt hat.«

»Du kleene Göre. Die Leute haben mir schon gewarnt, uffn Mund gefallen biste jedenfalls nicht, wa?«

Er nähert sich ihr, Benno knurrt.

»Wen haste hier eigentlich mitgebracht, Tim und Struppi? Oder seid ihr so wat wie die drei Fragezeichen?« Laut lachend wendet er sich von ihr ab und zeigt auf die Monitore. »Alle wolln se ficken. Ficken, ficken, ficken! Die Dicken, die Dünnen. Die Großen, die Kleinen. Die Jungen, die Alten. Ficken, ficken, ficken.«

Man könnte meinen, dass »ficken« ein sehr wichtiges Wort in Underbergs Wortschatz ist. Kennt man ihn näher, stellt man allerdings fest, dass »Thailand« und »Schwarzgeld« ebenso dazugehören.

»Lassen Sie uns zum Geschäft kommen.« Die Steil unterbricht ihn, bevor er seine epochale Abhandlung über die menschliche Existenz fortführen kann.

»Ditte ist ja genau mein Problem, Mädchen. Wie schon heute Morgen am Telefon gesagt: Ick hab mein Geschäft mit Story gemacht, wa. Der Deal ist durch.«

»Ist er nicht. Das BLATT gehört mir. Manfred Dörner gehört mir. Carl Trabitz gehört mir. Ich bestimme, was gedruckt wird.« Bockig steht sie inmitten der Livesexclips. »Und dass John-Bob Corner hier perverse Orgien veranstaltet, steht morgen garantiert nicht in der Zeitung.«

»Sagt wer?«

»Sage ich!«

Underbergs Lachen bricht lauthals aus ihm heraus. Franziska schaut ihren Fahrer auffordernd an. Der kapiert so langsam, was er hier soll.

»Corner, dieser Schornsteinfeger, hat hier letzte Woche richtig rumgefickt, wa. Aber mal so richtig. Der hatte mehr Schwänze im Arsch, als die Spree Brücken hat. Und icke hab ihn dabei gefilmt, wa. Jetze mit der neuen Sendung, das ist doch der Knaller schlechthin.« Mit großer Geste malt Underberg die Schlagzeile in die Luft. »PERVERSER ENGLÄNDER MODERIERT IM ERSTEN! Ditte wollen die Leute doch lesen, wa!«

»Was die Leute lesen wollen, bestimme ich und nicht Sie.«

Dass ihm eine Frau dauerhaft widerspricht, passt so gar nicht in sein Weltbild.

»Du kleene Fotze, jetzt pass ma uff. Wirst du nicht richtig gefickt oder was?« Er nähert sich ihr wieder und greift sich noch einmal kurz an den Sack.

Zu mehr kommt er nicht. Der Chauffeur fasst sich ein Herz und streckt ihn mit einer Kopfnuss nieder. Underberg verliert das Gleichgewicht, schlägt mit dem Hinterkopf auf seinen Schreibtisch, rutscht von dort auf den Boden und bleibt regungslos liegen.

Benno schnuppert an seinem Gesicht und bellt.

Die Steil guckt ihren Chauffeur entsetzt an.

Der beugt sich zu Underberg runter und sagt: »Ich glaube, der ist tot.«

Was dann folgt, ist die hektische Suche nach der CD, auf dem sich Corners Sexvideo befindet. Franziska nimmt noch schnell das Bild ihres Vaters von der »Wall of Fame«, dann verschließen sie das Büro von innen und nehmen den Notausstieg aus Underbergs Büro, dessen Ausgang direkt neben der Dönerbude endet. Die Türken grüßen freundlich und schneiden den neuen Spieß an.

Wonderboy

Julia von Starnberg-Ritter hat heute zum ersten Mal am eigenen Leib erfahren, dass der Tiger namens BLATT immer dann zubeißt, wenn man glaubt, ihn dressiert zu haben. Es ist genau diese Unberechenbarkeit, die Typen wie Story und Trabitz seit Jahrzehnten fest im Sattel sitzen lässt, wenn auch auf höchst unterschiedlichen Ebenen. Es ist die Lust auf Blut, die man auf keiner Journalistenschule lernt. Gute Redakteure, talentierte Schreiber und Leute mit fundierter Ausbildung gibt es da draußen zur Genüge. Die kommen, die gehen, die wechseln die Zeitungen, machen Karriere oder auch nicht. Sie bleiben aber immer farblos. Bockwürstchen, die schreien, sie seien ein Steak. Mehr aber auch nicht.

Trabitz begann zwar zur gleichen Zeit wie Story beim BLATT, galt aber schon früh als der wahre Wonderboy des Boulevardjournalismus. Ähnlich wie Story, scherte auch er sich um nichts, fuhr wie ein Bulldozer durchs Privatleben anderer Leute und benutzte den Rückspiegel nur, um nachzusehen, ob auch wirklich keiner mehr aufstand, wenn er drüber war. Beide drehten ihre waghalsigen Pirouetten in einer Spirale aus einer immer verrückter, brutaler und rücksichtsloser werdenden Berichterstattung, an deren Gerüst sich noch heute die Legende ums BLATT rankt. Sie galten als unseriös über alle Grenzen hinweg. Während sich Story jedoch auf der Tanzfläche des Boulevards in einem nahezu tödlichen Kreislauf aus Alkohol, Drogen und gekaufter Liebe drehte, gelang es Trabitz, das Karussell Richtung Karriere zu verlassen. Ab einem gewissen Zeitpunkt war er schon frühmorgens in der Redaktion, während sein Weggefährte noch versuchte, Nutten um den Lohn zu prellen, und abends blieb er um genau die Stunden länger am Schreibtisch, die Story damit verbrachte, in Kreuzberger Eckkneipen falsche Freundschaften zu festigen. Und so kam es, wie es kommen musste: Trabitz entwickelte sich vom Saulus zum Paulus, baute verlagsinterne Netzwerke auf, erarbeitete sich auch extern Anerkennung und beschäftigte sich mit der großen Sicht auf die Dinge, während Story weiterhin als Elefant im Porzellanladen für Krawall sorgte.

Im Laufe der Jahre haben sie sich voneinander entfernt. Trabitz erfand sich als Feingeist neu, suchte Kontakt zu den Mächtigen in Wirtschaft und Politik, bis er eines Tages als Chefredakteur des BLATT selbst dazugehörte. Was vor ihm schon anderen in Ansätzen gelang, veredelte er in einer Vita, die heute noch Generationen von

Schulabgängern veranlasst, Journalist zu werden. Er ist der Donald Trump unter den Chefredakteuren. Ein Superstar. Eine Marke. Er ist Trabitz.

Trotz ihrer höchst unterschiedlichen Lebensläufe sind die alten Freunde in der Tatsache vereint, dass es ohne Typen wie sie das BLATT als Deutschlands erfolgreichste Tageszeitung so nicht mehr geben würde und wahrscheinlich auch nie gegeben hätte. Dessen bewusst, unterstützt Trabitz Story, so gut er kann, ohne seiner eigenen Reputation Schaden zuzufügen. Andersrum ist Story immer dann da, wenn die erste Seite leer ist und eine Geschichte her muss. Dafür gehen Deals wie der mit dem Concierge des Ritz-Carlton direkt über den Tisch des Bosses, und Story ist intelligent genug, die alte Verbundenheit nicht überzustrapazieren. Karriere wird er eh nicht mehr machen, aber an Tagen wie heute führt sie der gemeinsame Durst nach Blut unweigerlich zusammen.

Story nimmt die Treppe, um eine Etage höher direkt ins Vorzimmer von Trabitz' Büro zu gelangen. Die extrem hübsche Sekretärin winkt ihn mit einem Blowjoblächeln durch, und im Vorbeigehen schnappt er sich einen der blank polierten Äpfel, die auf einer schneeweißen Marmorsäule aufgebahrt darauf warten, gegessen zu werden. Zumindest in Storys Welt.

»Stooopp, das ist eine Installation, nicht essen!«, ruft ihm die Sekretärin hinterher.

Zu spät. Storys Gebiss hat sich bereits in Plastik und grünem Hochglanzlack verewigt.

»Verdammt! Was ist das denn für eine Scheiße?«

»Das ist ein echter Damian Hirst, du Killer!« Trabitz kommt ihm ein paar Schritte entgegen und setzt zu einer stürmischen Umarmung an.

Seine grau melierten Haare sind raspelkurz geschnitten. Er hat im Ansatz einen Stiernacken, sein Kinn ist markant eckig. Die stahlblauen Augen gucken Story hellwach an. Beidhändig krallt er sich in ihn und fletscht die Zähne. Ohne eine echte Chance, etwas Gegenteiliges zu unternehmen, herzt ihn Story wie ein Philipp zurück. Jedes Treffen mit Trabitz erinnert ihn daran, was auch aus ihm selbst hätte werden können. Eine Situation wie auf einem Klassentreffen. Zwei ehemalige beste Freunde treffen sich wieder, der eine ist mittlerweile Millionär und der andere schläft in seinem Auto – wem fällt die Umarmung wohl leichter?

»Stell dir diese Scheiße in deine Potsdamer Villa, ich hätte mir fast 'nen Zahn abgebrochen!«, beschwert Story sich.

»Das wäre immer noch günstiger, als 'nen echten Hirst zu zerstören.«

Trabitz bittet seine Sekretärin, den Apfel mit Nagellack zu reparieren und ihn irgendwo unten in der Pyramide zu verstecken, das würde eh keine Sau merken. Typen wie ihm kann man die teuerste Kunst in die Hütte stellen, sie bleiben trotzdem Straßenköter. Unter schallendem Gelächter schließen beide die Tür, und Story fragt Trabitz als Erstes, wie lange er seine Sekretärin schon vögelt.

In Trabitz' zehn mal acht Meter großem Büro steht ein zweihundert Meter langes Originalstück der Berliner Mauer. Nun ja, korrekterweise misst es nicht ganz zweihundert Meter, darum geht es aber auch nicht. In diesem Büro geht es um die Interpretation von Größe. An den Wänden hängen Bilder, die entweder von berühmten Künstlern stammen oder Trabitz mit noch berühmteren Menschen der Zeitgeschichte zeigen. Ein Ex-Kanzler, ein Ex-Papst und ein Ex-Außenminister zieren sein Reich, das aus auffällig vielen Ex besteht. Die Vergangenheit war gut zu ihm, doch messen lassen muss er sich an der Zukunft, die weniger rosig aussieht, als es ein derart staffiertes Büro vermuten lässt. Das BLATT verliert seit Jahren kontinuierlich an Auflage, journalistische Gratisangebote im Internet versauen die jungen Leser. Aber der ehemalige Wonderboy ist angetreten, dagegen zu kämpfen. Andere wären auf der Höhe des Erfolgs abgetreten, nicht so Trabitz. Der Papiertiger hat sich einen Twitter-Account zugelegt und gilt seitdem als das Gesicht zum neuen Nutzungsverhalten in einer sich unaufhaltsam verändernden Medienlandschaft, als Überbringer der frohen Kunde: Wenn es das BLATT und die Steil Media AG schaffen, dann können es auch alle anderen schaffen. Ein Wonderboy 2.0.

Inwieweit er diese Rolle noch unter seiner neuen Chefin einnehmen kann, ist völlig unklar. Franziskas Vater, der alte Steil, war ein großer Förderer Trabitz' und vertraute ihm blind. Doch was die alten Herren als Innovation gepriesen haben, stuft sie als oldschool ein. Twitter ist ganz schnell retro, wenn in Kürze drei Nerds unter zwanzig in den Vorstand der AG berufen werden. Eines kann aber mit absoluter Sicherheit gesagt werden: Typen wie Trabitz lassen sich nicht einfach vom Hof jagen. Und wenn es seine Losung sein soll, dass er auf Chinesisch mit pubertierenden Zwangsonanierern über die Zukunft der Medienlandschaft in Europa diskutieren muss, dann macht er das. Und zwar akzentfrei.

Storys Blick bleibt lange an einem Schwarz-Weiß-Bild des verstorbenen Verlegers hängen. Er steckt sich eine Zigarette an und stößt den Qualm genussvoll aus. Dabei lehnt er sich in das weiche Sofa der Besprechungsecke und legt die Füße auf den Tisch. Trabitz nimmt am Schreibtisch Platz und bedient sich am Humidor.

»Das waren noch Zeiten, alter Freund. Als wir mit dem Verleger im Doppel Tennis gespielt haben, oder?«

Story nickt und schließt die Augen.

»Du siehst schlecht aus«, fährt Trabitz fort und fuchtelt mit einem brennenden Zedernholz an seiner Zigarre rum. »Wie lange warst du schon nicht mehr bei mir? ’n halbes Jahr? Man könnte glatt meinen, ich hätte dir was getan.«

»Keine gute Geschichte gehabt«, murmelt Story erschöpft.

»Alles gut, alter Freund. Mit der Corner-Nummer bist du wieder ganz weit vorne.«

»Ich war nie ganz weit vorne.«

»Quatsch nicht rum. Du bist eine verdammte Legende«, versucht Trabitz ihn zu ermuntern.

Die Augen immer noch verschlossen, zieht Story ein weiteres Mal an seiner Zigarette. Dabei fällt Asche auf das Revers seiner Lederjacke. »Legenden schlafen nicht in ihren Autos.«

»Das liegt nicht an mir, alter Freund. Ende des Monats schreibe ich dir ’nen dicken Scheck, als Bonus für die Corner-Geschichte.«

»Es gibt doch gar keine Schecks mehr.« Story resigniert, als würde er sich hier im Büro unterlegen fühlen. Den Weg dorthin hat er wie kein Zweiter gemeistert, aber im Ziel angekommen, fühlt er sich wie ein Loser.

»Mensch, Manfred, jetzt reiß dich mal zusammen! Was willst du noch? Du hast der blöden Starnberg-Ritter eine Lektion erteilt, du hast morgen die Schlagzeile, über die ganz Deutschland spricht. Wo ist dein Problem?«

»Warum hängt hier kein Foto mit mir?«

»Tickst du noch ganz richtig? Wo soll ich dich hinhängen? Neben den Warhol? Zwischen Dürer und Renoir?«

Story erhebt sich vom Sofa, drückt seine Zigarette in einem Blumenstrauß auf Trabitz’ Schreibtisch aus, zieht die Hose hoch, während er zielsicher auf das Foto vom alten Steil zugeht. »Genau hier neben. Ein Foto von unserer alten Tennisrunde. Von dir, von ihm, von mir und …«

Trabitz unterbricht ihn. »Gut, gut, ich habe verstanden. Ich hänge das Foto auf, aber jetzt hör auf, so sentimental zu sein. Steil ist tot. Die alten Zeiten sind vorbei.«

»Für dich vielleicht«, flüstert Story in Richtung des ausgemachten Platzes für das Foto.

»Bitte?«

»Nichts, schon gut.« Story konzentriert sich wieder auf die Geschichte. »Hast du die Verlegerin informiert?« Das Wort »Verlegerin« verlässt hörbar schwer seine Lippen.

»Ja klar. Schlagzeilen dieser Dimension kann ich auch nicht mehr alleine durchziehen. Das Erste ist ein guter Anzeigenkunde, und wir treten hier eine richtige Lawine los.« Trabitz guckt Story fast schon Verständnis suchend an. »Auch für mich hat sich einiges geändert. Ich habe ihr heute Morgen eine E-Mail geschrieben.«

»Und?«

»Noch keine Antwort. Ist auch egal, wir ziehen das Ding durch, ich möchte nur nicht, dass Franziska die heißeste Nachricht des Jahres aus ihrer eigenen Zeitung erfährt.«

»Hoffentlich pfuscht sie uns nicht ins Handwerk.« Story wird wieder so seltsam sorgenvoll.

»Beruhig dich, alter Freund. Franziska gehört jetzt zufälligerweise der Verlag, und der Unterschied zwischen uns beiden ist, dass ich neben einer Zeitung auch noch Politik machen muss. Mit dieser Geschichte machen wir uns nicht nur Freunde. Wie stellst du dir den Aufmacher eigentlich vor?«

Story überlegt einen kurzen Moment, steckt sich die nächste Kippe an und denkt laut. »PERVERSES DOPPELLEBEN oder CORNERS MIESES EKEL-VIDEO oder EXKLUSIV: CORNERS SEX-VIDEO. Keine Ahnung. Ich will nur nicht so eine weinerliche Zeile wie IST DAS WIRKLICH CORNER? oder BÖSE GERÜCHTE UM SEX-VIDEO oder so 'n Mist. Du weißt, was ich meine. Keine Hintertür, keine Deals, wir machen den Typen fertig. Und zwar richtig.« Zum ersten Mal heute leuchten seine Augen. Die Aussicht, ein Menschenleben mit dem Erscheinen einer einzigen Ausgabe des BLATT zu zerstören, weckt die Lebensgeister in ihm. »Und weißt du, wann es Corner erfährt?«

Trabitz schüttelt den Kopf, während er sich seine Zigarre wieder ansteckt.

»Direkt nach seiner Sendung! Ich fahre nach Adlershof ins Studio und halte ihm die Zeitung von Montag vor die Nase. Frisch aus'm Druck.«

»Und ich, äh, du schreibst ein Buch darüber«, spinnt Trabitz den Gedanken weiter, »wie du Deutschlands größte Fernsehhoffnung am Tag seiner ersten Sendung gestürzt hast. Von der Geschichte leben wir wochenlang. Er darf sich nur nicht gleich umbringen. Mensch, Manfred, das ist pures Gold!« Trabitz ist außer sich vor Freude, und schon unterscheiden sich die beiden gar nicht mehr so sehr voneinander. Bis auf die Tatsache, dass einer Zigarre und der andere Zigarette raucht. Der eine einen Anzug und der andere Lederjacke trägt. Der eine nach Aftershave und der andere nach Zechtour riecht. Im Blutrausch vereint, und der Verleger guckt zufrieden von der Wand.

»Wann holst du das Video bei Underberg ab?«, will Trabitz wissen.

»Nach der Chefredakteurskonferenz.«

»Scheiß auf die Konferenz, wir brauchen das Video! Was stehst du hier noch rum?«

Die beiden Bluthunde ahnen von nichts.

Tsubba!

»Schau, Burschi, dem Joseph gefallt der Produzent auch ned.«

»He is a fucking asshole, und ich bin kein Amateurmoderator!«

Der Joseph sitzt in Corners Garderobe, fasst sich regelmäßig ans Herz und versucht ihm zu erklären, dass alle Fernsehproduzenten Idioten sind. Im Falle der JBC-Show handelt es sich um eine Café-au-lait-Existenz mit modischem Sommerschal und stylischen Sneakern, die auf den Namen Steven Tönsing hört. Mit dem Vornamen Steven wollten Mutter und Vater Tönsing wohl so was wie Hollywoodglanz in die Geburtsanzeige bringen, aus der Brut ist aber nur eine Adlershofschaukel geworden, die wie alle Produzenten ganz genau weiß, wie es geht, und vor allem jeden daran teilhaben lässt, der nicht danach gefragt hat.

»Ja, bitt'schön, kommen S' rein.«

Der Joseph beantwortet das Klopfen an Corners Garderobe mit der Grandezza eines Hausherrn, die alle Regisseure für sich beanspruchen, wenn sie sich im Radius von hundert Metern um ein Fernsehstudio bewegen.

Steven tritt ein.

»John, mein Lieber, komm her, grüß dich.« Er deutet ein dynamisches High-five an, nimmt es aber abrupt zurück, als er bemerkt, dass Corner keinerlei Anstalten macht, sich selbst, geschweige denn seine Hand zu erheben. Scheinheilig fragt er in seine Richtung: »Stimmt was nicht?«

Der Moderator überlegt kurz, ob er sagen soll, dass er ungern als »Amateur« bezeichnet wird, besinnt sich dann aber auf eine Weisheit, die besagt, dass es nicht wichtig ist, was die Leute hinter deinem Rücken sagen, sondern dass sie die Fresse halten, sobald du dich umdrehst. Würde sich Steven in seiner Gegenwart dermaßen über ihn äußern, hätte Corner ein echtes Problem. So ist es aber der Anfang einer ganz normalen Beziehung in der Fernsehbranche, in der jeder über jeden herzieht, um sich im Anschluss mit Küsschen rechts, links zu begrüßen. Dieser Gepflogenheit Rechnung tragend, fährt Steven enthusiastisch fort, ohne auf die offensichtliche Verstimmtheit Corners einzugehen.

»Du, John, die Sendung heute wird tsubba!« Er lehnt sich an die Wand und führt aus, was genau alles super ist oder sein wird. Dabei fällt auf, dass er eigentlich alles super findet und lustigerweise das Wort nicht einmal richtig aussprechen kann.

Licht im Studio? Tsubba! Ton? Tsubba! Bühnenbild? Tsubba! Teleprompter? Tsubba! Führungskamera? Tsubba!

Steadicam? Tsubba! Opener? Tsubba! Grafiken? Tsubba! Regie? Tsubba! Redaktion? Tsubba! Gäste? Tsubba! Moderator? Doppelt tsubba! Quote? Wird tsubba!

Es ist eine fantastische Rundreise durch alle Gewerke so einer Show, eine Huldigung des gesamten Stabs, die ultimative Beweihräucherung, wie es sie nur beim Fernsehen gibt. Egal wer, egal was – alles ist oder wird tsubba!

»Gibt es auf der Aftershowparty eine Tanzfläche?«, will Corner wissen und stellt damit die einzige Frage, deren Antwort im Reigen der fabulösen Aufzählung Tönsings fehlte.

»Ja klar. Die Aftershowparty wird auch tsubba!«

Der Joseph kennt als alter Hase die Momente, in denen Produzenten anfangen, die Sendung schönzureden, bevor auch nur eine Minute ausgestrahlt wurde, und beendet das Schauspiel.

»Lasst's uns des doch jetzt bitt'schön mal proben.« Er fasst sich ans Herz und bittet Corner, ihm beim Aufstehen behilflich zu sein.

»Geht's dir gut, Joseph?«

»Dem geht's tsubba«, nimmt Steven dessen Antwort vorweg.

Bestätigend nickt der Joseph in Corners Richtung. Gemeinsam verlassen sie seine Garderobe und begeben sich auf den Weg ins Studio. Am Fahrstuhl wartet Ivana. Sie winkt mit ihrem Klemmbrett Richtung Treppe, was dem Joseph endgültig den kalten Schweiß auf die Stirn treibt.

»Is des koack Ding immer noch ned repariert?« Noch bevor seine Assistentin antworten kann, regt er sich weiter auf. »Was habt ihr denn bitt'schön mit dem Hundertjährigen vor? Soll der uns hier auf dem Stiegerl verrecken? Zwei Weltkriege überlebt und bei JBC ins Gras gebissen, weil der Lift im Oasch ist?«

»Hab ich schon gerufen Reparatur.«

»Tsubba, Ivana, tsubba.«

John-Bob verdreht die Augen. Er ist in einem absoluten Irrenhaus gelandet. Einem Irrenhaus, das um 21.45 Uhr live auf Sendung gehen soll. In solchen Momenten wünscht er sich wieder seinen warmen Schlafanzug herbei.

Im Studio angekommen, nimmt der Joseph auf einem der Zuschauersitze in erster Reihe Platz und lässt sich von der Russin ein Mikrofon geben. Vor ihm steht ein Wägelchen mit zahlreichen Monitoren, auf denen er die Aufnahmen jeder einzelnen Kamera überprüfen kann. Im eigentlichen Regieraum sitzt seine Bildmischerin, die auf Zuruf Grafiken, MAZen und Sonstiges einspielen wird.

Dem Joseph ist nach Stevens Fauxpas die Nähe zum Moderator wichtig, und nur deshalb sitzt er bei der »heißen Probe« mit im Studio. Normal ist das nicht. Tönsing lässt sich direkt neben dem Regisseur nieder, was den Joseph schaudern lässt, atmet tief durch, schließt die Augen und lehnt sich zurück. So als wolle er die Anspannung meditativ bewältigen. Was totaler Quatsch ist, aber es sieht bei Proben immer ganz gut aus, wenn der

Produzent wenigstens so tut, als ginge ihn der ganze Scheiß auch was an. In Wirklichkeit plagen ihn natürlich andere Sorgen. Wie kommt er auch an so einen geilen Porsche ran, wie Corner ihn hat? Oder: Seit wann weigern sich Kabelhilfen, dem Produzenten vor der Probe einen zu blasen? Und warum hat er nicht an die Tanzfläche auf der Aftershowparty gedacht? Ungefähr in der Reihenfolge.

»Der Joseph an alle: Geht's bitt'schön auf eure Positionen, die Probe beginnt in Kürze.« Auf den braunen Sesseln der Talkkulisse sitzen Lichtdoubles, denen man Namensschilder um ihre schlecht rasierten Hälse gehängt hat. Corner ruft in Richtung erster Reihe: »Können wir uns bitte darauf einigen …«, als er von dem Joseph übers Mikrofon unterbrochen wird.

»Der Joseph an den Ton: Macht's bitt'schön das Mikro vom Moderator auf, dann können wir ihn alle hören.«

»Können wir uns bitte darauf einigen …« John-Bob spricht nun so laut, dass im Studio alle zusammenzucken – danach aber wenigstens hellwach sind. Noch während sich der Joseph zu Tode erschrocken ans Herz fasst, senkt Corner die Stimme und fährt in normaler Tonlage fort: »Können wir uns darauf einigen, dass in Zukunft die Lichtdoubles der weiblichen Gäste auch weiblich sind? Es irritiert brutal, wenn auf dem Schild ›Silke Meyer-Unwucht‹ steht und mich ein pubertierender Vorstadtkrimineller aus Adlershof anguckt!«

Tönsing greift zu Josephs Mikrofon und antwortet begeistert: »Tsubba Idee, John, tsubba Idee, darum kümmere ich mich persönlich. Danke für den tsubba Hinweis.«

Corner nimmt seine Position ein und meint, dass wegen ihm die Probe jetzt auch beginnen könne. Der Joseph fragt die einzelnen Gewerke wie Licht und Kamera auf Bereitschaft ab, und Ivana baut sich mit ihrer Angst einflößenden Größe in Corners Blickfeld seitlich der Führungskamera auf und hebt ihre rechte Hand mit drei ausgestreckten Fingern in die schon sehr dünn werdende Studioluft.

»Opener ab!« Der Joseph gibt den Startschuss, und aus der Regie wird ein gut dreißig Sekunden langer Film eingespielt, der mit einer Totalen aus der Perspektive eines Helikopters beginnt, hundert Meter über dem Studiogelände Adlershof, mit einem ins Mark gehenden Bass von sich extrem langsam drehenden Rotorblättern – *Dung … Dung … Dung … Dung …* –, und die deutsche Synchronstimme von Michael Douglas setzt bedeutungsschwer an: »Der neue Herzschlag des Sonntagabends …« Sie wird von einem dramatischen Gitarrenriff unterstützt. Kurze Pause. Dann stürzt der Heli Richtung Studiodach, wo anstelle des großen »H« mit Kreis »JBC« in Weiß aufgemalt ist und von roten Leuchtfackeln in Szene gesetzt wird. »Live aus dem Studio C in Berlin-Adlershof.« Nach einem kurzen Stopp wird die Kamera auf dem Landeplatz abgesetzt und rast schnell gespult aus der Sicht eines Menschen vier Stockwerke tief, vorbei an Garderoben, Büros und technischen Einrichtungen zum Bühneneingang des TV-Studios. Aus dem Gitarrenriff ist ein rockig-melodischer Song geworden, der die Dynamik der neuen Talkshow unterstreichen soll. »Begrüßen Sie Ihren Moderator, John-Bob Corner!«

An dieser Stelle folgt ein Bildwechsel vom vorproduzierten Spot live ins Studio, wo eine Spidercam die letzte Bildposition aufnimmt und über die Köpfe der Zuschauer hinwegfliegt, das Studio in der Totalen zeigt und dann auf den Moderator zusteuert, der vorm Publikum stehend die Sendung eröffnet.

Der Joseph verfolgt den Schnitt aufs Livebild, und wo jetzt noch gähnende Leere herrscht, wird heute Abend ein Warm-Upper den Zuschauern einheizen und für entsprechende Atmosphäre sorgen. Aktuell klatschen ein paar geistig verwirrte Hilfskräfte und der Produzent, was weder nötig noch angebracht ist, da es eher nach einer schlecht besuchten Möbelhauseröffnung klingt und den Moderator auf einer Beifallsebene trifft, die der Wichtigkeit dieser Veranstaltung nicht entspricht. Die Wege der Spidercam passen aber, und Ivana zählt in breitestem Russisch laut runter: »Tri, dva, odin.«

Punktgenau endet die Musik, die Führungskamera übernimmt, und der Joseph guckt beglückt.

Unterhalb des Kameraobjektivs, in das Corner jeden Moment sprechen wird, befindet sich ein kleiner Monitor, der den Text der Eröffnungsmoderation auf einen Einwegspiegel vor die Linse projizieren wird, sodass Corner ihn ablesen kann, während er direkt in die Kamera blickt. Um ungewünschte Reflexionen zu verhindern, schützen senkrecht an den Seiten angebrachte DIN-A4-große Bleche in Mattschwarz diesen monströsen Aufbau, der eher an Lesehilfen aus alten Stadtarchiven erinnert, als es die moderne Fernsehwelt erwarten lässt. Man nennt das ganze Teleprompter.

Im Regieraum sitzt ein mitteltalentierter Studienabbrecher, der mittels Joystick die Geschwindigkeit des Textes bestimmt. In seinen Lebenslauf wird er später mal »Prompterfahrer bei JBC« eintragen können.

Das Rotlicht der Kamera leuchtet auf, und ein ungewöhnlich entspannter John-Bob Corner fängt an zu moderieren.

»Guten Abend, meine Damen und Herren, willkommen zur ersten Ausgabe meiner neuen Talkshow JBC. Ich freue mich außerordentlich, den Weg in Ihr Wohnzimmer gefunden zu haben. Sie brauchen sich keine Sorgen um Ihre Gebühren zu machen, ich komme natürlich nicht täglich mit dem Hubschrauber zur Arbeit, sondern werde, wie alle anderen Moderatoren öffentlich-rechtlicher Sendungen auch, ganz normal mit einer schwarzen Mercedes S-Klasse zu Hause abgeholt. Meine drei Vorgänger, die auf diesem Sendeplatz bereits dumme Gespräche mit noch dümmeren Gästen geführt haben, möchte ich an dieser Stelle herzlich grüßen. Ich verspreche euch, dass ich mir eine ähnlich belanglose Diskussionskultur draufgeschafft habe, um nicht unangenehm zu glänzen.«

Corner dreht sich Richtung Talkrunde, die Kamera zieht auf, während er an das bereits Gesagte anknüpft.

»Neben der Frage, was ich mit den Millionen mache, die mir diese Sendung einbringt, hat mich die letzten Wochen natürlich beschäftigt, womit ich Sie, liebe Zuschauer, heute kurz vorm Einschlafen belästigen soll. Und was läge da näher, als zu diskutieren, was ein Großteil von Ihnen noch persönlich erlebt hat: nachts rauszumüssen, und nicht weil die Blase drückt, sondern weil die Sirenen heulen. Unser Thema heute lautet: Kriegsangst in Europa – bringt uns der Euro den Krieg zurück? Und jetzt freuen Sie sich mit mir auf folgende Gäste …«

»MAZ ab.« Der Joseph weist seine Bildmischerin an, den kurzen Vorstellungsfilm der Gäste abzufahren, und während im Hintergrund auf den Studiomonitoren bunte Bilder zu Julius Knetter, Pierre de Kandénz, Andreas Fenster und so weiter laufen, klatschen wieder ein paar Grenzdebile aus der Kulisse heraus, bevor ihnen ein »Ruhe!« vom Regisseur Einhalt gebietet.

»John, das war ja ganz lustig, aber bitt'schön Konzentration. Der Joseph für den Prompterfahrer: Heute Abend muss der richtige Text im Gerätl sein, verstanden?«

Dem Witz beflissen folgend, greift sich Steven das Mikro, streckt seinen Daumen in die Luft und schiebt kichernd ein »Tsubba war das, John, tsubbalustig« hinterher.

Die MAZ guckt sich flüssig, und der Ton des Sprechers trifft die richtigen Bilder. In der Zwischenzeit nimmt Corner Platz, und zwei Steadicam-Operator übernehmen das Einfangen von Bildern aus der Talkrunde. Das sieht alles sehr gut aus und läuft bis hierhin fehlerfrei.

»Joseph, ich würde jetzt ungern einen Talk mit Lichtdoubles üben«, meint Corner. »Macht, was ihr machen müsst, fahrt Bauchbinden, Grafiken und so weiter ein, ich bleibe hier sitzen.«

Das passt dem Joseph natürlich nicht, letztendlich hat er aber Verständnis für Corner und bittet seinen Regieraum, zu tun, was der Moderator gesagt hat. In der Zwischenzeit probt das Licht weiter das Licht, der Ton den Ton, und der Produzent findet eh alles tsubba. An die erst in der Nacht fertig gewordene Kulisse müssen sich die Kameraleute noch gewöhnen, aber der Joseph führt sie gekonnt, und am Bildschirm wirkt das Ganze schon ziemlich perfekt.

»Der Joseph an alle: Des schaut gut aus, passt. Lasst's uns bitt'schön noch die Abmoderation inklusive Schalte zu den *Tagesthemen* proben.«

John-Bob tut so, als würde er sich von seinen Gästen verabschieden. Hier ein Knicks, da ein Bussi, das Finanzminister-Double bekommt die Hand, und vor dem falschen Hundertjährigen salutiert er mit zum »L« ausgestrecktem Daumen und Zeigefinger vor der Stirn.

Loooser! Das ist der Corner, den die Leute wegen seiner erfrischenden Unkorrektheit auf diesem Sendeplatz haben wollten. Einer, der sich um nichts schert und als Sprössling einer englischen Familiendynastie über die Unabhängigkeit verfügt, die es braucht, um in einem fremden Land seinen eigenen Stil durchzuziehen – und genau dafür bewundert zu werden. Ein respektloser Engländer, der seit geraumer Zeit für Furore sorgt. Nun bleibt abzuwarten, ob ihm das auch im Korsett einer so bedeutenden Talkshow gelingt und die Zuschauer es in wöchentlicher Dosis über sechzig Minuten ertragen. Elton John kann mit 3.30 Minuten »Crocodile Rock« ja auch durchaus für Begeisterung sorgen, aber will man deshalb gleich ein ganzes Konzert von ihm hören?

Die Steadicam begleitet den Moderator auf seinem Weg Richtung Studiopublikum, zu einem auf dem Studioboden markierten Punkt, wo er die Sendung auch begonnen hat, und Corner leitet die Live-Schalte zu den *Tagesthemen* ein.

»Und so kommen wir langsam zum Ende dieser überaus gelungenen Premiere von JBC. Dank mir war es eine erkenntnisreiche Gesprächsrunde, und wenn ich es nicht besser wüsste, würde ich mich gerne mit den Worten ›Nie wieder Krieg in Europa‹ verabschieden. Die Verantwortlichen dieser Sendung zwingen mich dazu, an dieser Stelle noch Interesse daran vorzuheucheln, was die *Tagesthemen* im Anschluss berichten, und so rufe ich Pia Loheide: What's up, bitch?«

Die große Kamera auf Pumpe übernimmt, der Joseph bittet seine Bildmischerin, in den Split-Screen zu wechseln, und vor blauem Hintergrund erscheint Pia Loheide mit Lockenwickler im Haar laut lachend.

»Yo, Cornerchen, heute zeigen wir in den *Tagesthemen* erstmals, wie die Moderatorin untenrum aussieht!« Dabei hebt sie ihr rechtes Bein auf den Tisch, krempelt so gut wie möglich die Röhrenjeans hoch und verstellt ihre Stimme auf Telefonsex. »Die heißesten Nachrichten der Woche.«

Der Joseph fasst sich ans Herz, und Steven sabbert mehrfache »tsubba« in seinen Schal.

Proben können sehr lustig sein, bis irgendwann mal jemand auf den falschen Knopf drückt und das Zeug gesendet wird.

»John, ich wünsche dir viel Erfolg für deine erste Sendung.«

Pias Bein ist wieder unterm Tisch verschwunden, und Corner bedankt sich, plötzlich wieder ganz anständig. »Vergiss nicht, die Lockenwickler rauszunehmen. Besten Dank. War es das?«

»Danke an alle. Das war's. Mittagspause bitt'schön und Regiebesprechung im Anschluss.« Der Joseph guckt bestätigend in Corners Richtung. Gute Probe. Im Theater würde man sagen: zu gut.

Tsubba eilt zum Moderator, der in der Kulisse entkabelt wird. »Ich habe ein gutes Gefühl, die Sendung wird der Hammer!«

»Steven, eine Sache noch«, nuschelt Corner. »Ich habe Franziska Steil in die heutige Sendung eingeladen.«

Reflexartig antwortet der: »Tsubba!«, um kurz danach entgeistert durchs Studio zu schreien.

Rollkoffer

Im Gegensatz zur tageslichtfeindlichen Atmosphäre des Studio C in Adlershof durchdringt eine zunehmende Anzahl von Sonnenstrahlen den Himmel über dem Potsdamer Platz und somit auch das Büro der Steil.

Während ihrer Abwesenheit hat die noch aktuelle Führungsmannschaft die Zeit genutzt, um weiter an der PowerPoint-Präsentation »Gestalten statt verwalten« zu arbeiten. Ihrer zukünftigen Überflüssigkeit gerecht werdend, hält sich die Leistung der Anzugträger in Grenzen – ohne die stakkatoartigen Anweisungen der Steil ist es nicht gelungen, wesentliche Fortschritte zu erzielen.

Benno betritt als Erster das Büro. Freudig begrüßt er die Nieten in Nadelstreifen und stößt auf genauso viel Zuneigung, wenn nicht sogar mehr. Ausgelassen tätschelt man seinen Kopf, krault ihm den Hals und ermutigt ihn in bester Babysprache – »Komme du ma her, komme du ma her, komme du ma her« –, seinen Rundlauf durchs kollektive Versagen fortzusetzen. Erst der strenge Blick seines kurz nach ihm eintretenden Frauchens lässt ihn und die sechs Manager zur Tagesordnung zurückkehren.

»Bringen Sie mich auf den aktuellen Stand!«, verlangt die Steil, während sie hinter ihren Schreibtisch gleitet.

Da ist sie wieder, die Baumarktsituation. Wie in der Frühkonferenz beim BLATT wagt sich auch hier niemand aus der Deckung, und gäbe es ein Regal, in dem Dübel sortiert werden müssten, stünden sie da jetzt alle, um von ihrer Unwissenheit abzulenken. So bleiben ihnen aber nur die Bildschirme ihrer Laptops, in die sie möglichst gedankenversunken starren, um sich vor einer direkten Ansprache der Steil zu schützen und ganz nebenbei möglichst viele Chatfenster vom Desktop zu löschen.

»Herrje, hat denn niemand von Ihnen seine Eier mit ins Büro gebracht und kann mich aufklären, was hier die letzten drei Stunden gelaufen ist?«, bellt die Steil.

Benno bellt auch. Ob er das tut, um sein Frauchen zu unterstützen, oder einfach, weil er Hunger hat, kann ohne Hinzunahme eines Hundecoachs nicht geklärt werden. Zumindest erschreckt er damit einen der Haubentaucher derart, dass der sein Wasserglas umstößt und auf einmal im Zentrum der Aufmerksamkeit steht.

»Oh, sehr gut, ein Freiwilliger!«

»Äh, ja nun, Frau Steil, bei allem Respekt, und ich glaube, hier für alle zu sprechen …«

Seine Kollegen wenden sich sofort ab, einige hüsteln auffällig oder schütteln mit dem Kopf.

»… oder auch nur aus meiner Warte gesprochen, wir, Entschuldigung, ich, also, ich kann vielen Ihrer Pläne einfach nicht folgen und tue mich schwer, an der Umstrukturierung eines Traditionshauses wie der Steil Media AG mitzuwirken und dabei Maßnahmen in die Funktionsfelder einer Präsentation zu packen, die, bei genauer Betrachtung, mein, äh, unser berufliches Ende besiegeln.«

Absolute Ruhe. Selbst Benno hält den Atem an. Die Steil guckt den Vortragenden vollkommen regungslos an. Ihr diktatorischer Führungsstil lässt jetzt nur eine Reaktion zu. Doch der Todgeweihte ist noch nicht fertig.

»Ich halte es für einen absoluten Fehler, auf regionale Tageszeitungen zu verzichten, gerade der Blick in die USA zeigt uns doch, dass im Lokaljournalismus der Segen liegen kann, und die Verwässerung unserer Kernkompetenz durch Zukäufe im digitalen Bereich, bei gleichzeitigem Abstoß des Buchverlags bringt uns ...«

Energisch wird er von einem Kollegen unterbrochen, Räuspern und Hüsteln reichen nicht mehr. »Ich lasse mich da nicht mit einbeziehen, bitte sprich für dich und nicht für uns alle!«

Überrascht von so wenig Rückhalt, fährt der Manager mit flach werdender Stimme fort. »Also gut, bringt mich alleine in die Situation, ernsthaft über die neue Strategie nachzudenken. Es ist zweifelsfrei richtig, das Engagement im Internet auszuweiten, jedoch nicht um jeden Preis. Ich halte die Bezahlung mit Vorzugsaktien konzerninterner Umsätze für gesetzeswidrig und nicht praktikabel. Dafür wird uns der Finanzminister auch niemals die Unbedenklichkeitsbescheinigung ausstellen.«

Die Steil nutzt den zweiten Teil der Ausführungen, um ausgiebig ihre Fingernägel zu betrachten. Im Kreis seiner bis vor wenigen Minuten noch als Mitstreiter gedachten Kollegen sorgt die Palastrevolution für schauriges Unbehagen. Alle Augen richten sich nun in Erwartung einer Reaktion auf die Steil.

Nach quälend langen Minuten eröffnet sie endlich das Tribunal. Wie jeder Despot, der was auf sich hält, hat die Steil nur Anlauf genommen, um die bis zuletzt nicht sterben wollende Hoffnung auf Gnade in stechenden Schmerz zu verwandeln.

»So, so. Sie haben also ernsthaft nachgedacht. Herzlichen Glückwunsch! Sollen wir Ihre Familie verständigen? Wissen Sie was?« Sie steht auf und rückt ihren Blazer zurecht. »Bennos letzter Haufen, ein herrlich stinkender großer brauner Haufen, der hat mich beeindruckt. Der hatte was. Ihr Dünnschiss hingegen schafft es nicht mal in die Nähe davon. Hier wächst in Zukunft nur noch Gras, wo ich hinschaue. Sie wollen in die USA blicken? Lassen Sie sich einen Termin beim Augenarzt geben!« Ihre unangenehm piepsige Stimme gleicht sich mit jedem weiteren Wort dem Quietschen von Fingernägeln an einer Kreidetafel an. »Sie sind ein Niemand. Eine Wurst. Nicht meine Strategie setzt Leuten wie Ihnen ein Ende, Sie selbst haben sich die letzten Jahre um den Kopf gemanagt, den ich Ihnen heute abschlage.« Ihre Zähne fletschen um das finale Wort. »Raus!«

Die ehemalige Führungskraft schließt den Laptop. Er schlägt ihn nicht zu, macht keinerlei Anstalten zu antworten, auch verzichtet er auf jegliche Gegenwehr. Er hat sich schon lange damit abgefunden, in der zukünftigen Ausrichtung der Media AG keine Rolle mehr zu spielen, und wäre ihm eben das Wasserglas nicht umgekippt, hätte er dennoch, so wie seine fünf Kollegen auch, bald die Kündigung im Briefkasten gehabt. Und damit die Gewissheit, dass man mit Mitte vierzig in der heutigen Medienwelt zum alten Eisen gehört. Wie es mit ihm beruflich weitergeht, ist unvorhersehbar. Sicher ist nur, dass sein schmuckes Häuschen, das Cabrio seiner Frau und das Reitpferd der Tochter demnächst auf diversen Internetportalen zum Verkauf stehen werden. Möglicherweise sogar auf welchen, an denen die Steil Media AG beteiligt ist.

Neben dem Laptop packt er einige Unterlagen in die silberfarbene Neuinterpretation eines Pilotenkoffers aus dem Hause Rimowa, der für Leute im gehobenen Management gemacht wurde. Die Steil überlegt kurz, ob sie ihn darauf hinweisen soll, dass Laptop und Unterlagen das Gebäude nicht verlassen dürfen, entscheidet sich dann aber, den Wachdienst zu informieren, um die Demütigung perfekt zu machen. Als er so seinen Rollkoffer hinter sich herzieht, wie einen letzten treuen Freund, und dabei über die Schwelle stolpert, verlässt auch das letzte bisschen Würde den Raum.

Die Steil schaut in die Runde. »Das hätten wir«, sagt sie zufrieden. »Und wer von Ihnen jetzt noch seinen Arsch retten möchte, der geht in sein verdammtes Büro und arbeitet an der neuen Strategie. Und zwar nach meinen Wünschen. Verschonen Sie mich mit eigenen Gedanken. Hopphopp.«

Die große Flucht setzt ein.

Am liebsten würde die Steil jetzt ein Fenster auf Kipp stellen, um den Geruch von Angstschweiß des Vorstands in ihrem Büro loszuwerden, aber auf der Höhe kann man keine Fenster mehr kippen. Drei kurze Stöße Parfüm in die Himmelsrichtung ihrer hektisch zusammenpackenden Führungsmannschaft haben aber ungefähr die gleiche Wirkung und signalisieren den Ekel, den sie beim Anblick dieser Tollpatsche empfindet.

Benno hat schon vor längerer Zeit Schutz unter ihrem Schreibtisch gesucht und wartet darauf, dass sie sich ihrer Schuhe entledigt.

Selten zuvor war die Steil dermaßen gespannt. Hält das Corner-Video, was Trabitz' E-Mail angekündigt hat? Hat es das Zeug dazu, der Skandal des Jahres zu werden? Sie selbst kannte Corner zuvor auch nur als auffällig unterhaltsamen Talkshowgast. Seine Ernennung zum Cheftalker des deutschen Fernsehens überraschte sie gleichermaßen wie die Vorstellung, dass er in einem Berliner Nachtclub bizarre Sexpartys feiert und dabei auch noch gefilmt wurde. Sein Unglück könnte ihr Glück sein. Der Laptop nimmt die Scheibe dankend an. Nach einem kurzen Augenblick öffnet sich der Player. Das Standbild ist fast vollständig schwarz, nur undeutlich sind die

Schatten einiger Gestalten auszumachen. Die Steil atmet tief durch und klickt auf Play. In diesem Moment klingelt ihr Telefon. Sie pausiert das Video.

»Ja, bitte?«

»Guten Mittag, Frau Steil, das Büro von Herrn Trabitz, darf ich verbinden?«

Die hübsche Sekretärin repariert nebenbei immer noch den grasgrünen Apfel aus der Hirst-Installation.

»Nein«, antwortet die Steil, kann ihre Neugier nicht länger zügeln und drückt nebenbei wieder auf Play. »Richten Sie Trabitz bitte aus, dass ich ihn um 14.00 Uhr auf der Rennbahn Hoppegarten erwarte. Meine Loge im Rennklub sollte ihm bekannt sein.«

Während sie den Hörer auflegt, starrt sie entgeistert auf den Bildschirm.

Der Verrat

Und schon wieder sitzt Story auf der Rückbank einer Berliner Taxe. Dieses Mal sind die Stoßdämpfer in Ordnung, aber der Fahrer tickt nicht richtig. Es ist zwar so, dass man in Berlin grundsätzlich Pech mit diesem Berufszweig hat, dennoch überrascht einen die Dreistigkeit und Dummheit in Rede und Gehabe immer wieder. Zum Beispiel trifft man häufig auf beeindruckend gleich aussehende Mitglieder arabischer Großfamilien, die sich zu zehnt einen Beförderungsschein teilen und mangelnde Ortskenntnisse durch permanentes Plappern in die Mikros ihrer Headsets auf Landessprache wettmachen. Oder auf engagierte Kritiker des eigenen Gewerbes, die sowohl die Anzahl der Taxis, die Kurzstreckenregelung, die Vorfahrtsituation am Hauptbahnhof, unterschiedliche Flughafentarife sowie die Tricks arabischer Großfamilien zum Kotzen finden und den Fahrgast ungefragt darüber aufklären, um am Ende festzustellen, dass sich auch diese Strecke mal wieder nicht gelohnt hat. Dann gibt es noch die, die sich der Sprache komplett verweigern und kein Wort sagen – nicht mal, dass sie das gewünschte Ziel verstanden haben oder gar kennen –, sondern einfach losfahren und zum Schluss aufs Taxameter zeigen.

Story ist auf die gegenteilige Gattung gestoßen: den Geschichtenerzähler. Mit dem Charme einer halb fertigen Drehbuchidee und von Informationen aus dem Spreeradio getrieben, gehen sie ungefragt auf ihre Fahrgäste los.

»Sie sind von der Presse, oder?«

Story ist schon jetzt von der Kombinationsfreude begeistert. Er ist direkt am Verlagsgebäude vom BLATT eingestiegen und hat einen Stapel Sonntagszeitungen unterm Arm, die er eigentlich während der Fahrt überfliegen wollte. Genau genommen sieht er wie ein runtergekommener Boulevardreporter aus einem Dietl-Film aus.

»Ja, bin ich«, antwortet er bewusst einsilbig und schlägt eine der Zeitungen auf, um einer Unterhaltung von vornherein eine unverständliche Absage zu erteilen.

»Bestimmt beim BLATT, so wie Sie aussehen.«

Story schweigt.

»Na gut, beim BLATT also. Das riech ich.« In diesem ganz speziellen Fall könnte das sogar wörtlich gemeint sein, würde nicht sein Duftbaum am Rückspiegel Storys Ausdünstungen verlässlich überdecken.

»Ich weiß, wie man Bürgerkriege verhindern kann!«

Gott sei Dank! In neun von zehn Fällen geht es bei solchen Gesprächen um die Eskapaden prominenter Zeitgenossen, das immer schlechter werdende Fernsehprogramm oder eine Anekdote, wie der Juhnke vor Urzeiten mal komplett besoffen von einem Kollegen aus dem Puff abgeholt wurde. Aber der Versuchung, sich die große Weltpolitik von einem Berliner Taxifahrer erklären zu lassen, kann Story nicht widerstehen. Er legt seine Zeitung zur Seite.

»Und wie?«

Der Fahrer dreht das Radio leiser und legt los.

»Ganz einfach. Ihr dürft nicht mehr über Kriege berichten. Wenn keiner mehr berichtet, verlieren diese ganzen Rebellen und so den Spaß daran.«

Fassungslos darüber, dass sein Fahrgast ihn einfach nur fragend über den Rückspiegel anguckt und nicht gleich bestätigend in den Kanon dieser genialen These einsteigt, setzt der Droschker tief einatmend noch mal an.

»Okay. Ich erkläre es Ihnen jetzt mal ganz vernünftig. Die im Nahen Osten zum Beispiel drehen doch erst richtig durch, wenn da Kameras sind. Oder glauben Sie, die stecken 'ne Amerikafahne an, wenn keiner zuguckt? Und woher kommen eigentlich die ganzen Flaggen? Gibt es da Spätis in der Walachei, die sich darauf spezialisiert haben? So nach dem Motto: Zu fressen und saufen ist aus, aber hier, nehmen Sie doch die Stars and Stripes und 'ne Dose Benzin mit – das brennt so schön! Wissen Sie, was ich glaube?« Wie alle anderen

Taxifahrer meint er diese Frage natürlich rein rhetorisch und fährt ohne Pause, dafür unter Missachtung eines Rotlichts, von sich selbst begeistert fort. »Die Presse bringt denen die Flaggen mit. Inklusive Feuerzeug. Dann habt ihr eure Bilder, und die haben ihre Aufmerksamkeit. Daraus wird eine Spirale. Als Nächstes brennt eine Bibel. Auch wieder von Journalisten mitgebracht. Glaube nicht, dass man bei den Moslems Bibeln kaufen kann.« Dem Taxifahrer reicht der Blickkontakt mittels Rückspiegel nicht mehr. Er dreht sich um und spricht seinen Fahrgast bei sechzig Stundenkilometern direkt an. »Und dann brennt ein Mensch. Die stecken sich doch nur an, wenn die Kameras laufen. Keine Kameras, keine Revolte. Alles friedlich. So einfach ist die Kiste.«

»Vorsicht, der Fahrradfahrer!«, schreit Story.

Der Fahrer ist verärgert über die Unterbrechung. »Ja, ja, schon gut, der soll halt aufpassen oder mit dem Arsch zu Hause bleiben.« Wild hupend geht es weiter. »Oder diese ganzen Selbstdarsteller in der Ukraine: Der Klitschko hätte doch nie im Leben ein ganzes Land ins Chaos gestürzt, wenn er nicht jeden Tag in der Zeitung gestanden hätte. Und als es dann ums Aufräumen ging, musste er zum Sport. Somalia, Piraten? Verrecken lassen! Aber nein, wir fliegen da hin und berichten darüber. Ursache und Wirkung ist das Stichwort. Die benutzen unsere Pressefreiheit für ihre Zwecke.«

Story weist den Kutscher an, demnächst bitte rechts abzubiegen.

»Ist doch wahr, oder? Was denken Sie denn darüber?«

»Ich habe mit Politik nichts zu tun«, sagt Story. »Ich mache Klatsch und Tratsch.«

»Auch nicht schlecht. Didi Hallervorden hat mal seine Lesebrille bei mir im Taxi verloren. Soll ich hier an der U-Bahn-Station halten?«

»Bitte. Und schreiben Sie mir eine Quittung über elf Euro.«

»Stadtfahrt reicht?«

Story nickt erschöpft.

Er nimmt den bekannten Weg ins Fa-raon. Der Laden ist mittlerweile noch voller geworden. Auch Story muss sich nicht ausziehen, täte es aber gern.

Wie jeder andere Geschäftspartner von Underberg meldet er sich beim DJ an, der aber inzwischen, selbst wenn er wollte, nicht mehr in der Lage wäre zu antworten. Sein Blick scheint an der Diskokugel hängen geblieben zu sein, die, mehrfarbig angestrahlt, den Club in ein kaleidoskopartiges Lichtermeer taucht. Als wolle er den ultimativen Soundtrack dazu liefern, zieht der DJ wie in Trance eine Vielzahl von Reglern hoch und runter.

Underberg öffnet trotz lautstarkem Klopfen nicht die fest verschlossene Tür zu seinem Büro. An Handyempfang ist in diesem Bunker nicht zu denken, und der Rest des Personals ist mindestens genauso psychedelisch drauf wie der DJ. Verdammte Scheiße! Nun rufen Boulevardjournalisten selten den Schlüsseldienst, um sich Zugang zu verschaffen, und nach einem prüfenden Blick Richtung Tanzfläche lässt Story seinem Temperament freien Lauf: Krachend tritt er die Tür ein. Was er dann sieht, kann ihm ganz und gar nicht gefallen.

Regungslos liegt Underberg vor seinen Füßen.

»Alter, wach werden!« Mit der flachen Hand tätschelt er ihm erst leicht die Wange, um dann etwas fester zuzuschlagen. Das zeigt Wirkung. Underberg kommt langsam zu sich.

»Wie spät ist es?«

»Kurz vor zwölf.«

»Mittags oder nachts?«

»Komm her, ich helfe dir erst mal hoch.« Wesentlich schneller, als Underberg körperlich auf die Beine kommt, spult er runter, was passiert ist.

»Warum hast du ihr von dem Video erzählt?«, fragt Story. »Und wie kam sie überhaupt hier rein?«

»Na Moment mal, die kleene Steil wusste ja schon alles, wa.«

Trabitz, die Sau! Von wegen, er habe ihr nur eine harmlose E-Mail geschrieben. Er hat ihr alles verraten. Sogar die Quelle. Die Quelle! Wie konnte er das tun? Es gibt nun wirklich nicht viel, was Journalisten heilig ist, aber der Quellenschutz gehört dazu. Underberg war jahrelang ein guter Informant, wie konnte Trabitz ihn nur ans Messer liefern?

»Hast du einen Drink für mich?«

»Story, was ist ditte denn für 'ne Frage?«

Während Story versucht, mit einem Stuhl die Tür provisorisch zu verschließen, holt Underberg eine Flasche Schnaps aus der oberen Schublade seines Schreibtischs hervor und stellt zwei Wassergläser auf.

»Also icke könnte 'nen Doppelten vertragen, wa.«

»Und mein Glas kannst du ganz voll machen!«

Sushi, die Gurke

Die Mittagspause hat John-Bob Corner auf einer Bierbank im Catering verbracht. Der Joseph hat ihm ein paar ganz amüsante Geschichten aus dem armseligen Adlershofer Nachtleben erzählt, und auch wenn Corner mit Frauen nicht ganz so viel anzufangen weiß, sind gut vorgetragene Anekdoten mit Nutten um ein Vielfaches unterhaltsamer, als ganz allein in der Garderobe zu hocken und der Zeit beim Verrinnen beizuwohnen.

Fernsehen machen besteht zu neunundneunzig Prozent aus Warten. Warten auf die nächste Probe, auf die nächste Besprechung, auf den Beginn der Sendung. Was in dieser Zeit dem Moderator an Energie verloren geht, wird bei großen Samstagabendshows durch Pyroeffekte aufgefangen. Der Regisseur ist heute aber ganz froh über diesen Ermüdungseffekt.

»Burschi, tu dem Joseph bitt'schön einen Gefallen. Ich mein's wirklich nur gut. Überdreh heute Abend nicht. Die Leute müssen sich erst an dich gewöhnen. Du bist jetzt Gastgeber, nicht mehr Talkgast. Verstehst des?« Sorgenvoll guckend, greift er sich wieder ans Herz.

»Yes, Sir! Und du lässt dir *bitt'schön* einen Arzt kommen. Ich muss jetzt in diese dämliche Redaktionssitzung.«

Corner streichelt dem Joseph beim Aufstehen über die Schulter. Es gibt in diesem Geschäft bekanntermaßen keine Freundschaften, aber der Joseph ist ihm in den letzten vier Wochen wirklich ans Herz gewachsen. Und dass ihm jetzt ausgerechnet das Probleme bereitet, kann er gar nicht gut haben. Der Weg in die Konferenz führt ihn zurück durchs Studio, an dem immer noch defekten Fahrstuhl vorbei ins Treppenhaus, das im dritten Stock mit einer Tür endet, auf der »Redaktion JBC« steht.

Die Räumlichkeiten sind, wie auch der gesamte Rest des Studiokomplexes, ein Verbrechen an der Menschlichkeit und erinnern trotz der Höhe des Stockwerks eher an die düsteren Stollen eines Bergwerks als an eine Arbeitsumgebung für coole Menschen, die davon geträumt haben, mal irgendwas mit Medien zu machen.

Die Redaktion beim Fernsehen ist für die inhaltliche Gestaltung der Sendung verantwortlich. Bei einer Talkshow sind das in erster Linie die Gäste. Um sich redaktionell an einem Gast abzuarbeiten, muss man ihn erst mal einladen – was bei JBC ein eigens dafür eingestellter Guest-Booker erledigt –, dann ein Vorgespräch führen und dem Moderator alle wichtigen Informationen zukommen lassen. Oder anders gesagt: Zwei kurze Telefonate und einen Wikipedia-Ausdruck später ist die Sache erledigt. Da sich beim Fernsehen aber alle unangenehm wichtig nehmen und öffentlich-rechtlich angenehm viel Geld vorhanden ist, kümmern sich insgesamt dreißig Redakteure im Wochenwechsel um diese Aufgabe und stehen sich dabei vorbildlich im Weg.

Die Zusammenstellung der Redaktion erfolgte auf eine interessante Idee Tsubbas hin, die im Kern darauf beruhte, nicht die typischen Fernsehnasen einzustellen, sondern kulturell verdienten Newcomern aus den Bereichen Print, Online und Radio eine Chance zu geben. Ehrenwert im Gedanken, absolut katastrophal im Sendebetrieb. Höflich ausgedrückt, handelt es sich bei der JBC-Redaktion um einen Haufen Fernsehpraktikanten, die schon in ihrer Erstverwertung am Arbeitsmarkt dadurch auffielen, dass sie vor allem eines konnten, nämlich nichts. Mit den besten Wünschen von ihren überaus glücklichen Ex-Arbeitgebern verabschiedet, haben sie sich hier zu einer Art medialen Resterampe zusammengefunden, die von Klaus Oberpfennig, genannt Groschen-Klaus, geleitet wird.

Aus dessen Büro, am Anfang eines extrem langen Flurs, kommt dann auch gleich ein »Der spinnt wohl!«, kurz bevor Corner eintritt.

»Wer spinnt?«

Tönsing und Groschen-Klaus gucken sich ertappt an. »Alles tsubba, John, nur mit deiner Einladung der Steil kommen wir nicht richtig klar.«

»Why?«

»Uns fehlt ein Stuhl.«

Groschen-Klaus übernimmt. »Außerdem, was hat die zu erzählen? Zum Euro und zur Kriegsangst? Ich verstehe das ehrlich gesagt nicht.«

»She owns Europas größte Zeitung, Deutschlands größtes Verlagshaus, und I want her in dieser fucking Sendung, was ist daran so schwer zu verstehen?«

Je näher es Richtung 21.45 Uhr geht, desto mehr entwickelt sich Corner zu einem Macher, der Ansagen erteilt, statt wie ein Bittsteller durch das Konstrukt seiner eigenen Show zu irren. Und das ist richtig so. Er ist der Star. Ihn wollte der Sender unbedingt haben. Seine Initialen stehen auf jedem nur erdenklichen Schild in dieser Zumutung namens Studio C.

Die letzten vier Wochen waren sehr kräftezehrend und ungewohnt für ihn. Er musste auf einmal Dinge tolerieren, die es eigentlich zu verhindern galt, und Dinge machen, die man eigentlich niemandem zumuten kann. Es sei denn, er ist Moderator einer Fernsehsendung. Fernsehen ist immer ein fauler Kompromiss, dessen Ergebnis der Moderator glaubhaft als Optimum verkaufen muss. Ab einem gewissen Moment wird es einzig und allein an ihm liegen, das Flugzeug unter Applaus zu landen oder als Feuerball in einer Fernsehkritik aufzugehen. Diese Erkenntnis setzt bei Corner Automatismen in Gang, die dem gesamten Betrieb guttun.

Groschen-Klaus ist jedenfalls nachhaltig beeindruckt und der Moderator noch lange nicht fertig mit ihm.

»Ihr wollt eine wochenaktuelle Talkshow machen und seid nicht in der Lage, spontan einen Gast einzuladen, weil ein Stuhl fehlt? My God!«

Jetzt kommt eine weitere Disziplin, die jeder Moderator beherrschen muss. Die Notlüge.

»Das BLATT macht in Kürze eine große Volksabstimmung zum Euroaustritt, und ich habe mit ihr ausgehandelt, dass die heutige Talkshow eine zentrale Rolle spielen wird. Reicht das?«

»Tsubba!« Tönsings Fahne dreht sich schlagartig im neuen Wind.

»Trotzdem fehlt uns ein Stuhl …«, gibt Groschen-Klaus weiterhin zu bedenken, allerdings schon viel ergebnisoffener als noch vor einigen Minuten.

»Lass uns den Hundertjährigen ins Publikum setzen. Ich gehe dann nach meiner Eröffnungsmoderation zu ihm hin, führe ein gefühlvolles Fünf-Minuten-Gespräch und gebe ihm mit diesem Solo einen angemessenen Rahmen. Deal?«

Frisch ausgesprochen, muss Corner unweigerlich an Josephs Herz denken. So eine gravierende Änderung am Tag der Live-Sendung ist nicht ganz ohne Risiko. Schließlich muss die neue Talkposition ausgeleuchtet werden, das Opening verändert sich, und die Laufwege der Steadicam müssen angepasst werden.

»Das müssen wir auf jeden Fall proben«, ergänzt der Produzent den Vorschlag, »aber ansonsten, tsubba Idee!«

»Okay, ich informiere die Redaktion, Tönsing die Technik.« Groschen-Klaus ist endgültig an Bord.

»Ich probe hier gar nichts mehr, das klappt auch so«, beendet Corner die Diskussion. Berühmter können letzte Worte nicht sein, und Corner verlässt als Erster das Büro seines Redaktionsleiters Richtung Sitzung.

»Warte mal kurz!« Groschen-Klaus hechtet seinem Moderator hinterher, während Tsubba treppab den Flur verlässt. »Unsere Twitter-Tussi hat mich eben informiert, dass es da wohl eine ungewöhnliche Bewegung unter #JBC gibt.«

»Ungewöhnlich gut oder ungewöhnlich schlecht?«

»Ungewöhnlich viel! Wir sind noch gar nicht auf Sendung, und das Hashtag ist bereits *das* Topic des Tages.«

Da beide keine Ahnung haben, was das bedeutet, es sich zunächst aber ganz gut anhört, der Tagestrend auf Twitter zu sein, schlagen sie sich euphorisch ab und betreten Arm in Arm den Konferenzraum. Groschen-Klaus wäre im Grunde genommen kein schlechter Kerl, würde er nicht beim Fernsehen arbeiten. Die anwesenden Redaktionsmitglieder können die gute Stimmung nicht nachvollziehen, da sie in ihrer hoffnungslosen Überforderung feststecken und die gesamte Last der heutigen Sendung in ihren Gesichtern tragen. Nach einem kurzen Blick in die Runde fragt Corner, ob jemand gestorben sei.

»Leute, ein bisschen mehr Zuversicht, bitte, wir schreiben heute TV-Geschichte!«, motiviert Groschen-Klaus seine Mannschaft und eröffnet damit die letzte Sitzung vor der Sendung. Zu Beginn teilt er mit, dass es eine kurzfristige Änderung in der Gästestruktur geben wird.

Wie erwartet, stößt der Umstand auf wenig Begeisterung, weil er erstens Arbeit macht und es zweitens gegen die Gesinnung eines Großteils der Mitarbeiter verstößt, der Verlegerin des BLATT eine Plattform zu geben. Das verhasste BLATT. Heimat der Proletarier und Populisten.

»Kannst du dich noch daran erinnern, wie die gegen Griechenland Stimmung gemacht haben?« Jörg ergreift als Erster das Wort. »Das sind Hetzer vom Feinsten!«

Jörg war vor seiner Festanstellung bei JBC freier Onlinejournalist und veröffentlichte seine Gastbeiträge auf diversen linksliberalen Internetseiten. Das hat ihm im letzten Jahr den Nachwuchspreis einer Hamburger Journalistenschule in der Kategorie »Politik« eingebracht. Die Auszeichnung in Form einer nur mittelschönen Urkunde hängt seitdem in der Gemeinschaftsküche seiner Moabiter WG und hat schon mindestens genauso viele Spritzer Tomatensoße abbekommen wie die zwei Kilo Nudeln, die allabendlich die Mäuler der Bewohner stopfen. Ein Preisgeld wäre ihm natürlich lieber gewesen, aber hey, immerhin arbeitet er jetzt beim Fernsehen und kann seine Überzeugungen einem viel breiteren Publikum mitteilen. Jedenfalls theoretisch.

»Jörg, die Entscheidung ist gefallen, wenn es dir nicht passt, kannst du gehen.«

Groschen-Klaus lässt sich auf keine Diskussionen ein, und Jörg bleibt brav sitzen. Auszeichnungen fühlen sich ja ganz gut an, aber Geld macht realistisch.

»Christoph, du rufst die Steil bitte an, lädst sie offiziell ein und kümmerst dich um das Handling vor Ort.«

Christoph ist der bereits angesprochene Guest-Booker von JBC und damit der wichtigste Mann in der Redaktion. Darüber hinaus verfügt er neben Oberpfennig als Einziger über so etwas wie Berufserfahrung und probiert sich in seiner Funktion nicht zum ersten Mal aus. Man kann sogar sagen, dass er zu Deutschlands Besten gehört. Wie genau er es so zu dieser Produktion geschafft hat, bleibt ein Rätsel, wo Qualifikationen hier doch eher hinderlich sind. Vielleicht war es sein Aussehen? Er hat den perfekten Fernsehlook. Dreitagebart im markanten Gesicht, gepflegte Glatze, und extragroße Kopfhörer liegen lässig um seinen Hals. Ob da jemals Musik rausgekommen ist, weiß keine Sau. Er trägt eine extrem ausgewaschene Pipikacka-Hose, die bis tief in die Kniekehlen hängt, und Hosenträger auf halbmast runden den Look bis runter auf die Siebenmeilenstiefel ab. So etwas kann sich kein Mensch ausdenken, selbst im Zirkus gäbe es wohl Bedenken, aber in der Welt des bewegten Bildes gehören Exoten genauso dazu wie Sendestörungen.

Christoph ist aber ein positiver Exot und verlässt sofort die Sitzung, um seine Arbeit aufzunehmen. Corner lächelt ihm zu. Er mag ihn. Und sein Parfüm.

»Sabrina, du gehst mit und erstellst augenblicklich ein Gästedossier für unseren Moderator.«

»Über die Steil?«

»Nein, über Karl Lagerfeld.«

»Ach, der kommt auch?«

Sabrina ist die Quotendoofe. Ein Klingelton mit Titten. Sie kommt aus dem Bereich Lifestyle eines Yellow-

Magazins und sollte ursprünglich auch genau diesen bei JBC abdecken. Es gibt durchaus bescheuertere Ideen, als bei der Neugestaltung einer politischen Talkshow eine Redakteurin für Lifestyle einzustellen, aber nicht mehr ganz so viele. Das Ergebnis waren ein Sechsmonatsvertrag für sie und Kopfzerbrechen für alle anderen. Völlig unerwartet kommt nun ausgerechnet sie beim sensibelsten Punkt der heutigen Sendung zum Einsatz. Corner schreckt kurz auf, murmelt »Oh no …«, möchte lautstärker intervenieren, aber zu spät. Federnden Schrittes verlässt auch Sabrina die Sitzung.

»Wer von euch betreut noch mal den Hundertjährigen?« Groschen-Klaus peitscht durch die Agenda.

»Er ist genau genommen hundertsiebzehn Jahre alt und heißt Alfred Krallmann.« Alexander antwortet zu allem entschlossen.

Alexander war bis vor Kurzem noch als Stadtführer in Berlin tätig und hat sich initiativ bei JBC beworben. Er verfügt über ein imposantes Geschichtswissen und spricht fünf Sprachen. Das glauben zumindest alle, überprüfen konnte es bei dieser Produktion niemand. Wie denn auch? Es spricht sie ja sonst keiner. Alexander kann aber gut mit Menschen umgehen, was in einer rein deutschsprachigen Talkshow ebenso wichtig ist.

»Alexander, du musst ihm bitte schonend beibringen, dass er nicht in der Talkrunde sitzen, sondern im Publikum platziert werden wird.«

Als ehemaliger Stadtführer ist Alexander es gewohnt, Menschen zu enttäuschen.

»Leichteste Übung. Sonst noch was?«

»Ja, John wird direkt am Anfang ein Interview mit ihm führen, im Grunde genommen ist es sogar besser für ihn. Kein Stress, er muss keiner Diskussion folgen, in aller Ruhe, ein tolles Solo gleich zu Beginn der meistgesehenen Fernsehsendung des heutigen Tages und so weiter. Du weißt, was ich meine?«

»Wird erledigt, Klaus, easy peasy.«

Natürlich ist es ein Unding, einen so betagten Gast kurz vor der Sendung de facto von der Gesprächsrunde auszuladen, insbesondere wenn man berücksichtigt, wie sehr sich der alte Mann darauf gefreut und seit Tagen vorbereitet hat.

»Ist er eigentlich schon in Berlin?«

»Ja, seit gestern Abend.« Alexander ist für einen Fernsehredakteur erstaunlich gut informiert.

»Sag es ihm bitte erst kurz vor der Sendung, nicht dass er uns komplett absagt.« Oberpfennigs Routine ist in diesem Fall genauso gemein wie wertvoll.

Im weiteren Verlauf schildern die anderen Redakteure auf Nachfrage noch zu erwartende Besonderheiten der eingeladenen Gäste. Wer will unbedingt über was und über was nicht sprechen, wer will sein Buch in die Kamera halten und wer will ankündigen, bald eines zu schreiben. Finanzminister Julius Knetter legt auf ein ausführliches Vorgespräch mit Corner Wert, und Grünen-Finanzexpertin Silke Meyer-Unwucht lässt fragen, ob sie ihren Lebensgefährten mit zur Aftershowparty bringen könne.

Das ist alles im Rahmen des ganz normalen Talkshowwahnsinns, und John-Bob kann sich nur zu gut daran erinnern, wie er selbst als Talkgast die zuständigen Redakteure der Sender absichtlich mit Wünschen traktierte, um für eine gewisse Aufmerksamkeit zu sorgen. Das ist Teil des Geschäfts. Entsprechend gelassen nimmt er alles hin, gibt dem Team das Gefühl, die Hinweise ernst zu nehmen, ohne auch nur einen Gedanken daran zu verschwenden, es auch wirklich zu tun. Eine Sache erscheint ihm dann allerdings doch wichtig.

»Alexander, ich möchte, dass du mich sofort zum Hundertjährigen bringst, sobald er das Studio betritt. Das wird mein erstes Vorgespräch sein. Und den Umstand der neuen Platzierung in der Sendung erkläre ich ihm persönlich.« Seinen Blick an Groschen-Klaus gerichtet, ergänzt er noch: »Das ist eine Sache des Anstands.«

Das war es also. Das letzte Briefing vor der Sendung. So langsam wird es ernst. Nur noch wenige Stunden, und die Wilde Maus fährt los.

»Ich hätte da noch was!« Am Ende des Tisches meldet sich Sushi, die Gurke zu Wort.

Sushi ist die Twitter-Tussi der Sendung und hat ihren Spitznamen weg, weil sie sich mittags immer Sushi und abends ihren Gin Tonic mit Gurke bestellt. Für Adlershofer Verhältnisse ist das so ungewöhnlich, wie mit einem Formel-1-Wagen durch eine Dreißiger-Zone zu fahren, es entspricht aber Sushis Sonderstellung in der Redaktion, denn als Einzige neben Corner wird sie auch im

»On« zu sehen sein. Auf Zuruf des Moderators soll sie live Zuschauerkommentare aus sozialen Netzwerken vortragen. Eigens dafür wurde seitlich des Stuhlkreises ein Pult im Studio installiert, auf dem ein stylisches Notebook steht, dessen Marke niemand wissen kann, weil der Apfel unauffällig auffällig abgeklebt wurde. Sushi ist ein mittelgroßes Mädchen mit mittelbraunen Haaren, hat das Gesicht eines Versandhauskatalogmodels und den Verstand von mittelscharfem Senf.

»Wo warst du eigentlich während der Probe?«, will Corner von ihr wissen.

»Ich stand an meinem Pult.«

»Ich habe dich gar nicht bemerkt.«

»Das wiederum habe ich gemerkt.«

»Ja, warum sagst du denn nichts?«

»Die meinten, ich dürfte nur sprechen, wenn du mich vorher ansprichst.«

Proben sind wirklich nicht Corners Ding.

»In der Sendung wird er dich schon ansprechen«, greift Groschen-Klaus ein. »Was möchtest du uns sagen?«

»Ja, also, äh, wir haben das Hashtag #JBC auf Twitter kommuniziert, mit dem die User ihre Tweets zu unserer Sendung kennzeichnen sollen.«

»Und?«

»Komischerweise hat sich da seit heute Vormittag eine riesengroße Community zusammengetan und twittert wie verrückt. Aber nicht über die Sendung, sondern über John.«

»Sounds great, sonst noch was?« Corner wird langsam ungeduldig.

»Ja, die haben ein zweites Hashtag dazugesetzt, #goodboy. Und der Ursprung führt auf einen Blogger zurück. Der ist seit Kurzem total angesagt …«

»Wollt ihr das nicht ohne mich besprechen? Ich verstehe da eh nichts von.«

»John, ich weiß nicht so richtig, wie ich es sagen soll, die ganzen Tweets gehen in die Richtung, äh, wie soll ich es sagen …«

»Sag es endlich!« Groschen-Klaus ist Sushis Rumgeeiere leid. Corner wäre es indes ganz lieb, sie würde weiter um den heißen Brei rumreden, denn ihm wird schlagartig klar, wer der Blogger ist und was mit #goodboy gemeint ist. Sein Handjob von heute Morgen. Verdammt!

»Nun ja, die wollen, äh, dass er sich outet …«

»Waaas?«

»Ich glaube, die meinen, John sei schwul.«

Es herrscht absolute Ruhe im Konferenzraum. Alle Blicke sind auf John gerichtet.

»Print it, ich gucke mir das später mal an.« Corner lässt sich seine innere Unruhe nicht anmerken.

»Äh, das kann ich dir nicht ausdrucken, es sind Hunderttausende Tweets …«

Hoppegarten

Die Steil ist mal wieder mit ihrem Chauffeur unterwegs. So langsam entwickelt sich da ein richtiges Duo Infernale. Jedenfalls aus seiner Sicht.

Auf die mit liebenswürdiger Bonnie-&-Clyde-Romantik gestellte Frage, in welches Verbrechen sie ihn als Nächstes mit reinziehen wolle, antwortete die Steil jedoch, dass er seinen dummen Mund halten und sie gefälligst mit quietschenden Reifen zur Galopprennbahn Hoppegarten bringen solle. Sie bleibt eben eine hässliche Frau. Innen und außen.

Am Alexanderplatz ergibt sich die erste Möglichkeit, den schwarzen Mercedes mit Nachdruck in eine Kurve zu werfen. So geht es mit der gewünschten Dynamik und dem Fernsehturm im Rückspiegel auf der Karl-Marx-Allee Richtung Friedrichshain. Die Karl-Marx-Allee ist eine der acht nach Norden, Nordosten und Osten führenden radialen Ausfallstraßen, die vom historischen Zentrum der Stadt, vom Hackeschen Markt und dem Alexanderplatz ausgehen.

Ursprünglich war dieser Prachtboulevard nicht für den städtischen Verkehr gedacht, sondern mit seiner monumentalen Breite als Veranstaltungsort für Aufmärsche und Paraden konzipiert. Was sich heute nach erledigten Großmachtfantasien längst vergangener Zeiten anhört, fand immerhin noch bis zum 7. Oktober 1989 jährlich statt. Zu Ehren der Nationalen Volksarmee und anlässlich des Gründungsjubiläums der DDR nahm Erich Honecker damals die letzte Parade ab. Durch die Karl-Marx-Allee zu fahren bedeutet, zwei Kilometer schnurgerade Geschichte einzuatmen. Ab dem Springbrunnen des Straußenberger Platzes kann es sogar richtig schön sein. Die heute noch sehr begehrten Wohnungen in den »Arbeiterpalästen« aus den Fünfzigerjahren, die, im Gegensatz zu den späteren Plattenbauten, im Zuckerbäckerstil genannten Sozialistischen Klassizismus errichtet wurden, gehören ohne Zweifel dazu. Weiter östlich, am Frankfurter Tor, schließen zwei Türme, deren Kuppeln den Gontard'schen Türmen des Deutschen und Französischen Doms nachempfunden sind, die Highlights deutschdemokratischer Ingenieurskunst ab. Würde nicht die autobahnbreite Straße in der Mitte stören, könnte man es getrost als beispielhafte Art-déco-Architektur bezeichnen. Leider sah der komplette Rest der DDR bekanntermaßen total anders aus, und so ist es dem allgemeinen Wunsch nach Wiedervereinigung geschuldet, dass der Verkehr mit Westkarossen heute hier ungehindert entlangfließt.

Kurz hinter dem Frankfurter Tor endet der sozialistische Baufeinsinn jäh, und es grüßt die hässliche Fratze des Kapitalismus. Wie ein trockener Schwamm saugte die ab diesem Punkt Frankfurter Allee getaufte Straße konsumtriefende Filialisten auf, deren Existenzberechtigung einzig und allein das Kollektiv des schlechten Geschmacks bei dauerhaft niedrigen Preisen ist. Ein Einheitsbrei aus unfair produzierten Klamotten, schlecht duftenden Drogerieartikeln und Handyshops, in denen alles arbeiten darf, was auf der Sonderschule abgelehnt wurde. Ein in Beton gegossenes Armutszeugnis. Benno schließt die Augen. So geht es noch einige Kilometer weiter stadtauswärts, bis am Horizont der ländlicher werdenden Umgebung eine ebenfalls schwarze S-Klasse auftaucht.

»Schneller!« Die Steil weist ihren Fahrer an aufzuschließen. Und tatsächlich, es ist der Wagen von Trabitz. Aus einer Laune heraus beschließt die Steil, ein Wettrennen zu starten.

Ihr »Überholen!« hört sich einfacher an, als es ist. Der Gegenverkehr fügt sich zu einer beachtlichen Kolonne zusammen, und es sind nur noch zwei Ampeln, bis es links nach Hoppegarten abgeht.

»Versuchen Sie es rechts!«

Der Standstreifen eignet sich nur bedingt. Parkende Autos, deren Besitzer entweder Kastanien kaufen oder Blumen pflücken, behindern dessen Benutzung. Der Chauffeur donnert den Hebel der Automatikschaltung auf Fahrstufe S, und neben der hochschnellenden Drehzahl verhärtet sich das Luftfahrwerk.

»Los!«

Auch Benno zieht es unangenehm durch den Magen. Links, rechts, links, rechts, noch mal rechts, schlagartig links, wieder rechts – es ergibt sich einfach keine Lücke.

»Lichthupe!«

So langsam erregt das Fahrverhalten die Aufmerksamkeit des vorderen Wagens, und Trabitz dreht sich auf der Rückbank um. Vom Fernlicht geblendet, kann er nicht erkennen, um wen es sich da genau handelt. Er bittet seinen Fahrer ebenfalls, schneller zu fahren, das könne man sich so nicht gefallen lassen.

Es ist jetzt nur noch eine Ampeldistanz bis zur entscheidenden Kreuzung. Die Steil beugt sich vor und drückt das Knie des Chauffeurs durch. Die zwölf Zylinder explodieren regelrecht unter dem Einfluss der ruckartigen Gaszunahme, und die Limousine macht einen ordentlichen Satz nach vorne. Im allerletzten Moment gelingt es dem Fahrer, das Lenkrad zu verreißen, um einen Auffahrunfall zu vermeiden. Haarscharf rauscht die Limousine an Trabitz' vorbei. Die entgegenkommenden Fahrzeuge müssen reihenweise und halsbrecherisch ausweichen. Nur durch ein Wunder kommt es zu keiner Kollision. Die Steil lacht und drückt das Knie unbarmherzig weiter nach unten. Benno bellt panisch. Mit über zweihundert Sachen auf dem Tacho nähert sich das Auto, immer noch im Gegenverkehr befindlich, der Kreuzung. Die Ampel springt auf Rot. So ist für einen kurzen Moment die Kreuzung frei, und unter martialischem Gejaule der Reifen biegen zweieinhalb Tonnen Stuttgarter Stahl nach einer Vollbremsung links ab. Schlagartig kehrt Ruhe ein.

Trabitz' Wagen muss an der Ampel halten, und das Ortseingangsschild von Hoppegarten hält, was die Vorstellung von gediegenem Pferdesport verspricht. Akkurat angelegte Grünflächen vor und hinter weißen Mauern, die an einer kopfsteingepflasterten Straße Richtung Galopprennbahn führen.

»Stellen Sie doch das Fahrwerk wieder auf weich, herrje, dem Benno wird noch ganz übel.«

Fassungslos wischt sich ihr Chauffeur den Schweiß von der Stirn.

»Und achten Sie gefälligst auf Ihre Handschuhe!«

Das irrwitzig große Gelände der Galopprennbahn begrüßt seine Gäste mit einem feudalen Eingangsbereich, an dem Hunderte Besucher ihre Karten lösen. Das Wetter kann mittlerweile als beständig sonnig beschrieben werden. Keine Wolke mehr am Himmel. Nur die heizpilzgroßen Hüte einiger Damen werfen Schatten der Hochnäsigkeit auf den traditionsreichen Boden.

Seit 1868 treffen sich hier bürgerliche Pferdefreunde, Glücksritter und Vertreter der feinen Gesellschaft. Zwei Weltkriege und das DDR-Regime haben zwar immer wieder für Beeinträchtigung des Rennbetriebs gesorgt, aber die Faszination dafür, dass ein einzelnes Pferd, ein einzelner Sieg ein ganzes Leben verändern kann, wurde hier nie gebrochen. Hoppegarten lebt. Heute findet die mit 175 000 Euro dotierte 125. Auflage des Großen Preis von Berlin statt. Über eine Renndistanz von 2400 Metern kämpfen arabische Vollblüter um die Ehre ihrer Besitzer, den Wetteinsatz der Zocker und den Stolz ihrer Jockeys. Der auf Mister Rabbit getaufte Siegerhengst der Steil ist bei den Buchmachern mit einer Quote von 1 zu 1,5 alleiniger Favorit und hat ihr im Lauf seiner Karriere schon über 3,2 Millionen Euro an Preisgeldern eingebracht. Ascot, Hongkong, Hamburger Derby – er hat die ganz großen Rennen allesamt gewonnen. In Hoppegarten kann er dennoch Geschichte schreiben, denn als Gewinner der 123. und 124. Auflage könnte er heute mit einem Sieg den Hattrick perfekt machen. Dreimal in Folge das Berliner Traditionsrennen zu gewinnen wäre die absolute Sensation und würde seine Ausnahmestellung eindrucksvoll untermauern. Ein Röhrchen seines Spermas bringt 20 000 Euro Decktaxe ein. Seinen Verkaufspreis schätzen Experten auf über sechs Millionen. Gekauft hat ihn Franziskas Vater auf der Iffezheimer Frühlingsauktion für nur 9000 Euro. Er hat in ein lebendiges Versprechen investiert. In eine heufressende Hoffnung. In einen Traum. Die Investition ist aufgegangen.

»Wo steht der Scheiß-Gaul?«

Der Chauffeur sucht hektisch einen mit »B« wie Besitzer gekennzeichneten Passagierschein, der es ihm erlaubt, die Steil bis direkt an die Stallungen zu fahren, bevor sie sich mit Trabitz trifft.

»Sie müssen mich schon an die richtige Box fahren, die Viecher sehen doch alle gleich aus.«

Sie hat für Pferde nicht viel übrig. An diesem Sonntag trifft sie sich mit einem Kaufinteressenten aus Singapur, der Mister Rabbit gern erwerben möchte. Eine weitere Verbindung zu ihrem Vater, die sie lieber heute als morgen kappen möchte. Die Unwägbarkeiten eines Sportpferdes, das Verletzungsrisiko, mögliche Transportschäden, das sensible Zusammenspiel zwischen Trainer, Jockey und Tagesform passen nicht in ihr Verständnis eines sich dauerhaft lohnenden Investments.

»Soll ich hier rumlaufen und laut ›Mister Rabbit‹ rufen, oder wie stellen Sie sich das vor? Mister Rabbit! Mister Rabbit! Finden Sie diesen verdammten Stall!«

Ein Mann im signalorangen Leibchen kann dem Chauffeur helfen. Dessen Dankbarkeit darf er sich den Rest seines Ordnerlebens sicher sein. Für eine Umarmung bleibt keine Zeit, die Steil schreit schon wieder demonstrativ: »Mister Rabbit!«

Mister Rabbit ist ein wunderschönes Pferd. Viel hübscher als die Steil. Sein Fell glänzt dunkelbraun, und er besitzt die würdevolle Ausstrahlung eines echten Champions. Eines Champions, der ganz genau weiß, dass er ein Champion ist. Auch ohne Scheuklappen würde er seine Besucher keines Blickes würdigen. Mister Rabbit guckt niemanden an. Er guckt gerade über die Köpfe der Menschen hinweg. Nie nach links, nie nach rechts. Immer nur nach vorne.

Sein Stall ist noch gepflegter als die Vorgärten in Hoppegarten. Innen mit grünem Leder ausgeschlagen, außen teakholzbeplankt. Fein sortiertes Stroh lässt erahnen, um welches Juwel es sich hier handelt. Benno ist jetzt schon neidisch.

»Franziska, schön, dass Sie es hergeschafft haben, wie lange haben wir uns nicht mehr gesehen?« Ede Schulze begrüßt die Noch-Besitzerin mit einer tiefen Verbeugung und zieht seine Schlägermütze.

Ede ist ein knochiger Typ, nicht viel größer als drei Kästen Bier und mindestens so alt wie die Tradition, auf die sich hier alle berufen. Er trägt ein Fischgratsakko mit Krawatte und farblich passendem Einstecktuch. Mit der Akkuratesse eines frisch dekorierten Schaufensters vom örtlichen Herrenausstatter sammelt er als Pferdetrainer Erfolge wie andere Menschen seines Alters Rentenbescheide.

»Und der Benno ist auch dabei.« Ede kramt ein Stück Würfelzucker aus der Hosentasche und hält es ihm hin. Benno schnuppert kurz dran und jault. Nicht sein Geschmack.

»Dann eben nicht!« Schwups, isst es der Trainer selbst.

»Ewig nicht mehr, Ede. Das ist hier nicht mehr meine Welt.« Die Steil ist für ihre Verhältnisse ausgesprochen freundlich zu dem Mann. »Wie geht es Mister Rabbit, alles in Ordnung?«

»Er hat leicht erhöhte Temperatur. Das ist nicht gut fürs Rennen.«

»Geben Sie ihm irgendwas. Drogen oder so.«

»Ich bin da schon am Limit, die Kontrollen sind härter geworden. Mal gucken, eine Stunde haben wir ja noch.«

»Er muss starten!«

»Sie wollen ihn verkaufen, richtig?«

»Ja, am liebsten mit dem Hattrick. Das bringt noch mal 500 000 obendrauf.«

»Mister Rabbit hat so viel für Ihren Vater eingelaufen, da sind 500 000 doch ein Witz. Riskieren Sie nicht zu viel, nehmen Sie ihn aus dem Rennen.«

»Ede, wie sieht das denn bitte aus? Da kommt der Käufer extra aus Singapur, will den Gaul rennen sehen, und ich sage wegen so ein bisschen erhöhter Temperatur ab? Auf gar keinen Fall. Mister Rabbit tritt an. Und gewinnt, verstanden?«

»Wie Sie wünschen, gnädige Frau.« Ede zieht erneut seine Schlägermütze und verabschiedet sich mit einem Handkuss.

Benno guckt sein Frauchen an. Er möchte auch so einen Stall. Oder wenigstens so aussehen wie Mister Rabbit.

Den interessiert das alles im Übrigen gar nicht. Als Vollblut ist er erhöhte Temperatur gewöhnt. Lediglich das verpasste Stück Würfelzucker lässt ihn grübeln. Da hat er *einmal* nach links geschaut und musste mit ansehen, wie es sein Trainer selbst gefressen hat. Verschissenes Pferdeleben!

In den Räumen des Rennklubs wartet Trabitz auf seine Verlegerin. Sein Blick wandert über edles Stabparkett, auf dem cognacfarbene Sofas aus Nappaleder stehen, die Wände sind hell getüncht, und an der gewölbten Decke hängen schwere Kronleuchter aus Messing. Mit einem Selbstverständnis wie aus Kolonialzeiten lassen sich vornehmlich Herren in Sommeranzügen und mit Panamahüten in diesem Ambiente Champagner servieren und stellen sich gegenseitig ihre Begleitungen vor. Eine Situation wie auf dem Viehmarkt. Wer hat die schönste Kuh dabei? Mit den dicksten Eutern und den schlankesten Fesseln?

Diesem Schauspiel genussvoll folgend, wird Trabitz alsbald von der Steil mit der wie üblich einige Oktaven zu hohen Stimme in einen separaten Bereich zitiert. Die Familienloge der Steils. Hier hat Trabitz oft mit ihrem Vater zusammengesessen und Erfolge gefeiert, Niederlagen besoffen oder einfach nur Weibern an den Arsch gefasst. An den Wänden hängen Fotos von Mister Rabbits Zieldurchläufen. Die meisten seiner Rennen gewann er mit mehreren Längen Vorsprung. Dazu gesellen sich Unmengen Pokale, Schalen und Schleifen.

Die Steil öffnet ihre Aktentasche und holt das Bild ihres Vaters aus dem Fa-raon heraus: Arm in Arm mit Underberg, aber immerhin im Bademantel. Sie drapiert es auf dem Kaminsims und wendet sich Trabitz zu, der höflich an einem Clubsessel steht und darauf wartet, den Platz angeboten zu bekommen.

»Bitte setzen Sie sich.«

»Danke, Franziska, wie geht es Ihnen?«

»Schon viel besser.«

Es folgt ein Gespräch über die aktuelle Lage der Media AG im Allgemeinen, die des BLATT im Speziellen, Auflagen- und Klickzahlen, personelle Veränderungen, den Verlauf des Aktienkurses und den Fortschritt bei der Schließung regionaler Tageszeitungen. Dazu reichen vornehm beschürzte Kellner »Fines de claire«-Austern, richten am Tisch Tatar vom brandenburgischen Weiderind an und fragen höflich nach, ob man aus dem Hummer-Corail einen Jus pressen und ihn zum Schaum aufschlagen solle? Eiskalter Roséwein aus den Côtes du Rhône rundet mit seiner wunderbar frischfruchtigen Note und dezenter Süße bei gleichzeitig leichter Säure das Arrangement perfekt ab. Und zwar flaschenweise.

»Eigentlich muss ich mich ja bei Ihnen bedanken, Trabitz«, sagt die Steil.

»Wieso?«

»Na, wegen der Corner-Geschichte.«

Endlich kommt es zu dem Thema, dessentwegen er sich hierher aufgemacht hat. Denn was die Lage des Verlags, seiner eigenen Zeitung und das Schicksal seiner regionalen Kollegen betrifft, fühlt Trabitz sich seiner jungen Chefin überlegen. Er braucht sie nicht, um sich diese Welt von ihr erklären zu lassen, ist aber intelligent genug, ihr Gehör zu schenken. Wenn auch nur vorgetäuscht. Außerdem gibt es Schlimmeres, als bei Austern, Tatar und Hummer ein Gespräch zu führen, auch wenn sich der Erkenntnisgewinn in Grenzen hält.

»Die Geschichte ist der Hammer, oder? Damit werden wir morgen ein Erdbeben auslösen. Das ist seit langer Zeit mal wieder richtig BLATT.«

Die Steil teilt Trabitz' Begeisterung ganz und gar nicht. »Es wird die Geschichte nicht geben.«

Normalerweise ist er ein Mann der Worte, in diesem Moment fällt ihm allerdings nichts anderes ein, als ziemlich dumm »Wieso?« zu fragen.

»Weil Sie kein Video haben. Und ohne Video keine Geschichte. Ihnen fehlt der Beweis.«

Trabitz ist sichtlich irritiert. »Klar haben wir das Video. Story ist im Fa-raon und holt es ab.«

»Er wird es nicht bekommen.« Die Steil bestellt zwei Russian Standard auf Eis, während ihr Gegenüber mehrfach den Mund auf- und zuklappt. Wieder fällt ihm nichts Besseres ein als »Wieso?«.

»Weil ich das Video habe.«

Trabitz stürzt seinen Wodka in einem Zug herunter. »Wieso?« Seine Eloquenz ist wie gelähmt.

»Sie selbst haben mir doch heute Morgen eine E-Mail geschickt.«

»Ich habe Sie als Verlegerin des BLATT lediglich über eine außergewöhnliche Berichterstattung informieren wollen. Ich habe Sie nicht eingeladen, aktiv an redaktionellen Vorgängen teilzunehmen. Da müssen wir uns missverstanden haben.« So langsam findet Trabitz zu seiner Sprache zurück.

»Ich habe schon sehr genau verstanden, wie Sie es gemeint haben, musste allerdings ungewöhnlich reagieren, weil dieses Video mehr bietet als Ihr primitives Verständnis vom Zeitungmachen.«

Jetzt stößt es ihm sauer auf. Und das liegt nicht an dem Roséwein. Ihn als primitiv zu bezeichnen geht eindeutig zu weit. »Sie müssen sich schon genauer ausdrücken, meine Einfältigkeit beschränkt mich in der Deutung Ihrer Aussage.«

»Okay, dann für Chefredakteure in Deutlich: Kennen Sie die Gästeliste der heutigen Corner-Talkshow?«

»Selbstverständlich.«

»Und warum sind Sie nicht selbst darauf gekommen, dass da heute der Finanzminister sitzt und wir uns mit dem Video Zugang zur Sendung verschaffen können?«

Trabitz' Maschine läuft wieder. »Ah, daher weht der Wind. Ihr Lieblingsthema, der Finanzminister. Hat er Ihnen die Unbedenklichkeitsbescheinigung immer noch nicht ausgestellt?«

Die Steil schüttelt den Kopf, und Trabitz macht eine kurze Pause.

»Das kann nicht meine Aufgabe sein«, sagte er dann und besinnt sich auf die halbseidenen Merksätze seiner Ausbildung. »Als Journalist bin ich dem öffentlichen Interesse und nicht dem wirtschaftlichen meiner Verlegerin verpflichtet.«

»Sehen Sie, und genau an dieser Stelle reden wir aneinander vorbei. Ich bin der Meinung, dass Sie meinen Interessen sehr wohl verpflichtet sind. Ihre Journalisten-Romantik führt uns jedenfalls nicht in die Zukunft.«

Trabitz' Ton wird lauter. »Ich habe mit der Rückendeckung Ihres Vaters richtungsweisende Innovationen im Print hervorgebracht: Der VOLKS-Akkuschrauber, die Leserreporter und das Gratis-BLATT für alle Haushalte zum Tag der Deutschen Einheit stammen von mir. Außerdem folgen mir auf Twitter über 20 000 Menschen.«

»Lächerlich! Ein Tropfen auf den heißen Stein, Pseudobemühungen, bei Weitem nicht ausreichend. Wenn ich die Media AG nicht radikal umbaue, können Sie sich um Ihren Twitter-Account bald in Vollzeit kümmern. Trabitz, werden Sie wach, Print ist tot. *Sie* sind tot, Typen wie Story sind tot.«

»Haben Sie das Video dabei?«

Die Steil überlegt kurz. »Ja.«

»Kann ich es mal sehen?«

»Warum nicht.«

Trabitz bietet ihr an, es auf seinem Notebook abzuspielen. Sie lehnt dankend ab und holt ihr eigenes aus der Aktentasche.

Als das Video nach gut fünf Minuten zu Ende ist, sitzt Trabitz mit ungläubigem Blick vor dem Laptop. Er hat schon in viele menschliche Abgründe geblickt, aber das toppt alles. Dann legt er los.

»Sie sind wahnsinnig, Franziska. Das *muss* an die Öffentlichkeit. Es geht hier um Gebührengelder, einen Bildungsauftrag, um die wichtigste Talkshow des Landes. Das Wohnzimmerparlament. Der Mann ist definitiv nicht geeignet, diese Sendung zu moderieren. Der ist krank! Wir müssen die Geschichte machen, ich bin der Wahrheit verpflichtet.«

Noch während die Steil die CD aus dem Laufwerk ihres Notebooks entfernt und zurück in einen gepolsterten Briefumschlag steckt, antwortet sie ihm seelenruhig: »Und genau deshalb habe ich Ihnen die Entscheidung zwischen Wahrheit und Vernunft abgenommen. Ohne CD keine Geschichte. Ihnen fehlt der Beleg. Erste Stunde Journalistenschule. Ich habe mit Corner ausgemacht, dass er die CD bekommt, sobald ich in seiner Sendung sitze.«

Trabitz ist fassungslos. »Fertigen Sie wenigstens eine Kopie an, dann haben wir ihn dauerhaft in der Hand.«

»Versuchen Sie bitte nicht, meine Integrität zu untergraben. Stellen Sie lieber Ihre eigene unter Beweis, und schreiben Sie den Finanzminister morgen in den Rücktritt. Ich werde heute Abend bei JBC die passenden Argumente dafür liefern. Nur das ist im Moment wichtig, nichts anderes.« Trabitz steht auf und verlässt düpiert die Loge.

Die Lösung

Zurück zu einem anderen Ort, der mit Hoppegarten ungefähr so viel gemein hat wie Sternegastronomie mit einer Kneipenschlägerei. Dennoch werden hier die gleichen Probleme besprochen, nur halt bei anderen Getränken.

Story und Underberg sind bei der zweiten Flasche Schnaps angekommen, und es geht natürlich ums Sexvideo, gegenseitige Schuldzuweisungen und das Leben als solches. Also ein fast ganz normaler Sonntagnachmittag unter Lebenskünstlern.

»Und du Idiot hast wirklich keine Kopie gemacht?«

»Jetzt pass ma uff, zum hundertsten Mal, wa. ICH BIN JA NICHT DIE NSA! Wenn ihr euch da in der eigenen Bude nicht mal einig seid, wa, ja was soll icke denn dann der Idiot sein? Ditte musst du mir mal erklären.«

Story hat es versaut. Ganz einfach. Underberg hat ihn letzte Nacht angerufen und das Video zum Kauf angeboten. Ein nicht unüblicher Vorgang, der ihm eigentlich

50 000 Euro in bar einbringen sollte und keine kaputte Bürotür inklusive schmerzhafter Beule am Kopf. Der Zeitpunkt war gut gewählt, am Tag der Premierensendung würde die Information über einen, höflich ausgedrückt, politisch-sexuellen Fehltritt des Moderators am wertvollsten sein, jedoch kollidierte die Aktion unglücklich mit Storys »freiem Tag«, dem Saufsamstag. Er regelte zwar noch telefonisch den Ankauf des Videos mit Trabitz, ließ sich den Inhalt beschreiben und schloss das Geschäft ab, kümmerte sich dann aber lieber um eine Frau, die später ihren rechten High Heel einem Taxi und dann ihren linken einem Linienbus hinterherschmiss.

Story ist ein Mann der Gelegenheiten. Er steht bei Gelegenheit auf, zahlt seine Rechnungen bei Gelegenheit, und bietet sich eine Gelegenheit, greift er zu. Und gelegentlich auch mal daneben. Das Setzen von Prioritäten ist nicht seine Stärke. Man kann ihm das Glück kübelweise vor die Nase stellen, er wird es immer beiseiteschieben und erst mal das nächste Getränk bestellen. Seine Ehe, seine Karriere, alles hat er dermaßen leichtfertig aufs Spiel gesetzt, als finde er Gefallen daran, Chancen auszulassen. Und wenn dann doch mal was zu klappen scheint, ist es am Ende irgendein Detail, welches das Kartenhaus im letzten Moment einstürzen lässt. Es ist kaum auszuhalten, es sei denn, man trinkt genug.

»Mach das verdammte Glas voll. Trabitz hat es versaut!«

Underberg schenkt großzügig nach, der Tag ist eh im Arsch. »Die kleene Steil ist aber auch n Giftzahn, wa?

Kerl, Story, was waren das früher schöne Zeiten. Eure Tennisrunde. Mit dem großen Verleger, Trabitz, dir und wie hieß der Vierte noch mal?«

»Lass mich damit in Ruhe. Weißt du, was ich morgen mache? Ich besuche meinen Sohn, spreche mit meiner Frau, bringe mein Leben in Ordnung und suche mir 'ne vernünftige Arbeit. Ich will raus aus der Scheiße!«

Storys Sohn leidet extrem unter der Trennung und braucht ganz dringend jemanden, der ihm beim Erwachsenwerden hilft. Ob sein Vater dafür der Richtige ist, sei mal dahingestellt, aber dass er gerade den Willen zeigt, ist immerhin ein Anfang.

»Sag mal, bevor du jetzt in den Sack haust, was ist eigentlich mit der Kohle? Ich krieg noch fuffzig Düsenjäger von dir, wa.«

»Du tickst wohl nicht ganz gerade. Hol dir die doch von der Steil!«

»Warum will die eigentlich nicht, dass du die Geschichte machst? Dit Video ist der Kracher, wa. So was bekommt man nicht oft zu sehen. Wahnsinn!«

»Du brauchst es mir nicht zum hundertsten Mal zu erzählen. Ohne Video keine Geschichte.«

Wie falsch er damit liegt, bekommt Story im nächsten Moment erklärt. Es klingelt das Telefon auf Underbergs Schreibtisch. Umständlich hantiert Underberg mit dem Kabel rum, fummelt den Apparat zwischen Gläsern, Flaschen und einem überfüllten Aschenbecher Richtung Story hindurch und gibt ihm anschließend den Hörer.

»Hier, dein Chef. Frag ihn auch gleich nach der Kohle.«

»Wie konntest du nur, Trabitz?!«

Die beiden Bluthunde werfen sich gegenseitig Versagen vor, Trabitz erklärt Story, dass er selbst verarscht wurde, und nennt die Beweggründe der Steil. Story ist nicht bereit, Verständnis dafür aufzubringen. Seinem Argument, Trabitz hätte den Informanten schützen müssen, hält der entgegen, er habe die Quelle nur verlagsintern kommuniziert, und wirft wiederum Story vor, das Video nicht sofort besorgt zu haben.

»… und deine ganze Nummer mit der Starnberg-Ritter, die Show bei der Frühkonferenz, Mensch Manfred, du Idiot, das Ding geht auf deine Kappe. Ich habe aber die Lösung!«

Trabitz erzählt Story von seinem Plan. Der hört interessiert zu und schenkt sich nach.

»Was hat er gesagt?«, will Underberg wissen, nachdem Story das Gespräch beendet hat.

»Wir drehen das Video nach.«

»Hä? Wie willste denn so schnell 'nen dicken Engländer finden, der dem Corner ähnlich sieht und Böcke hat, sich ma so richtig den Arsch stopfen zu lassen, wa?«

»Admiralbrücke in Kreuzberg. Da hängen doch diese ganzen Ryanair-Touristen am Sonntag ab und pissen die Hauswände zu. Da find ich so 'nen Kugelblitz mit roten Haaren.«

»Okay, such du das Double, icke mach den Club dicht und richte alles so her, wie es bei Corners Besuch war. Aber sag mal, was ist denn jetzt mit der Kohle?«

»Die kriegst du. Wir haben jetzt aber nur noch drei Stunden Zeit. Auf geht's.«

Beide Männer versuchen aufzuspringen, kommen aber nur mit Mühe von ihren Stühlen hoch. Underberg fasst sich mit schmerzverzerrtem Gesicht an den Kopf, und bei Story schlagen die Schnäpse an. Mit der Wucht einer Abrissbirne.

Imma uff

Auch John-Bob Corner muss sich den Einschlägen stellen, die ihm das Video einbringt. Ihm bleibt nicht viel anderes übrig, als auf das Wort der Steil zu vertrauen. Wenn sie ihm das Video wirklich gleich nach der Sendung gibt und das BLATT nicht berichtet, ist die Sache eigentlich aus der Welt. Eigentlich. Was aber, wenn es noch eine Kopie im Fa-raon gibt oder jemand der Beteiligten an die Öffentlichkeit geht? Wird er für immer erpressbar bleiben? Ist das der Preis, den er dafür zahlen muss, Deutschlands wichtigste Talkshow moderieren zu dürfen?

Dabei war es nicht mal seine Idee. Sender und Produzenten sind auf ihn zugekommen, er hat sich zu keinem Zeitpunkt an die Zufahrt zum Studio gestellt und »Hier!« gerufen. Er führte bis dato ein selbstbestimmtes Leben, frei von finanziellen Sorgen und mit ausreichend öffentlicher Wahrnehmung, um seine nicht uninteressante Meinung zum Weltgeschehen mitzuteilen, war aber nicht so berühmt, dass er sich jeden Schritt zweimal überlegen musste. Unter gemäßigten Umständen hätte er niemals zugestimmt, aber die aktuelle Lage rund um Europa, den Euro, die immensen Veränderungen auf dem gesamten Planeten haben ihn nachgeben lassen. Die Leute sind müde von Europa, die Solidarität stößt an ihre Grenzen, die Währung entwickelt sich zu einer Katastrophe, und die Amerikaner bauen dank modernster Abhörtechnik ihr altes Feindbild auf, anstelle weiterhin den Schulterschluss mit dem Kontinent zu suchen. Der Russe agiert kriegslustig, die Chinesen horten so viele Dollar, dass sie quasi über Nacht die Welt kaufen könnten. Den Ölstaaten im Nahen Osten geht der Rohstoff aus, junge Muslime proben den Aufstand. Es ist eine Menge los, da draußen, und die Aussicht, als ausschlaggebender Talkmaster mitmischen zu können, war einfach zu verführerisch. Die Frage nach richtig oder falsch, gut oder böse, hopp oder top prominenten Gästen wöchentlich vor einem Millionenpublikum zu stellen – der Gedanke daran hat ihn schwach werden lassen. Jetzt sitzt er in einer Boulevardfalle.

Sein Ausflug ins Fa-raon war einem langen und deprimierenden Arbeitstag geschuldet gewesen. Nichts hatte funktioniert, die versprochene gut aussehende Studiokulisse war nicht einmal in Ansätzen erkennbar, und die Mitglieder seiner Redaktion stellten ihr Unvermögen wieder einmal eindrucksvoll unter Beweis. Zu dem Zeitpunkt glaubte er an gar nichts mehr.

Die Vorbereitungen zu einer neuen Fernsehsendung wünschst du deinem ärgsten Feind nicht. Nicht einmal, wenn der deine Frau geschwängert, deinen Lottoschein mit sechs Richtigen nicht abgegeben oder eine Beule in deinen Porsche 964 RS 3.8 gefahren hat. Okay, bei letzterem vielleicht doch. Jedenfalls teilte an jenem Abend der Joseph seinen Frust mit ein paar Adlershofer Nutten, Groschen-Klaus feuerte einfach den blödesten Redakteur, und Tönsing erklärte den Tag trotzdem für tsubba. Corner besorgte sich indes eben Poppers und zog los ins Fa-raon. Meine Güte, er hat kein Haus angesteckt, keine Kinder missbraucht oder Steuern hinterzogen. Er hat sich in einem privaten Club, zu dem der Zugang streng beschränkt ist, mit einer, na ja, man könnte es Motto-Party nennen, Ablenkung verschafft. Außerdem hat er in keiner Weise sein Einverständnis erklärt, dass das Ganze gefilmt wird. Die Aufnahmen sind illegal entstanden. Leider interessiert das alles keine Sau. Gelangen Bilder davon an die Öffentlichkeit, ist er erledigt. Und zwar für immer.

Die letzten vier Wochen haben ihn wirklich erschöpft und so hält er seit geraumer Zeit in seiner Garderobe einen Mittagsschlaf, anstelle sich auf die Sendung vorzubereiten. Er hat noch kein einziges Gästedossier gelesen, keinen Gesprächsfaden entwickelt und keine Thesen niedergeschrieben, mit denen er seine Gäste konfrontieren kann.

Sushi, die Gurke klopft mehrfach an seine Tür.

»Ja, bitte?!« Es dauert einen Moment, bis Corner voll da ist. Sushi tritt ein und ist erstaunt. Der Moderator liegt auf seinem Sofa, eine Schlafmaske über den Augen. Sein Oberkörper ist halb vom Sakko bedeckt, der oberste Knopf seiner Hose offen, und die Slipper liegen verstreut auf dem Boden. Warum er wohl das Plaid mit der britischen Flagge nicht benutzt hat?, fragt Sushi sich und denkt, dass es ihm wahrscheinlich entweder nicht gefällt, oder das Innenfutter seines edlen Sakkos einfach weicher ist.

»John, alles okay?«

»Sure, why not?«

»Ich meine ja nur, in nicht einmal drei Stunden treffen die ersten Gäste ein.« Sie wendet ihren Blick den offensichtlich ungelesenen Dokumenten auf dem Glastisch zu. »Und du schläfst hier seelenruhig.«

»Mach dir keine Sorgen, ist alles in meinem Kopf, und was die Gäste betrifft, gehe ich davon aus, dass die sich erst mal im Catering durchfressen, bevor sie mir auf die Nerven gehen. Was macht das Internet? Bin ich endgültig schwul, oder kann ich noch leugnen?«

Sushi lacht. »Darüber wollte ich mit dir sprechen, hast du fünf Minuten?«

Corner nimmt die Schlafmaske ab, schaut auf seine goldene Rolex und knöpft sich die Hose zu. »Du trinkst doch hier irgendwo immer Gin Tonic, richtig?«

»Ja, Hendrick's mit Gurke.«

»Das ist zwar eklig, aber lass uns zusammen ein paar von den Drinks kippen.«

»Bist du wahnsinnig? Heute Abend ist die Sendung!«

»Was haben dir die Leute über deinen Job gesagt?«

»Ich soll die sozialen Netzwerke im Auge behalten, dabei möglichst gut aussehen und machen, was der Moderator mir sagt.«

»Siehst du, und bei Punkt drei sind wir jetzt angekommen. Wie heißt der Laden?«

»Imma uff, ist hier gleich um die Ecke. Weißt du, warum der so heißt?«

»Weil er immer auf hat?«

»Immer. Sieben Tage, vierundzwanzig Stunden, dreihundertfünfundsechzig Tage im Jahr.«

»Da hat sich jemand mal Gedanken gemacht.« Corner steht auf, steigt in seine Slipper und nimmt eine perplexe Sushi an die Hand. »Come on, it's only fucking TV.«

Der Singapur-Chinese

Im Rennklub der Trabrennbahn Hoppegarten hat sich mittlerweile der in Singapur lebende Chinese Yon Shron Dong Pong zur Steil gesellt. Er isst, nein, er frisst Trabitz' Essensreste und hindert das Personal daran, die der Steil abzuräumen, indem er ihr Übriggebliebenes auf seinen Teller kippt. Laut schmatzend fallen ihm entweder ganze Hummerstücke aus dem Mund, oder er spukt sie beim Sprechen aus. Nach jedem Schluck Roséwein stößt er auf und ruft laut »Schulz«. Diesen für ihn sensationell lustigen und typisch deutschen Brauch hat er erst gestern im Nachmittagsprogramm von SAT.1 entdeckt. Yon trägt unter seinem schwarzen Seidenhemd von Dior ein T-Shirt von Burberry mit V-Ausschnitt im typischen Karomuster, darüber eine weiße Smokingjacke von Prada, die löchrige Jeans ist von True Religion und wird von einem Gucci-Gürtel gehalten. An den Füßen buhlen rote Wildleder-Mokassins von Tod's mit meerschaumfarbigen Socken aus dem Haus Boss um Aufmerksamkeit. Die übergroße Armbanduhr ist von Breitling for Bentley. Sein halbes Gesicht versteckt er hinter einer Sonnenbrille von Armani, und auf dem Kopf thront ein Panamahut von Borsalino. Entweder hat dieser Look richtig Geld gekostet, oder Yon ist einem Strandverkäufer in die Hände gefallen. Egal ob 20 oder 20 000 Dollar: Der Typ sieht extrem scheiße aus, aber das steht ihm ganz gut.

Mit der Gewissheit, dass sich ihr Vater bei dem Anblick im Grabe umdrehen würde, beobachtet die Steil vergnügt das Schauspiel, denn sie hat auch schon ganz gut einen im Tee. Yons Vorschlag, sie solle Mister Rabbit sofort verkaufen, kommt sie nicht nach, sondern verhandelt genau die halbe Million mehr, falls er das Rennen gewinnt. Ein »Alles oder nichts«-Handschlag besiegelt den Deal.

Die Pferde wurden bereits in die Startboxen gebracht, was immer mit großer Hektik verbunden ist. Welches Pferd stellt sich wie hoch auf, welcher Jockey wird schon vor dem Start abgeschmissen, und welches Team bricht den Versuch eventuell ganz ab? Die Steil und der Singapur-Chinese treten durch weit geöffnete Flügeltüren auf die Terrasse der Klubtribüne und beobachten das Spektakel. Schnell werden Ferngläser verteilt, und der Singapur-Chinese steckt sich einen Zigarillo an. Ein Rennbahnsprecher erklärt das Rennen für eröffnet, und aus den laternenhohen Lautsprechern ertönt das Startsignal.

Sofort wird das Renngeschehen für alle Zuschauer kommentiert.

»Guter Start von Mister Rabbit. Der Favorit setzt sich an die Spitze des Feldes, hinter ihm reihen sich Ethiad und Doctors Dream auf den Positionen zwei und drei ein. Der Rest kämpft um eine aussichtsreiche Position, um das Trio zu attackieren. Hier entscheiden nicht die ersten Meter, uns erwarten noch gut dreitausend weitere … Mister Rabbit führt weiterhin, jetzt schon mit zwei Längen Vorsprung.«

Zufrieden guckt die Steil Yon Shron Dong Pong an. Der starrt unentwegt auf den Arsch einer Zuschauerin direkt vor ihm. Unter ihrem weißen Kleid schimmert der Stringtanga durch.

»Ethiad kann aufschließen. Mister Rabbits Vorsprung beträgt nur noch eine Länge. Aus dem Verfolgerfeld löst sich der Drittplatzierte des Vorjahres, Zino, und tritt auf der Außenbahn fulminant an. Noch zweitausend Meter. Doctors Dream kann das hohe Tempo an der Spitze nicht mehr mitgehen und fällt auf Position vier zurück. Das neue Führungstrio heißt Mister Rabbit, Ethiad und Zino. Der Abstand zum Rest des Felds beträgt schon fünf Längen.«

Der Singapur-Chinese fotografiert den Arsch der weißen Massai. In der letzten Kurve vor der Zielgeraden setzt Küchenmeister zum Schlussspurt an. Der absolute Außenseiter überrascht nicht nur den Kommentator, es geht ein Raunen durchs Publikum. »Küchenmeister, Küchenmeister, Küchenmeister, komm, Junge! Küchenmeister geht am gesamten Verfolgerfeld vorbei, jetzt nähert er sich dem Führungstrio. In diesem Moment überholt er Zino, auch Ethiad gibt sich geschlagen. Nur noch dreihundert Meter. Küchenmeister und Mister Rabbit machen das Rennen unter sich aus. Küchenmeister ist gleichauf. Beide Jockeys steigen komplett aus ihren Sätteln und geben ihren Pferden die Sporen!« Das Publikum flippt komplett aus, nur Yon steckt dem geilen Arsch seine Visitenkarte zu. Die Steil lässt ihr Fernglas fallen. Es passiert das Undenkbare.

»Mister Rabbit stürzt! O mein Gott, Sturz von Mister Rabbit … Küchenmeister gewinnt! Der Sieger des 125. Großen Preis von Berlin steht fest. Es war ein äußerst dramatischer Jubiläumslauf – Glückwunsch an Küchenmeister, gute Besserung an Mister Rabbit und seinen Reiter. Das war's!«

Die Sensation ist perfekt, auf den Rängen wird gejubelt, und unser Singapur-Chinese greift direkt zu einer Champagnerflasche, um einen großen Schluck zu nehmen. Mit einem gerülpsten »Schulz!« Richtung Steil verlässt er die Tribüne. Deutlicher kann man nicht mitteilen, dass ein Geschäft geplatzt ist. Und bei der Steil sitzt eine Taube mehr auf dem Dach.

Alle Mann auf Gefechtsstation

Trabitz ist inzwischen zurück im Verlag. Natürlich hat er bei seinem Gespräch mit Story gemerkt, dass der total besoffen bei Underberg abhängt. Er selbst bestellt sich bei seiner Sekretärin einen doppelten Espresso.

»Und bestellen Sie mir Julia von Starnberg-Ritter mit ihrer gesamten Mannschaft hoch.« Er ist außer sich vor Wut.

Den Ressortleiter der Politik erreicht er am Telefon. »Keine Berichterstattung mehr zum Finanzminister. Ich will seinen Scheiß-Namen die nächsten Wochen nicht mehr in unserer Zeitung lesen! Verstanden?« Er wartet die Antwort nicht ab und knallt den Hörer auf die Gabel.

Sprichwörtlich. Es gibt ja keine Gabeln mehr. Sein Bürotelefon ist ein hochkomplizierter WiFi-Kommunikationsapparat, mit dem man VoIP-basierte Telkos abhalten kann, der sich via Bluetooth regelmäßig mit dem Telefonbuch seines Smartphones abgleicht und sogar E-Mails vorlesen kann. Einzelne Gespräche werden zur

Qualitätssicherung mitgeschnitten, zum Beispiel wenn sich der Bundespräsident mal meldet. Den ganzen Rotz an modernster Technik, von ihm selbst aus dem Silicon Valley importiert, ein Juwel, abhörsicher und sauteuer. Die Kanzlerin hat so ein Teil jedenfalls nicht. Könnte sie sich gar nicht leisten.

Trabitz greift wieder zum Hörer und schlägt mit voller Wucht auf das Gerät ein. Und noch mal. Noch mal. Noch mal. Plastikteile fliegen durchs Büro, Platinen zerbersten, und immer wieder schreit er: »Scheiße. So eine verdammte Scheiße!«

Er wirft den traurigen Rest des Apparats gegen das Stück Berliner Originalmauer, welches den Raum gespenstisch trennt. *Bums!* Dann wirft er noch den bleigläsernen Aschenbecher hinterher, den tagesaktuellen Blumenstrauß inklusive Vase und einen Briefbeschwerer aus Marmor, der ihm anlässlich einer Sonderserie zum Leben und Wirken Michelangelos vom italienischen Botschafter überreicht wurde. *Bums! Bums! Bums!* Alles im Arsch. Moment. Nein, der Briefbeschwerer weigert sich kaputtzugehen. Trabitz steht auf, nimmt ihn sich erneut, holt aus und pfeffert ihn volle Pulle gegen die Mauer. Keine Chance. Im Gegenteil. Das Drecksding prallt ab und trifft ihn fast am Kopf. Jetzt reicht es aber. Er greift zu einer Nachbildung des berühmten Tian Tan Buddhas aus Bronze und schlägt damit auf den bereits am Boden liegenden Briefbeschwerer ein. *Bums! Bums! Bums!* Endlich, er bricht in zwei Hälften. Eine davon tritt Trabitz weg. Sie knallt gegen eine mannsgroße Pyramide aus Cherry-Coke-Dosen, die vom chinesischen Konzeptkünstler Ai Weiwei im Februar 2011, kurz vor seiner Inhaftierung, noch persönlich aufgestellt wurde und jetzt scheppernd ineinanderfällt. Seine Sekretärin betritt das Schlachtfeld, lässt sich aber nichts anmerken und teilt mit, dass Frau von Starnberg-Ritter mit ihren Redakteuren draußen warte.

»Tür zu und Rock hoch!« Die Reihenfolge genau beachtend, kommt sie seiner Anweisung nach und lässt sich über den Schreibtisch legen. Er vögelt sie so, wie nur Deutschlands größter Chefredakteur vögeln kann. *Bums! Bums! Bums!* Mit einem festen Schlag auf ihren Arsch beendet Trabitz seinen Wutausbruch. Sie zieht ihren Rock runter, richtet Bluse und Haare, um danach Frau von Starnberg-Ritter mit den Worten »Herr Trabitz erwartet Sie« hereinzubitten.

»Julia, meine Liebe, nimm doch bitte Platz.« Trabitz bietet seiner Ressortleiterin einen der zwei Stühle direkt vor seinem Schreibtisch an. Kenn-ich und Kotelett begrüßt er mit Handschlag. Spritzer und Kay-Sölve kommen ihm zwar irgendwie bekannt vor, er hat sie aber nicht so präsent, dass ihm eine persönliche Begrüßung nötig erscheint. Er nickt ihnen zu. Trinkgeld ist unten in der Redaktion geblieben. Er passt aufs Telefon auf. Immerhin gibt es da noch eins.

Der Rest der Mannschaft nimmt auf dem Sofa Platz und schaut sich erstaunt um. Auf dem Boden zerstreute Blumen inklusive zerbrochener Vase, ein in tausend Stücke zerborstener Aschenbecher, die demolierte Ai-Weiwei-Pyramide und ein Buddha mit Beule am Kopf.

Trabitz trinkt seinen Espresso und lässt das Büro auf die Redakteure wirken. Von Starnberg-Ritter versucht krampfhaft, nicht hinzugucken, immerhin will sie ja noch Karriere machen, aber es ist wie bei einem Autounfall. Man kann sich noch so sehr zwingen, irgendwann erliegt man seiner Sensationslust. Als auch ihr Blick fassungslos über das Trümmerfeld schweift, ist er endlich zufrieden. Ein letzter Schluck, ein schneller Griff zum Humidor, und Trabitz ist wieder topfit. Klar im Kopf, seiner Sache sicher wie nie zuvor und bereit, in den Kampf zu ziehen. Mit der Zigarre zwischen den Zähnen beginnt er seine Generalansprache.

»Ladys und Gentlemen, Sie sehen absolut richtig. Wir befinden uns im Krieg. In einem Krieg um die Wahrheit. Die Achtung der Wahrheit …« – er muss sich kurz räuspern – »… und die wahrhaftige Unterrichtung der Öffentlichkeit sind oberste Gebote der Presse. Jede in der Presse tätige Person wahrt auf dieser Grundlage das Ansehen und die Glaubwürdigkeit der Medien.«

Kotelett nickt zustimmend, Kenn-ich guckt in die Luft.

»Recherche ist ein unverzichtbares Instrument journalistischer Sorgfalt. Zur Veröffentlichung bestimmte Informationen in Wort, Bild und Grafik sind mit der nach den Umständen gebotenen Sorgfalt auf ihren Wahrheitsgehalt zu prüfen und wahrheitsgetreu wiederzugeben. Kommt Ihnen das bekannt vor?«

Von Starnberg-Ritter ergreift sofort das Wort. »Das sind Inhalte aus dem Pressekodex.«

»Richtig! Behalten Sie das immer im Hinterkopf. Wir sind der Wahrheit verpflichtet und nichts als der Wahrheit. Ich kann Ihnen heute mitteilen, dass wir aufgrund exzellenter Arbeit unseres Kollegen Manfred Dörner im Besitz von Videomaterial sind, welches den Fernsehmoderator einer öffentlich-rechtlichen Sendeanstalt bei der Ausübung ehrverletzender Sexualpraktiken gegenüber Dritten und dem Gebrauch verfassungsrechtlich verbotener Zeichen zeigt. Es handelt sich um einen Gebühren- und Sexskandal mit juristisch relevanten Tatbeständen. Die Dimension wird die Republik erschüttern. Neben Manfred Dörner und der Quelle wissen nur die hier im Raum anwesenden Personen davon. Bevor ich Ihnen den Namen des Moderators nenne, verpflichte ich Sie zu strengster Geheimhaltung und stelle sogleich in Aussicht, dass ich, sollte die Geschichte vor Erscheinen der morgigen Ausgabe des BLATT diesen Verlag verlassen, den Maulwurf so lange jagen werde, bis sein Fell inklusive Kopf in meinem Büro hängt. Hat das jeder von Ihnen verstanden?«

Mit offenen Mündern nicken alle Anwesenden. Kein Wort über seinen Disput mit der Steil. Storys anfängliches Versagen wird ebenfalls nicht erwähnt. Auch die Tatsache, dass es sich später nur um ein Replikat des Videos handeln wird, bleibt Trabitz' Geheimnis. Was er verteidigt, ist seine ganz eigene Architektur der Wahrheit. Frei nach dem Motto: »Wahr ist, was morgen in der Zeitung steht.« Fakten sind was für Geschichtsbücher, er braucht eine Schlagzeile.

»Sie müssen mit mir auf das Originalstück der Berliner Mauer schwören.« Trabitz bittet alle, an die Mauer heranzutreten, sie anzufassen und ihm nachzusprechen. »Ich schwöre, der Wahrheit und nur der Wahrheit dienlich zu sein, keine internen Informationen an Verlagsfremde weiterzuleiten und meiner Pflicht als vierte Staatsgewalt bedingungslos nachzukommen. So wahr mir Gott helfe.«

Erst jetzt steckt er sich seine Zigarre an und verkündet: »Es ist John-Bob Corner!«

Nun kann man Boulevardjournalisten mit nicht vielem so richtig schocken, die Bombe zündet aber mehr als ordentlich. Man traut es dem Corner einfach nicht zu. Das macht den Umstand so besonders. Er ist ein Hoffnungsträger, ein frisches Gesicht. Er hatte noch gar keine Zeit, sich ein Lager von Missgünstigen heranzuzüchten, die hinterher sagen, dass sie es ja gleich gewusst hätten. Er ist ein mediales Unschuldslamm. Er genießt Welpenschutz. Und dennoch ist der Vorgang so abstoßend, dass man ihm böse sein muss.

Trabitz erzählt seinen Leuten en détail von dem Video, erklärt, dass es in wenigen Stunden auch im Verlag sein wird und der Andruck des BLATT heute auf 21.00 Uhr verschoben ist. »Das Ding wird durch die Decke gehen und alle Verkaufsrekorde brechen, Leute!«

In den nächsten Stunden sollen von Starnberg-Ritters Leute alles zusammentragen, was es über Corner zu wissen gibt. Wo und wie ist er aufgewachsen? Hintergründe zu dem Adelsgeschlecht, dem seine Familie ursprünglich entstammt. Luftaufnahmen des Anwesens in England. Gab es dort bereits Skandale? Was machen seine Eltern? Was seine Geschwister? Auf welcher Schule war er? Gibt es eine Lehrerin, einen Lehrer, der was zu ihm sagen kann? Ist er in seiner beruflichen Laufbahn bei der BBC schon mal negativ aufgefallen? Jedes verdammte Interview muss unter dem Eindruck des Videos noch einmal gegengelesen werden. Gibt es Ausschnitte aus Talkshows, in denen er als Gast verräterische Dinge geäußert hat? Es müssen Fotos von seiner Grunewalder Villa her. Sein Lifestyle muss durchleuchtet werden. Teure Autos und Schmuck. Alles, mit dem man Stimmung gegen ihn machen kann, muss aufgezählt werden. Was hat er für Hobbys? Gibt es einen festen Lebensgefährten? Wo und wer sind seine Ex-Lover? Hat er Profile in sozialen Medien? Was steht auf der Internetseite des Ersten Deutschen Fernsehens über ihn? Was findet man schon bei Twitter unter dem Hashtag #JBC? Die große Boulevard-Bazooka muss scharf gemacht werden. Alle Mann auf Gefechtsstation. Es ist Krieg.

K wie typisch

Das Imma uff ist eine Kneipe, in der das *K* für *typisch* steht. Oder so ähnlich. Halt eine Kneipe im engsten Sinne. Dunkles Licht trotz Sonne draußen, überfüllte Aschenbecher trotz Rauchverbot und ein Spielautomat, der mit schaurig-schöner Penetranz eingängige Tonabfolgen spielt. Dass es ausgerechnet hier Gin Tonic mit Gurke gibt, ist nur den benachbarten Fernsehstudios zu verdanken, so wie alles Schlechte in Adlershof. Gin Tonic, oder »Gin und Tonic«, wie die Möchtegern-Connaisseurs der Medienbranche mit Männermagazin-Wissen sagen, war früher einmal ein ganz lässiges Getränk. Also ganz früher, als Queen Mum noch lebte und mit ihren Beagles um die Wette rannte. Damals war die Welt noch einfacher zu begreifen. Kein Mensch kam auf die Idee, Meersalz auf Schokolade zu streuen, molekular zu kochen oder eben Gurken in Drinks zu werfen. Die sehen schon auf Gesichtern extrem dämlich aus, und wer ein Glas mit Gurkenscheiben in der Hand hält, hat nichts, aber auch wirklich gar nichts begriffen. Ein Fernsehidiot eben.

»Zwei Gin und Tonic mit Gurke, bitte.«

Mensch Corner! Ausgerechnet. Als Brite sollte er es doch wirklich besser wissen. Hat ihn die Branche schon so eingenommen? Sushi bittet den Wirt noch darum, ihren Drink mit etwas weniger Gin zuzubereiten, doch zu spät. Großzügig schenkt er beiden ein und wendet sich wieder dem Spielautomaten zu.

»Sag mal, John«, sagt Sushi, »bist du wirklich schwul?«

Ohne zu zögern antwortet er: »Ja, klar!«

»Und warum hast du das dann noch nie öffentlich gesagt?«

»Muss ich das denn?«

Man merkt Sushi an, dass sie die Gegenfrage zum Nachdenken bringt. Das passiert nicht oft in ihrem Leben. »Na ja, ist ja nichts Schlimmes mehr.«

»Genau. Warum muss man etwas völlig Normales extra erwähnen? Auf was stehst du denn, Männer oder Frauen?«

»Männer! Ich hatte zwar schon mal was mit 'ner Frau …«

»Und, stellst du dich vor mit ›Hi, mein Name ist Sushi, ich stehe auf Männer, hatte aber auch schon was mit 'ner Frau‹?«

Corner sagt das alles ganz lässig, überhaupt nicht aggressiv, und genau diese Form des privaten Umgangs mit dem Thema macht es so schwierig zu verstehen, dass er öffentlich einen Bogen drum macht. Die Gurke hakt noch mal nach.

»Nein, natürlich nicht. Aber würdest du es dir nicht selber einfacher machen, es einfach mal auszusprechen, und dann wäre Ruhe?«

Corner nimmt einen Schluck von seinem Drink und macht geduldig weiter. »Weil keine Ruhe wäre. Du merkst das anhand dieser Diskussion, die ich mit dir führe. Die will und kann ich nicht mit 80 Millionen Deutschen führen, Sushi.«

»Wahrscheinlich hast du recht, und es steht mir im Grunde genommen auch gar nicht zu, dir Ratschläge zu geben.« So viel Selbstreflexion ist für jemanden, der mit sozialen Medien zu tun hat, erstaunlich. »Aber bitte: Ich heiße Jennifer. Nenn mich in der Sendung nachher nicht Sushi. Jennifer ist mein Name, okay?«

Corner nimmt den Themenwechsel auf seine Art an und imitiert J. Lo: »I'm still, I'm still Jenny from the block. Prost Jenny!« Er kann gar nicht so schlecht singen, und sie twerkt passend dazu.

Lachend stoßen beide an. Der Drink ist zwar nach wie vor beschissen, die Stimmung aber sehr gut.

Der Wirt guckt vom Spielautomaten rüber. »Sagt Bescheid, wenn ihr noch zwei wollt.«

»Bescheid!«

Sushi-Jenny zuckt zusammen. »Nein, John, nicht noch einen.«

Sie wird erneut ignoriert, und schwups, stehen zwei neue Drinks auf der Theke.

Die beiden sprechen weiter über Gott und die Welt, bis Corner aufs Geschäft zurückkommt.

»Und mach dir bitte keine Sorgen wegen der Sendung später«, sagt Corner. »Ich bin sicherlich nicht der Beste im Proben und interessiere mich nicht großartig für Vorbereitungen. Die letzten vier Wochen waren mir ein absoluter Graus. Diese ganzen Besprechungen, wer was macht, im Studio, in der Redaktion, das gesamte Team – das alles interessiert mich ehrlich gesagt null. Aber ich bin kein fucking Arschloch. Auch wenn ich dich heute in der Probe vergessen habe, in der Sendung werde ich dich vernünftig mit einbeziehen, und du bekommst deine Chance, da zu glänzen. Versprochen. Mit richtigem Namen und genügend Freiraum, aus den sozialen Netzwerken vorzutragen. Wie ist denn da jetzt Stand der Dinge?«

»Das ist cool von dir. Der aktuelle Stand ist einfach erklärt: Die Leute lieben dich bei Twitter. #goodboy ist mit #JBC zusammen der Hashtag des Tages. Du musst dir da wirklich keine Sorgen machen. Da steht eine riesige Community hinter dir. Sag mal, der Blogger, der das ursprünglich getwittert hat, kennst du den?«

Corner überlegt einen kurzen Moment. Die Sushi-Jenny stellt sich als wesentlich angenehmere Gesprächspartnerin heraus als ursprünglich gedacht. Irgendwie bedauert er sogar, ihr bisher so wenig Aufmerksamkeit geschenkt zu haben. Und so ergibt sich jetzt, dass ausgerechnet die Twitter-Tussi sein »Partner in Crime« werden soll.

»Den kenne ich sogar etwas besser, er ist mein aktueller Lover!«

Jenny guckt überrascht. Weniger, weil der Blogger Corners Lover ist, sondern weil der Blogger im Moment so etwas wie ein Twitter-Held ist und damit Kultstatus bei ihr genießt. »Echt? Wahnsinn.«

»Wieso? Kennst du ihn auch?«

»Nicht persönlich, aber der Typ ist bei Twitter im Moment ziemlich gehypt. Würdest du ihn mir vorstellen?«

»Natürlich, er kommt heute Abend zur Aftershowparty, da mache ich euch gerne bekannt.«

»Es geht mich zwar nichts an, aber hast du heute eigentlich schon mit ihm gesprochen? Und was heißt dieses Goodboy eigentlich?«

Jenny stellt sich als immer nützlicher heraus. Natürlich hat er noch nicht mit ihm gesprochen, das Ausmaß dieser Twitter-Hysterie war ihm bisher eher unheimlich, als dass er es als hilfreich empfand. Außerdem wusste er bis dato doch gar nicht, dass der Typ eine Koryphäe dieses Mediums ist. Er teilt zwar seit geraumer Zeit das Bett mit ihm, verfügt aber über keinerlei Kenntnisse seiner beruflichen Aktivitäten. Er hat diesen ganzen Blogger-Mist ja auch nicht für voll genommen. Höchste Zeit, das zu ändern.

Es ist so typisch für Corner. Neben ihm selbst ist es schwierig zu existieren. Mal sehen, ob er sich in der Sendung noch an das eben gemachte Versprechen gegenüber Jenny erinnern wird. Er ist eben eine Wildsau und liebt das Unverbindliche. Im Sexuellen, im Privaten und eben auch im Beruflichen. Mit einem hat er aber recht: Er ist definitiv kein Arschloch.

»Ich muss ihn unbedingt anrufen, danke für den Hinweis. Und Goodboy ist ein Zeichen der Zuneigung. Ich benutze den Ausdruck, wenn ich jemanden lobe.«

»Das ist doch süß. Dann hat er dich mit deinen eigenen Worten gelobt, und das Internet hat sich ihm angeschlossen.«

In diesem Moment stockt Corner der Atem. Wenn das so herum gut funktioniert, ist der Umkehrschluss doch, dass es andersherum genauso ginge. Was wäre also, wenn sich der Blogger mal gegen ihn wendet? Zum Beispiel, weil er ihn versteckt hält, ihn nicht als Zuschauer in seine Sendung kommen lässt, und überhaupt. Was passiert, wenn sie sich mal trennen? Im Grunde genommen sind sie ja nicht mal richtig zusammen. Sie vögeln miteinander. Aber sieht das der Blogger genauso? Corner versucht aktuell, eine Denunzierung in den sogenannten alten Medien zu verhindern – aber übersieht er dabei die viel größere Gefahr? Eine, die sich nicht mit irgendwelchen kruden Deals steuern lässt. Eine Krake, die man nie wieder einfangen kann. Losgelöst von begreifbaren Mechanismen. Früher hat man als Nachwuchsprominenter solche Schmierenreporter wie Story entweder gekannt, oder man wurde vor ihnen gewarnt. Da konnte man aufpassen, was man sagte oder tat. Aber heute? Da landet man mit einem Typen im Bett, und später stellt sich raus, dass dem halb Deutschland auf Twitter folgt.

»Zahlen, bitte.«

Das Versprechen

Die Steil ist nach einer wesentlich ruhigeren Rück- als Hinfahrt an ihrem Townhouse in der Mitte von Berlin angekommen. Der Bezirk heißt praktischerweise auch Berlin-Mitte, sodass man sich sperrige Erklärungen zur Namensherkunft sparen kann. Berlin-Mitte ist einfach begreifbar, leicht zu finden und auch deswegen Heimat der Hipster. Ihren Fahrer hat sie mit Benno Gassi gehen geschickt, und sie selbst versucht, ihren nachmittäglichen Rausch auszuschlafen. Der Frust über Mister Rabbits Sturz und den geplatzten Verkauf nahm ihr jedoch die Gedankenlosigkeit, die man für so ein Tagschläfchen braucht. Oh, Entschuldigung, in Berlin-Mitte heißt das natürlich Powernap.

So wie es aussieht, hat sich der dämliche Gaul einen Halswirbel angebrochen und muss laut Trainer Ede mindestens zwölf Wochen pausieren. Ob er je wieder zur alten Form zurückfinden wird, ist fraglich. So ein schwerer Sturz kann das Wesen eines Rennpferdes für immer verändern. Es könnte also genau das eintreten, was die Steil immer befürchtet hat. Ein kurzer Moment, ein Wimpernschlag, eine Tausendstelsekunde der Unachtsamkeit, und schon wird aus sechs Millionen Euro Marktwert ein Lieferant für Sauerbraten. Alles Weitere scheint aus ihrer Sicht aber zu laufen. Christoph, der Guest-Booker von JBC, hat sich bei ihr gemeldet, und die Talkshow-Einladung ist damit offiziell. Corner hat also Wort gehalten, und auch sie plant, entgegen Trabitz' Vorschlag, ihres nicht zu brechen. Corner kriegt die CD von ihr und ist damit fein raus.

Für den Finanzminister hält sie eine Überraschung parat, mit der sie ihn heute live vor den Augen der Nation im Fernsehen stürzen will. Ihre Schweizer Hausbank hat ihr ein paar interessante Informationen über Julius Knetter beschafft. Im Austausch dafür darf das Geldhaus das Konsortium zur geplanten Ausgabe neuer Vorzugsaktien der Steil Media AG bilden und die damit verbundene Refinanzierung interner Zahlvorgänge abhandeln. Ein Multimillionengeschäft. Das ist das Parkett, auf dem sie sich selbst und ihre AG zukünftig sehen will. Keine schmuddeligen Schwulenpornos aus Berliner Sexclubs mehr, keine halbgaren Geschichten über C-Prominente und Dschungelbewohner. Ihr schwebt eine Entboulevardisierung des Verlagsflaggschiffs BLATT vor. Sie braucht den Tratsch nicht mehr als Gleitmittel, um ernsthafte Nachrichten zu verkaufen. In Kombination mit gewinnbringenden Geschäften im Internet will sich die Steil als zukunftsorientierte Verlegerin positionieren, die per traditioneller Definition im Großen eingreift, Meinung macht und dem Ganzen ein Gesicht gibt. Um Aufmerksamkeit buhlende Chefredakteure wie Trabitz müssen mundtot gemacht werden. *Sie* wird der Star sein. Am heutigen Abend betritt sie für die Öffentlichkeit zum ersten Mal deutlich erkennbar diese Bühne. Mit einem Paukenschlag. Sie entledigt sich ihres Widersachers Knetter und stiehlt Trabitz die Show. Natürlich hätte sie die Nachricht über den Finanzminister auch übers BLATT publik machen können, es wäre dann aber ihr Chefredakteur gewesen, der dafür die Lorbeeren kassiert hätte. So aber wird sie als die Frau in die Geschichtsbücher eingehen, die den Minister gestürzt hat. Damit ist sie nicht nur mehr die Erbin, sondern eine ernst zu nehmende Verlegerin. Der Plan ist eigentlich perfekt. Eigentlich.

Das Townhouse der Steil ist komplett weiß eingerichtet. Wirklich komplett. Es gibt keinen Einrichtungsgegenstand, der nicht weiß ist. Nur als Bodenbelag dient dunkelbraunes Wenge-Echtholzparkett – geölt, nicht geschliffen – aus dem Tropenwald der Republik Kongo. Die Wände wurden effektvoll mit durchsichtigem Kunstharz verspachtelt und schimmern urban im Betonlook einer Manhattaner Kunstgalerie. In den Decken aller drei Stockwerke sind Tausende LEDs eingebaut, die nicht nur ihre Farbe wechseln, sondern auch vorprogrammierte Sternbilder nachempfinden können. Großer Wagen, kleiner Wagen, 7er BMW und so weiter. Anstelle der Townhouse-üblichen Treppen fährt ein gläserner Fahrstuhl die einzelnen Etagen an. Man kann schon sagen, dass diese Hütte ziemlich geiler Scheiß ist, für den man aktuell mindestens 10 000 Euro je Quadratmeter zahlen muss. Ohne Einrichtung. Die Steil hat knapp fünfhundert davon. Macht fünf Millionen. Zwanzig weitere Townhouses stehen in der wohl teuersten Straße der Stadt gegenüber dem Auswärtigen Amt.

Die Steil hat aber als Einzige auf ihrer Dachterrasse – mit unverbaubarem Blick auf die Türme des benachbarten Gendarmenmarkts – einen Pool mit Gegenstromanlage installiert. Ihre angenehme Wohnsituation und die erwartbaren Umstände des heutigen Abends lassen sie dann doch irgendwann einschlafen. Mister Rabbit ist schon wieder vergessen. Ist ja auch nur ein Pferd. Und ein kaputtes dazu.

Lange hält die Ruhe aber nicht an, denn es ist immer wieder der gleiche Traum, der die Steil schweißgebadet aus dem Schlaf reißt.

Sie sieht ihren Vater, wie er allein einen schneeweißen Hang herabschwingt, hört noch das Dröhnen eines wegfliegenden Helikopters, bevor eine gespenstische Ruhe eintritt. Dann sind da nur noch ihr Vater, der unberührte Schnee, der blaue Himmel und die gleißende Sonne. Laut Unfallbericht ist ihre Mutter direkt neben ihm im Tiefschnee gefahren, im Traum sieht sie aber nur ihn. Inmitten einer Atmosphäre, wie es sie nur abseits der präparierten Pisten gibt und für die Leute ihr Leben riskieren.

Verstehen kann man es nur, wenn man es selbst gemacht hat. Es ist die Unerklärlichkeit, die einen jedes Risiko vergessen lässt. Es gibt keine Alternative, man kann sich keinen Film anschauen, kein Buch darüber lesen oder es sich einfach erzählen lassen. Man muss es machen. Einen Heli buchen, sich auf einen Berg fliegen lassen, und dann ab dafür. Die Region rund um Aspen ist ein Dorado fürs Heliskiing. Sie sieht immer noch ihren Vater den Hang hinabwedeln, als plötzlich ein bedrohliches Grollen einsetzt. Hinter ihm hat sich ein Schneebrett gelöst, und eine Lawine rast den Berg runter. Er hat keine Chance. In kürzester Zeit holt sie ihn ein. Vorher wendet er sich ihr zu und ruft etwas. Sie kann ihn zwar nicht verstehen, weiß aber, was er ihr sagen will. Das macht es so grausam.

»Lauter, lauter, lauter!«, ruft sie verzweifelt.

Die Steil sitzt senkrecht im Bett. Ihre eigenen Schreie haben sie geweckt.

Der Mann, der da tödlich verunglückt ist, ist nämlich gar nicht ihr leiblicher Vater. Sie hat es durch einen dummen Zufall kurz vor der Abreise ihrer Eltern erfahren. Franziska ist das Kind einer kurzen, aber heftigen Affäre ihrer Mutter mit einem Unbekannten. Das fand die Steil heraus, als ihr vermeintlicher Erzeuger den neuen Vorsteher des Family Office in die Geschichte einweihte und eine Tür zum Nebenraum, in dem Franziska sich aufhielt, nicht richtig ins Schloss gefallen war. Zur Rede gestellt, erbat er sich den Urlaub, um ihrer Mutter zu beichten, dass er das Geheimnis nicht hatte versteckt halten können, und versprach, Franziska nach seiner Rückkehr den Namen ihres leiblichen Vaters zu nennen. Dieses Versprechen hat er gebrochen. Das ist der Grund, warum die Steil so verdammt sauer auf ihn ist.

Admiralbrücke

Bei Kilometer 7,7 am Landwehrkanal verbindet die nach Georg Pinkenburgs Plänen 1882 fertiggestellte Admiralbrücke das Fraenkel- mit dem Planufer im Bezirk Kreuzberg. Sie ist ein 33 Meter langes und 19,5 Meter breites Denkmal. Geschützt und behutsam saniert. Das im Original erhaltene schmiedeeiserne Geländer ist mit Blätterornamenten in Jugendstilmanier verziert. Zur Uferpromenade schließt es sich im selben Stil an. Jeweils am Ende und auf der Brücke selbst stehen ebenfalls aus der Epoche stammende Eisenlaternen. Hinter der Brücke macht der Kanal eine Biegung, breitet sich aus und bietet an seiner flacher werdenden Böschung den besten Platz Berlins an, um sich einen Sonnenuntergang und sonstiges Zeug reinzuziehen. Die Brücke und der Kanal sind wahrlich magische Orte.

Am Morgen begrüßte die Stadt Story noch wolkenverhangen, trist und grau, jetzt steht er im Gegenlicht der herbstlichen Abendsonne und kann sich nur schwer der Romantik entziehen, auf deren Suche sich Hunderte von Menschen eingefunden haben, um den perfekten Moment zu erleben. Seit über zwei Jahrzehnten ist die Brücke für den Straßenverkehr gesperrt. Auf ihr sitzen oder stehen die Leute, am Ufer des Kanals liegt man eher. Straßenmusiker liefern den Soundtrack, Artisten zeigen ihr Können und der mitgebrachte Alkohol seine euphorisierende Wirkung. Diese in Reiseführern als »Bottle Party« bezeichnete Zusammenkunft zieht internationales Publikum an, und es entsteht eine festivalartige Stimmung. Für die Anwohner ist das auf Dauer natürlich nervig, aber wer eine vorstädtische Stuttgartidylle sucht, kann ja in den Prenzlauer Berg ziehen. An der Admiralbrücke gibt es noch eine fröhliche Anarchie, und der Kreuzberger Abenteuerspielplatz zeigt sich von seiner besten Seite. Die Leute feiern das Leben, die Stadt und sich selbst.

Story versucht, sich der Verführung zu entziehen, hat aber ziemlich schnell ein sogenanntes Spazierbier in der Hand und zieht auf seiner ganz eigenen Suche nach einem Typen, der wie Corner aussieht, durch die Menge. Ihm begegnen Mädchen in Flipflops, mit gebräunter Haut und geflochtenen Haaren, die aussehen, als kämen sie direkt vom Coachella-Festival, junge Männer, die in jedem Wim-Wenders-Film mitspielen könnten, und Gruppen aus beiden, die sich augenscheinlich erst kürzlich kennengelernt, aber schon alles an Körperflüssigkeiten ausgesaugt haben, was das erste Unisemester übrig gelassen hat.

Es liegt ein süßlicher Geruch in der Luft, der abwechselnd von kreisenden Joints und stark nachlassenden Deos verursacht wird. Es ist ein Kaleidoskop der Eindrücke, ein echter Karneval der Kulturen. Wer hier nichts spürt, ist tot. Doch bringt Story das wenig. Wen er sucht, sind die Engländer. Also Fußballtrikots, kurze Hosen und Schlägereien. Die EasyJet-Kultur. Leider vergeblich. Viel Zeit bleibt ihm nicht mehr, die Sonne geht bald unter. Zum gefühlt zwanzigsten Mal streift er über die Brücke, am Ufer entlang und wieder zurück. Kein kleiner Engländer mit kugelrundem Bauch und roten Stoppelhaaren weit und breit. Das gibt es doch nicht! Ausgerechnet diese partywütige Nation, deren Männer auch noch mit Mitte vierzig losziehen, um sich öffentlich zu besaufen. Die sind sonst immer hier. Berlin oder Mallorca. Admiralbrücke oder Cala Rajada. Eine von Dosenbier beseelte Gemeinschaft, die den anderen grölend den Tag versaut. Oder auf Bierbikes die Straßen verstopft. Halt, das ist die Lösung! Story muss einen Bierbike-Vermieter anrufen und rausfinden, ob es aktuell eine Gruppe Engländer gibt, die sich so ein Teil gemietet hat.

Er lässt seine Kontakte spielen und landet nach ein paar Telefonaten tatsächlich einen Treffer. Den Angaben des Verleihers zufolge sieht einer sogar fast so aus wie der Typ, der heute Abend diese neue Sendung moderiert. Story kauft sich noch etwas Gras bei einem marokkanisch aussehenden Kerl, der ihm dann aber im breitesten Schwäbisch erklärt, dass er mit dem Zeug aufpassen solle.

»Des isch fei koi Schbaß, des Zeug gnalld richdich.«

Schöne neue Welt. Selbst Bierbikes sind heutzutage mit GPS-Trackern ausgestattet, sodass es keine große Kunst ist, das gelbe Gefährt zu finden. Unter den Linden, auf Höhe des Berliner Doms, radeln ein paar Kalkleisten mit Manchester-United-Trikots des Weges, und ein Song der Spice Girls dröhnt aus den Boxen über der Theke. Storys Taxi setzt sich davor und bremst sie aus. Die Aufregung ist natürlich groß, aber er kann ziemlich schnell erklären, dass sich die Herren eine Menge Spaß mit willigen Frauen und noch mehr Geld verdienen können. Das Beste ist, dass einer von ihnen in der Tat wie Corner aus dem Gesicht und der Figur geschnitten ist. Großartig. Nur die Haare müssen noch ein bisschen kürzer. Der Alkoholpegel der sechs Affen ist hoch genug, dass sie nicht an Storys Versprechungen zweifeln. Das Bierbike wird abgestellt, ein zweites Taxi aus dem Verkehr gezogen, und schon ist der Trupp auf seinem Weg ins Fa-raon. Berlin, big City of Dreams!

Jetzt nicht!

Im Studio C, in den Garderoben, den Redaktionsräumen und auf allen Gängen dazwischen ist die Hölle los. Überall laufen Mitarbeiter rum, die sich in ihrer Wichtigtuerei und ihrer Aufregung gegenseitig überbieten, den Stechschritt praktizieren und auf jede Frage mit »Jetzt nicht!« antworten. Ein Team von Personenschützern inspiziert den Komplex, denn für den deutschen Finanzminister gilt Sicherheitsstufe eins, seit fanatische Eurokritiker mit Anschlägen auf ihn gedroht haben. So kommt auch ein Hund zum Einsatz, der nach verstecktem Sprengstoff sucht. Inmitten dieses Trubels trifft Corner auf den Joseph, der ihn, wieder mit Hand am Herz, anspricht.

»Des geht so ned, lieber John. Wir müssen des proben, bitt'schön. Die Sache mit dem Hundertjährigen. Und was glaubst du eigentlich, was passiert, wenn der Herr Finanzminister erfährt, dass die Steil in der Sendung ist? Der ihre Presse macht den seit Wochen wegen dem Euro fertig, und ihr setzt die nebeneinander? Des ist a Wahnsinn. Des kann ned gut gehen.«

Corner guckt ihn kopfschüttelnd an.

»Lass mich raten«, sagt der Joseph. »Jetzt nicht?«

»Richtig!« Corner geht weiter. Der Gedanke ist ihm natürlich auch schon gekommen, aber der Minister kann sich nicht drücken. Er ist seit Langem angekündigt und kann nirgendwo besser als in der heutigen Sendung den Deutschen seine Politik erklären. Wie sähe das denn aus, wenn er wegen der Verlegerin des BLATT kneifen würde? Soll er ihr die Deutungshoheit überlassen? Nie im Leben! Außerdem sind Politiker das Diskutieren gewohnt, und Knetter ist ein Talkshowveteran. Von so einer jungen Verlagserbin wird er sich garantiert nicht einschüchtern lassen, sondern dagegenhalten. Das könnte ein Showdown der Extraklasse werden. Durchaus gute Voraussetzungen für eine unterhaltsame Talkshow.

Groschen-Klaus ist der Nächste, der ihn auf seinem Weg in die Garderobe mit ernster Miene abzufangen versucht.

»Du, John, der Hundertjährige ist schon da. Wir haben ihn erst mal ins Catering gebracht, der Fahrstuhl funktioniert immer noch nicht, mein Redakteur betreut ihn. Du musst da unbedingt hin, der Stadtführer labert sich sonst um Kopf und Kragen.«

»Jetzt nicht!«

Auch Groschen-Klaus bleibt ratlos zurück.

Als Nächstes kommt Tönsing um die Ecke.

»Tsubba, John, tsubba! Ich habe gerade von deinem Ausflug gehört. So ein paar Drinks schaden nicht. Das macht locker. Lass uns doch noch schnell in mein Büro. Da steht ein herrlicher Cognac. Zwanzig Jahre alt. Ich hätte wohl auch Durst.«

»Jetzt nicht!«

»Mann, das war ironisch. Die Twitter-Tussi ist total besoffen. Du kannst doch nicht ernsthaft dem Mädchen vor der Sendung Alkohol geben. Tsubba, du, echt ganz tsubba!«

Seine Worte verhallen ungehört, Corner ist einfach weitergegangen, und fast hat er es in seine Garderobe geschafft, als ein mehrere Meter großer Schatten die nächste Katastrophe ankündigt. Im Treppenhaus lauert ihm Ivana auf, die, jetzt mit noch mehr Klemmbrettern, Stoppuhren und einem zweiten Headset ausstaffiert, auf ihn einredet.

»Ich gebe dir gleich Signal in Sendung, Schalte zu *Tagesthemen* machst du im Sitzen, die brauchen stabileres Bild als mit Steadicam, verstanden?«

Corner traut sich nicht, abzuwiegeln. Ivanas körperliche Präsenz, in Kombination mit dem russischen Duktus, lassen ihn die Sache ernst nehmen.

»Ja, okay, verstanden. Was machst du eigentlich mit dem zweiten Headset? Hast du irgendwo noch eine Tupolew in der Luft?«

»Idiot!«

Er bietet ihr noch ein High-five an, sie hat aber keine Hand frei. Wenigstens lächelt sie. Wenn auch nur auf Russisch, was ungefähr so aussieht, als hätte sie Zahnschmerzen. So langsam finden die beiden ihre Kommunikationsebene. Nur noch wenige Meter bis zur Garderobe. Corner möchte mit seinem Blogger telefonieren, ihn jetzt doch in die Sendung einladen und einfach mal sagen, dass er es toll findet, welche Welle der Sympathie er da bei Twitter losgetreten hat. Nur, wie soll er das Gespräch anfangen? Wie soll er seinen Sinneswandel begründen? Er möchte sich nicht zu sehr anbiedern, und schon gar nicht möchte er, dass sein Lover meint, seine Internetaktivitäten hätten irgendwas damit zu tun. Jede Möglichkeit einer Erpressbarkeit möchte er ihm gegenüber im Ansatz verhindern, denn davon hat er heute schon genug. Auch möchte er ihn nicht als Freund in der Öffentlichkeit präsentieren, seine Homosexualität soll erst einmal geheim bleiben. Er braucht also einen triftigen Grund. Herrgott, ist das eine komplizierte Beziehungssituation geworden. Schlimmer als bei den Heteros.

Eine Tür vor seiner eigenen springt ihn die Lösung auf dem Garderobengang wie ein Flummi an.

»Jooohn! Hi! Na, meine kleine Tunte, die suchen dich hier alle, warst du wirklich einen trinken? Muss ich dir gleich den Hangover aus dem Gesicht schminken?«

»Pst, nicht so laut. Los, rein da!«

Er schubst Babsi Schubert in die Maske und schließt die Tür von innen. Babsi ist die Visagistin der Produktion und auch für seine Klamotten zuständig. Sie selbst ist geschminkt wie ein Harlekin, hat ihre signalroten Haare zur Discopalme gebunden und trägt eine taillierte Latzhose mit zwei unterschiedlich farbigen Chucks. Ein Oberteil hat sie weggelassen oder einfach nur vergessen, ihren BH Gott sei Dank nicht. Aber auch das hätte sie sich leisten können, denn Babsi ist so ziemlich das Heißeste, was Adlershof an freien Dienstleistern zu bieten hat, vorausgesetzt, man steht auf Trash.

In ihrer Maske hängen auch seine Anzüge.

»Welchen davon ziehst du heute an? Und soll ich dich schon mal leicht schminken, bevor du auf deine Gäste triffst?«

»Keinen der Anzüge. Ich lasse mir einen bringen. Anmalen kannst du mich später, gib mir lieber ein Bonbon, Kaugummi, sonst was, aber nichts, wo du irgendwelche Drogen draufgeträufelt hast.« Neben ihrem auffälligen Äußeren und der großen Klappe ist Babsi dafür bekannt, dass sie ständig mit chemischen Drogen experimentiert und zwar in erster Linie an anderen Menschen.

»Hier.«

Skeptisch nimmt Corner einen eisblauen Drops entgegen. »Wirklich keine Drogen, oder? Das ist jetzt kein Spaß.«

»Nein, du Tunte.«

»Nenn mich nicht immer Tunte.«

»Du trägst im Job Schminke, das hört sich ziemlich tuntig an. Wann kommt denn der Anzug?«

»Keine Ahnung, Stunde oder so. Ich muss jetzt jemanden anrufen, der mir den bringt.« Das Bonbon lutschend, signalisiert er Babsi mit am Mund vorgehaltenem Finger ruhig zu sein und wählt die Nummer des Bloggers. »Hey, grüß dich …«

Fußerlebnis

Im Grunde genommen ist es der Steil total egal, wer ihr leiblicher Vater ist. Ihr Vater wäre immer der Mann geblieben, der sie großgezogen hat, in dessen Nähe sie sich sicher fühlte, zu dem sie aufschaute, dem sie vertraute. Es geht um dieses Urvertrauen, das jedes Kind zu seinen Eltern hat, bevor es das erste Mal enttäuscht wird. Wann das passiert, ist vorher schwer zu sagen. Dass es passiert, ist sicher. In ihrem Fall hat es immerhin fünfundzwanzig Jahre gedauert, dafür sollte sie dankbar sein. Fünfundzwanzig unbeschwerte Jahre mit dem Privileg, bedingungslos vertrauen zu können. Für einen so langen Zeitraum würden die meisten Kinderseelen mehr geben, als ihre Eltern ihnen genommen haben. In ihrem Fall kommt aber eine Erfahrung hinzu, die wiederum viel zu früh eintrat: der Verlust durch Tod. Sie hatte keine Chance, die Dinge separat einzuordnen, zu verarbeiten. Das Schicksal ist ein Arschloch. Sie ist in einer Melange aus Enttäuschung und Trauer gefangen. Und dank ihres

Erbes hat sie keine Chance loszulassen. Jeden Tag, jede Stunde, jede Sekunde wird sie an ihren Vater erinnert. Er war, ist, wird die zentrale Figur in ihrem Leben bleiben. Und womit hat er sich verabschiedet? Mit einem gebrochenen Versprechen.

Die Steil spült sich den Traum mit einer ausgiebigen Dusche ab. Auch im Badezimmer ist der Boden aus Wengeholz, welches es sehr viel wohnlicher erscheinen lässt und laut dem Stararchitekten ein einzigartiges Fußerlebnis bietet. Fußerlebnis also. Das kann man bei dem Quadratmeterpreis auch erwarten. Sie hat sich eine hellblaue Bluse mit weißer Hose rausgelegt, und anstelle eines schmalen Gürtels führt sie ein gerolltes Hermès-Tuch durch die Schlaufen. Dazu dezenter Perlenschmuck, die Haare zum Zopf gebunden, hohe, aber schlichte Schuhe und eine Designer-Clutch runden das Outfit ab. Fertig. Sie möchte mit diesem Look ihre Unabhängigkeit präsentieren, sich außerhalb der weiblichen Kleidungsnormen für Talkshows ins Fernsehen setzen zu können. Kein schwarzes Etuikleid, Kostüm oder Blazer sollen sie verwechselbar erscheinen lassen, sie will der unverkleidete Gast auf der Mottoparty sein, an den sich später alle erinnern können. Im Rahmen ihrer optischen Möglichkeiten sieht sie gar nicht mal schlecht aus. Man darf halt nur nicht zu nah rangehen.

Noch unschuldiger und entspannter als ihre Kleidung ist nur Benno, der den ausgiebigen Spaziergang mit dem

Chauffeur genießt. Sie haben es bis in den zwei Kilometer entfernten Großen Tiergarten geschafft, eine der größten innerstädtischen Parkanlagen Deutschlands, dessen Name tatsächlich daher stammt, dass in dieser früher eingezäunten Parkanlage mal Tiere lebten. Allerdings nicht, um gegen Eintritt mit Essensresten gefüttert oder mit trockenem Brot beworfen zu werden, sondern für die Jagd. Beides grausam und unnötig, aber so waren und sind nun mal die Zeiten. Friedrich der Große, notorischer Nichtjäger, ließ 1742 die Zäune niederreißen und öffnete das Areal als Lustgarten für die Bevölkerung. Ganz, ganz früher war also auch nicht alles schlecht.

Heutzutage hätte man sich wohl für eine Wohnbebauung entschieden, sodass noch mehr Leute in die Stadt kommen und losgelöst von Zwängen ihre Unfähigkeit ausleben können. Aber anstelle von Beton für Idioten, tobt Benno über die weiten Wiesen, und der Fahrer blinzelt ihm gegen die letzten Strahlen der Abendsonne hinterher. Eigentlich darf er ihn nicht unangeleint laufen lassen, das haben ihm sowohl die Steil als auch die Stadt Berlin verboten. Aber ein so großer Hund muss sich einfach einmal am Tag abreagieren, sonst wird er bekloppt, und noch mehr Bekloppte kann die Stadt wirklich nicht mehr vertragen. In diesem Moment ruft die Steil an. Sie will los. Der Chauffeur sagt zu, in zwanzig Minuten am Townhouse zu sein, und weil es um Benno geht, nimmt die Steil es hin. Ein Fahrer, der zwanzig Minuten zur Abholung benötigt, wäre unter anderen Umständen seinen Job bei der Steil längst los. Möglicherweise hat er ihn auch nicht mehr lange. Denn Benno ist auf einmal weg.

Drei Sachen

Die Gruppe Engländer kann ihr Glück immer noch nicht fassen. Im Fa-raon angekommen, werden sie von ein paar leicht bekleideten Damen auf Kosten des Hauses mit Getränken versorgt. Erwartungsvoll blicken sie auf die noch leere Spielwiese und hängen schon mal ihre Dödel in die Löcher, während Story und Underberg im Büro sitzen, um das weitere Vorgehen zu besprechen.

»Wie oft hast du denn das Video gesehen?«

»Ja, was weiß icke? Vier- bis fünfmal, wa. Ditte war jetzt ja och kein ganz so schöner Anblick!«

»Gib mir noch mal dein Telefon rüber, ich muss Trabitz anrufen, ich brauche mehr Details.«

In einem kurzen Telefonat wird der Chefredakteur über den aktuellen Stand der Dinge informiert. Trabitz weist Story auf die auffällige Golduhr hin, die Corner in dem Originalvideo trug. Er braucht kein im Ablauf korrektes Video, sondern Schlüsselszenen, von denen er Screenshots drucken kann. Es soll ja nur den Anschein erwecken, als besäße das BLATT das Video. Die annehmbaren Umstände müssen in dem Fall realistischer als das Video selbst sein. Und das sind sie. Den Giftschrank vom BLATT stellt niemand infrage, und Corner würde ohnehin mit Erscheinen morgiger Ausgabe sofort erledigt sein. Wie will er sich denn auch wehren? Leugnen, dass es die Szenen im Fa-raon je gegeben hat? Das wäre eine glatte Lüge! Corner kommt aus der Nummer nicht raus, und das weiß Trabitz ganz genau. Das Kaninchen sitzt in der Falle. Was genau er den Engländern sagen soll, will Story noch wissen. Er möchte es nicht wieder versauen und bittet, völlig untypisch für ihn, Trabitz um Rat. Das soll sich auszahlen. Er dürfe die Truppe auf gar keinen Fall mit in den Plan einbeziehen, zu viele Mitwisser und obendrein noch Engländer. Trabitz empfiehlt K.-o.-Tropfen. Das hat für Story wiederum den Vorteil, dass er das Gras vom schwäbischen Marokkaner für sich behalten kann. Nur Gewinner.

»Underberg, ich brauche drei Sachen von dir: K.-o.-Tropfen, deine goldene Rolex und eine Schere.«

Der Plan geht voll auf. Story separiert den Corner-Doppelgänger vom Rest der in kürzester Zeit voll betäubten Reisegruppe und schneidet ihm die Haare kurz, so wie sie auch der Moderator trägt. Der Spaß kann losgehen. Die Damen verlassen den Raum, und eine Horde maskierter Callboys tritt ein. Den Engländern ist wirklich alles egal, und die Edelstricher zeigen, warum sie pro

Person bis zu 500 Euro die Stunde verlangen können. Eine herrliche Sauerei! Es wird gehämmert, gelutscht und abgespritzt, bis Story von Underberg bestätigt bekommt, dass sich das damals genau so bei Corner zugetragen hat. Eine perfekte Replik der Wahrheit. Einzig der Soundtrack vom DJ fehlt.

Nachdem nun alles im Kasten ist, bringt Story die Engländer zurück auf ihr Bierbike und beobachtet noch, wie sie zu »Spice up your Life!« in Schlangenlinien Unter den Linden entlang Richtung Brandenburger Tor radeln.

Man kann von diesem Volk ja denken, was man will, aber hart im Nehmen sind sie wirklich. Bei denen ist Loch noch Loch.

Story tritt indes seinen endgültigen Triumphzug in den Verlag an. Seine Kollegen haben unter Trabitz' Leitung genügend Informationen über Corners ausschweifendes Privatleben zusammengetragen, um ihn als unsympathischen Großkotz mit Hang zum Exzentrischen darzustellen. Es passt alles, bis auf eines: Noch weiß der Chefredakteur überhaupt nicht, wie er die massenhaften Sympathiebekundungen für Corner auf Twitter einordnen soll, die bereits vor der Talkshow kursieren.

Twitter als solches ist kein meinungsbildendes Medium. Es braucht die zweite Ebene, um Trends auf dieser Plattform in den medialen Adelsstand für den Großteil der Bevölkerung zu erheben. Eine etablierte Zeitung zum Beispiel oder einen Nachrichtensprecher, der aus dem Netzwerk zitiert und über dessen Inhalte berichtet.

Diesen Steigbügel braucht es noch, trotz aller Begeisterung für das junge Medium. Trabitz' Überlegungen reichen von ignorieren bis hin zu bewusstem Thematisieren, nach dem Motto: SO ENTTÄUSCHTE ER SEINE FANS BEI TWITTER. Eine rein nachrichtliche Abhandlung des Phänomens ohne Meinung oder Deutung kommt nicht infrage, denn das BLATT verbreitet keine Nachrichten, es macht Meinungen. Dem Leser wird das Bilden selbiger für kleines Geld abgenommen, und genau deswegen ist das BLATT trotz Auflagenkrise immer noch viel erfolgreicher als alle anderen Zeitungen. Für das Einholen von Nachrichten allein braucht man heute keine Zeitung mehr. Dank Internet und Smartphone bekommt man die aktuelle Lage der Welt kostenlos und bequem in die Hosentasche. Da hat es der Gang zum Kiosk mittlerweile schwer. Deshalb bedarf es anderer Dienstleistungen, um die Leser zu ködern. Das BLATT nimmt seinen Lesern den Aufwand ab, selbst nachzudenken, Meldungen einzuordnen und zu hinterfragen. Mittels seines Titelblatts, das eher eine ganzseitige Kommentarspalte ist, treibt es die Kundschaft in eine verführerische Gedankenlosigkeit, ähnlich der von Fließbandarbeitern, die sich immer darauf verlassen können, dass es auch ohne eigenes Zutun weitergeht. Ferngesteuerte Meinungsroboter, die ihre tägliche Dosis BLATT brauchen, um sich in der Welt zurechtzufinden, mitreden zu können und – das ist das Schlimmste – sich ernst genommen zu fühlen. Diese Zeitung hat genau den Zugang zur Bevölkerung, den sich Parteien wünschen. Deswegen ist das BLATT seit jeher auch das Bordmagazin aller Regierungsmaschinen. In Kombination mit der Glotze braucht es nicht viel mehr, um zu verstehen, was die Bürger denken. Deswegen entscheidet sich Trabitz dagegen, Twitter zu thematisieren. Er will diesem unterrangigen Dienst nicht den Gefallen tun, von seiner Deutungshoheit zu profitieren.

Story hat gerade die Sicherheitsschleuse im Verlag passiert, als sein Blackberry unter anfänglichem Vibrieren zu klingeln beginnt. Underbergs Name steht im Display, und, welch Wunder der Technik, er ist es auch, der sich nach Annahme des Anrufs mit »Icke bins« meldet.

»Sach mal, Story, wo ist denn eigentlich meine goldene Rolex?«

»Keine Ahnung, ich hab sie nicht.« Kaum ausgesprochen, ahnt er Schlimmes.

»Hat der Inselaffe die noch um? Kiek mal nach, wa.«

»Scheiße, die sind schon weg, ich bin im Verlag.«

Underberg kann es nicht glauben. »Ja sach mal, bist du bescheuert? Det Ding ist auf mich registriert, wa. Da hätten wir denen ja gleich unsere Persos geben können, du Kaffer!«

Story versucht, ihn zu beruhigen. »Pass auf, ich rufe den Typen an, der das Bierbike verliehen hat, die kriege ich schon wieder. Das bleibt aber unter uns, kein Wort zu Trabitz. Ohne mich hättest du keinen Pfennig gesehen, und hättest du dir das Video nicht klauen lassen, säßen wir jetzt nicht wieder in der Scheiße!«

»Alter, krieg das in Ordnung. Die Nummer wird mir langsam zu heiß, wa.« Underberg klingt auf einmal ziemlich besorgt. Das ist das Problem aller Informanten. Irgendwann hängen sie so tief mit drin, dass der viel zitierte Quellenschutz nur noch eine theoretische Größe ist. Ein Plan ist immer nur so gut wie sein schwächstes Glied. Selbst wenn das aus purem Gold ist.

Tatort I

Corner hat inzwischen mit seinem Lover telefoniert. Der Blogger ist total happy, jetzt doch als Zuschauer in die Sendung kommen zu dürfen. Seiner Idee folgend, ihm den Sinneswandel nicht zu offensichtlich zu verkaufen, bat Corner ihn, ihm seinen Lieblingsanzug vorbeizubringen und dann doch gleich dazubleiben. Auch haben sie über den #goodboy-Tweet gesprochen, von dem der Blogger befürchtet hatte, Corner würde sich darüber ärgern, doch ganz im Gegenteil versicherte der ihm, sich darüber sogar gefreut zu haben.

Da ist sie wieder, die herrliche Unkompliziertheit, wie es sie nur unter Männern gibt. Vorausgesetzt, niemand verliebt sich zu sehr. Aber weder Corner hat vor, den Rest seines Lebens mit dem Blogger zu verbringen, noch kann der sich vorstellen, mit dem Kugelblitz eine körperliche Treue einzugehen, solange es Social-Media-Kongresse gibt, auf denen andere Blogger mit analogen Sixpacks zur Verfügung stehen. Er ist auf Twitter jetzt selbst so etwas wie ein Star, und das Beste am Starsein sind die sexuellen Möglichkeiten. Bist du berühmt, kannst du mit Menschen Sex haben, die normalerweise außerhalb deines Potenzials liegen.

Es scheint alles bestens, und Corner kann sich um seine Talkgäste kümmern. Als Erstes macht er sich ins Catering auf, denn der Hundertjährige liegt ihm besonders am Herzen. Alle anderen sind mehr oder weniger erfahrene Fernsehprofis, die ein Vorgespräch nicht brauchen, um sich atmosphärisch wohlzufühlen. Sie wollen es vielmehr, um sicherzustellen, dass der Moderator auch die vorher mit der Redaktion vereinbarten Themen, Bücher oder sonstigen Schwerpunkte der eigenen Existenz anspricht. Corner war oft genug selbst Talkshowgast, um diese Mechanismen zu kennen, und hat sich fest vorgenommen, keine »Sendung vor der Sendung« mit den Teilnehmern seiner Gesprächsrunde zu machen, sondern die Energie des ersten Zusammentreffens live im Fernsehen und nicht in einer der hässlichen Garderoben stattfinden zu lassen. Er kann das, er ist fürchterlich nachlässig in der Vorbereitung, aber extrem spontan. Das ist seine Strategie, um die hohen Erwartungen zu erfüllen. Er darf sich nicht in das Korsett einer tausendmal vorab durchgetakteten Show begeben, in der der Moderator nur noch Stichwortgeber für seine Gäste ist, sondern muss seinem Anarchismus treu bleiben, dessentwegen er für den Job engagiert wurde.

Und ob es ihm tatsächlich gelingt, ist die große Frage. Er hat die Seiten gewechselt. Vom sorgenfrei reagierenden Talkshowgast, der sich um nichts anderes kümmern muss, als eine Antwort zu geben, ist er zum agierenden Talkshow-Moderator geworden, der sich um die Gesprächsführung der gesamten Sendung, das Wohlbefinden seiner sechs Gäste und ausreichend kluge Fragen kümmern muss. Werden ihm die Zuschauer folgen? Sorgenfrei ist er jedenfalls nicht mehr. Live zu senden ist auch noch mal eine besondere Herausforderung, und die immense öffentliche Neugier darauf, wie ein komplett unerfahrener Moderator diese Herkulesaufgabe meistern wird, macht es nicht leichter. Um es kurz zu machen: In seiner Haut möchte wohl niemand stecken. Auch er selbst nicht.

Im Catering erwartet ihn ein adrett gekleideter Herr mit Fliege und perfekt sitzendem Anzug, dem man sein biblisches Alter auf den ersten Blick gar nicht ansieht. Alfred Krallmann ist groß gewachsen, sitzt kerzengerade an einem der Tische und isst ein Clubsandwich mit Messer und Gabel. Seine Frau sitzt ihm gegenüber. Korrekterweise ist es seine zweite Frau, ein junger Hüpfer von siebzig Jahren. Trotz des enormen Altersunterschieds teilen sie sich eine Haarfarbe. Schneeweiß. Ebenfalls verfügen beide über eine ähnlich gut gebräunte Haut. So stellt man sich ein glückliches Rentnerpaar auf den Kanaren vor. Frau Krallmann ist nicht weniger schick angezogen, hier stimmt noch die feierliche Einstellung gegenüber dem Fernsehen, und umso mehr tut es Corner leid, dass er ausgerechnet dem Hundertjährigen mit sendungsrelevanten Absprachen kommen muss, die er eigentlich vermeiden wollte.

»Guten Abend, Frau Krallmann, bitte bleiben Sie sitzen.« Corner beugt sich runter und deutet einen Handkuss an. »Schön, dass Sie Ihren Mann begleiten.« Danach wendet er sich ihm direkt und ebenfalls verbeugt zu. »Bleiben auch Sie bitte sitzen. Guten Abend, Herr Krallmann. Guten Appetit.«

Dessen hellwache Augen gucken ihn fragend an. »Sie müssen bitte lauter sprechen!«

»GUTEN ABEND, HERR KRALLMANN, SCHMECKT ES?«

Er nickt.

»Alfred hat sein Hörgerät vergessen«, sagt Frau Krallmann.

»Im Hotel?«

»Nein, zu Hause, Herr Corner, das tut uns so leid.«

»Gar kein Problem, ich habe da bereits eine Idee. Darf ich Platz nehmen?«

Corner setzt sich zu den Herrschaften an den Tisch und schlägt vor, was er eh vorschlagen wollte, nutzt aber deren Missgeschick, um das Vorhaben plausibel zu erklären. Es wäre laut Corners Ausführungen natürlich ein Wahnsinn, Herrn Krallmann sechzig Minuten lang in eine Runde zu setzen, in der er nur jedes zweite Wort verstehen würde. Er bietet ihm an, stattdessen gemeinsam mit seiner Frau in der ersten Zuschauerreihe Platz zu nehmen und gleich zu Beginn der Sendung, vor allen anderen, ein Einzelgespräch mit ihm, Corner, zu führen, bei dem der Moderator darauf achten wird, laut und deutlich zu sprechen. Zudem wäre dann auch seine Frau im Fernsehen zu sehen, was beiden sichtlich schmeichelt.

»Man kann ja auch mit hundertsiebzehn stolz zeigen, wenn die Herzdame siebenundvierzig Jahre jünger ist!«

Krallmann scheint Corners Humor zu mögen, wenngleich man nicht weiß, ob er ihn akustisch überhaupt verstanden hat. Jedenfalls hat er zwei Mal im Krieg gegen die Engländer gekämpft und legt großen Wert darauf, seine Erfahrungen von einem zerstrittenen Europa in der Sendung den jüngeren Generationen zu schildern. Auf diesen Wunsch lässt Corner sich gern ein, und er bestätigt ihn für seine Verhältnisse verbindlich. Er bietet den Eheleuten noch Nachtisch an und lässt es sich nicht nehmen, diesen selbst zu servieren.

»Ach, eine Sache noch, Herr Corner«, sagt Frau Krallmann, als er sich gerade wieder davonmachen will. »Können wir hier gleich irgendwo den *Tatort* gucken?«

»Bitte?«

»Können wir hier gleich irgendwo *Tatort* gucken? Den Krimi.« Sie hat ihn auf dem falschen Fuß erwischt.

»Den gucken mein Mann und ich sonntags immer. Wir sind doch hier beim Fernsehen, den müssen Sie doch irgendwo zeigen.«

Das bringt Corner auf eine weitere Idee.

Bier und Currywurst

Der Chauffeur rennt durch den Tiergarten um sein Leben. »Benno, Benno, Benno?«

Keine Antwort. Kein Bellen. Wie konnte er ihn bloß aus den Augen lassen? Abendsonne hin oder her. Benno ist noch nie weggelaufen. Irgendetwas stimmt hier nicht.

»Benno, Benno, Benno?«

Ihm gehen die schlimmsten Sachen durch den Kopf. Wurde Benno entführt? Ist er auf die benachbarte Tiergartenstraße gelaufen und wurde angefahren? Es ist die schiere Panik, die ihn immer weiter laufen lässt.

»Benno, Benno, Benno?!«

Endlich sieht er ihn. Es scheint so, als stünde er bei einer Gruppe Männer, die auf dem Boden liegen. Der Chauffeur nähert sich langsam, mit strenger Stimme und Richtung Boden ausgestrecktem Finger.

»Benno, bei Fuß!«

Der Hund reagiert nicht. Er frisst irgendwas.

Noch lauter: »Benno!«

Wieder keine Reaktion.

Es fällt dem Chauffeur schwer, nicht hinzurennen, er möchte jedoch unbedingt vermeiden, dass Benno es als Spiel ansieht und wieder wegrennt. Mit jedem Schritt kann er die Situation deutlicher erkennen. Es sieht so aus, als würden die Männer schlafen, und als er sie erreicht, sieht er, dass Benno deren Currywurstreste futtert und aus einer Lache Flüssigkeit trinkt. Er nimmt ihn an die Leine. Die Flüssigkeit ist Bier und Bennos Schnauze voll mit Ketchup. Ein Entlebucher Sennenhund, der nach Bier und Currywurst stinkt. Somit ist er endgültig in Berlin angekommen, Glückwunsch.

Die Männer sind nicht ansprechbar, so fest schlafen sie. Inmitten eines Buschs unweit entfernt entdeckt der Chauffeur noch ein verunfalltes Bierbike, und einer der Herren sieht nicht nur so aus wie John-Bob Corner, sondern trägt auch noch eine ziemlich auffällige Rolex aus Gold.

Das ist hier zwar nicht der Central Park, aber wenn er bei Einbruch der Dunkelheit so betrunken ist, sollte er sich nicht wundern, wenn die Uhr morgen früh weg ist, denkt der Chauffeur.

»Benno, komm mit, das hier ist kein Umgang für dich.«

Man beneide die beiden um ihre Ahnungslosigkeit. Im Laufschritt geht es zur Limousine, die zwischen Bundestag und Brandenburger Tor steht. So gut es geht, bekommt der Hund die Schnauze gereinigt, und gegen die Bierfahne wird er gezwungen, ein Hustenbonbon zu lutschen. Bleiben noch zwei Minuten, um das Townhouse der Steil zu erreichen.

Mit quietschenden Reifen beginnt das Rennen gegen die Uhr. Im Rücken des Adlon geht es volle Kraft die Behrenstraße entlang, Höhe Komische Oper steht schon das Dreifache der erlaubten Geschwindigkeit auf dem Tacho und Benno die Kotze bis zum Hals. Den in diesem Bereich überall stehenden Polizisten sind schwarze S-Klassen im Renntempo durchaus bekannt, jedoch fahren normalerweise ein paar Motorräder vorweg, um den Weg frei zu machen. Sie können ihre Posten aber auch nicht verlassen, schließlich müssen diverse Botschaften bewacht werden. Man kann trotz der extrem hohen Polizeipräsenz wohl nirgendwo sonst so unbehelligt Gesetze brechen wie hier.

Am Hotel The Westin Grand biegt der Wagen rechts auf die Friedrichstraße ab, um danach sofort wieder links in die Französische einzubiegen. Dieses Manöver erfolgt im zweiten Gang nah an der Begrenzung zur Höchstdrehzahl, während Passanten akrobatisch zur Seite springen oder wenigstens mal kurz den Blick von ihrem Smartphone heben. Das französische Nobelkaufhaus Galeries Lafayette, die Kegelbahn der A-Prominenz namens Borchardt und das Ziel aller Unterstufen-Klassenfahrten, RITTER SPORTs Bunte SchokoWelt, fliegen bei der nächsten Beschleunigungsorgie heftig an der Karosse vorbei.

Fast auf die Sekunde erreicht der Chauffeur sein Ziel, und jetzt kann es eigentlich nur noch Benno versauen, indem er sich übergibt. Er ist ziemlich blass um die Schnauze.

Die Steil hat die Zeit genutzt, um die Dokumente ihrer Schweizer Bank über den deutschen Finanzminister für die anderen Teilnehmer der Talkshow zu vervielfältigen. Das soll ihrem Auftritt eine Vertrauen schaffende Transparenz verleihen. Wenn Trabitz davon wüsste, würde er genau das machen, wonach es bei Benno im Moment aussieht. Im Strahl kotzen.

Mit diesem Dokument, exklusiv im BLATT gedruckt, könnte er den nächsten Prominenten stürzen und seinen Ruf als legendärer Chefredakteur festigen. Es kann aber immer nur eine Legende geben, und in dem Fall möchte es die Verlegerin sein, die in sagenhafter Erinnerung bleibt. Ihr Ego ist dicker als seine Eier. Einer wird den Heldentod sterben müssen.

»Stinkt es hier etwa nach Bier?«

Die Steil hat noch nicht ganz im Fond Platz genommen, als der Chauffeur ihr mit einer Hand an der Tür erklärt, dass er im Park die Reste einer zerbrochenen Flasche entfernen musste, weil er nicht wollte, dass andere Hunde sich daran verletzen. Und ja, dabei sei ihm Bier auf den Anzug geraten. Er bittet um Entschuldigung, und Benno nickt noch wie zur Bestätigung, wobei es sich in Wirklichkeit wohl eher um ein saures Aufstoßen handelt. Mehr passiert allerdings nicht, er rollt sich ein und verschließt die Augen. Schade eigentlich. Wie schön wäre es doch gewesen, hätte er ihr noch auf die weiße Hose gekotzt.

Dickes Eis

Storys Kontakt, der Verleiher, konnte sein Bierbike im Tiergarten orten und hat nebenbei auch die goldene Rolex eingesammelt. In Trabitz' Büro sitzt ein Multimedia-Experte, der aus dem Video Screenshots zieht und bis zur Perfektion veredelt. Dank Photoshop und Co. sind die Bilder, wie auch nach einigen Schnitten das Video selbst, laut Chefredakteur vom Original nicht mehr zu unterscheiden. Nach dem üblichen Schwur auf die Berliner Mauer darf der Helfershelfer das Büro verlassen. Story ist mit seinem alten Freund allein.

»Okay, hast es am Ende dann doch gut gemacht, Manfred. In der Redaktion weiß niemand, dass wir das Video gefälscht haben. Geh da jetzt runter und lass dich feiern. Arme und Kopf hoch, wir fliegen das Ding ganz sauber ein. Ich habe alles bedacht, Corner hat keine Chance. Dickes Eis.«

Als dickes Eis bezeichnet man Geschichten, die zwar nicht eindeutig belegbar sind, also nicht von mindestens zwei unterschiedlichen Quellen bestätigt wurden, aber trotzdem der Wahrheit entsprechen.

»Denk an unser Foto, da vorne an der Wand«, sagt Story.

»Das sollst du bekommen!«

Beide umarmen sich. Das Ergebnis zählt in diesem Geschäft, und je dicker das Eis, desto mehr Spaß macht es, Pirouetten darauf zu drehen. Wie es zu einer Berichterstattung letztendlich gekommen ist, interessiert zum Schluss niemanden mehr. Die Aufs und Abs eines Redaktionstages sind Momentaufnahmen.

»Ach, und noch was, alter Freund. Solange die Corner-Nummer trägt, hast du die Mütze auf. Starnberg-Ritter ist angewiesen, dir zuzuarbeiten. So wie alle anderen auch. Ich brauche für heute in einer Stunde die Schlagzeile, den Text und alle Hintergrundinformationen, die deine Leute bisher rausfinden konnten. Eine Stunde!«

Storys Leute also. Genauso hatte er sich das vorgestellt, als er heute Morgen die Frühkonferenz betrat. Er kann es doch. Karriere machen. Dumm nur, dass es irgendwie immer mit Arbeit verbunden ist. Durchhalten, Spezi. Wenn am Ende des Tages die Schlagzeile steht, die Druckmaschinen rattern und das Land den größten Skandal der jüngeren Zeit hat, soll ihn dieses Gefühl für alles entschädigen, was er bisher verpasst hat. Das ist keine normale Geschichte, das ist eine Seite eins, die sein Leben verändern wird. Die Geschichte, von der alle sprechen, die aber den wenigsten gelingt.

Einmal ganz oben. Und dann wird er einfach aussteigen. Mit ihm wird kein Fahrstuhl mehr nach unten fahren.

Standing Ovations in der Redaktion. Von so viel Zustimmung werden Storys Knie ganz weich, und sein hartes Reporterherz schlägt mit dem nicht mehr enden wollenden Beifall um die Wette.

Kalle Jankowski gratuliert ihm mit den Worten »Das kenn ich« als Erstes zum Scoop. Kay-Sölves Hosenanzug droht vor Stolz zu platzen, weil sie ihm als Zweites die Hand geben darf. Kotelett verbeugt sich tief, und der Spritzer bietet an, sein nächstes Kind nach ihm zu benennen. Egal, ob Junge oder Mädchen. Am Ende der Reihe der Gratulanten guckt Julia Starnberg-Ritter ein wenig betreten auf ihre Mokassins und fasst sich nervös an den Perlenschmuck. So hat sie sich den weiteren Verlauf des Tages nicht vorgestellt, als ihr heute Morgen ein sichtlich verkaterter Story in der Konferenz gegenübersaß und den Aufstand probte.

Jeder Sieger fordert auch einen Verlierer. Diesen Umstand lernt man auf keiner Journalistenschule, und die meisten Zeitungen haben es sich ohnehin in einem verlagsinternen Nichtangriffspakt gemütlich gemacht, nach dem Motto: »Zusammen sind wir stark.« Nur beim BLATT wird immer noch scharf geschossen. Genau das ist es, was wach hält. Was das BLATT einzigartig macht. Hier kriegen nicht nur Promis, Politiker und Sportler bei schlechter Leistung einen auf die mediale Schnauze, auch intern wird bei jeder Gelegenheit geprügelt und gefetzt. Da, wo Story jetzt steht, könnten alle anderen Redaktionsmitglieder auch stehen. Mit der richtigen Geschichte. Und Starnberg-Ritter muss erfahren, dass ihre Position als Ressortleiterin der Unterhaltung jeden Tag aufs Neue geprüft wird. Von ihren eigenen Leuten. Und einer von ihnen hat sie heute wie Vieh vor sich her getrieben.

»Nicht schlecht, Story. Glückwunsch.« Das letzte Wort verschluckt sie etwas, und sie fragt ihn danach, was jetzt anliege.

»Alle Mann in den Konferenzraum, wo ist Trinkgeld?« Trinkgeld sitzt immer noch am zentralen Telefon und macht einen auf Sekretärin. »Geht ihr schon mal vor, ich kümmere mich um unseren Strahlemann.«

In einem außergewöhnlich einfühlsamen Gespräch erklärt Story ihm das Leben als Reporter, referiert über Siege und Niederlagen, ermutigt ihn, nicht aufzugeben, und bietet Trinkgeld an, ihn auf die Aftershowparty von JBC in Adlershof zu begleiten.

»Mich werden die da sofort wieder rausschmeißen, wenn ich Corner die Zeitung übergeben habe, aber du kannst dich als Kellner einschleichen. Ich will wissen, was dort passiert, nachdem die Bombe geplatzt ist. Tränen, Wut und Trauer, die ganze Bandbreite. Was sagen die Verantwortlichen vom Sender, von der Produktionsfirma, hinter vorgehaltener Hand? Misch dich unter die Leute, serviere Getränke und räum leere Gläser ab. Wichtig dabei: Halte Ohren und Augen offen. Du bist unser Spion. Merk dir alles, jedes Detail. Fallen Namen zum Nachfolger, ist es überhaupt denkbar, diesen Sendeplatz mit einer Talkshow weiter zu bespielen? Hast du deine alte Kellnerschürze noch?«

Tatort II

»John, du bist komplett wahnsinnig.« Tönsing hat es wahrhaftig geschafft, einen Satz ohne »tsubba« auszusprechen. »Ich kann doch hier keinen Fernseher aufstellen und dich unmittelbar vor der Sendung mit deinen Gästen den *Tatort* gucken lassen. Was ist mit den Vorgesprächen?«

»Die brauche ich nicht. Besorg den Fernseher, sag allen Bescheid, wir schauen uns zusammen im Catering den Krimi an!«

Der Produzent verlässt kopfschüttelnd den Raum, und die Eheleute Krallmann erfreuen sich an Corners ausgestrecktem Daumen. Als Erstes trifft der französische Botschafter Pierre de Kandénz ein. Er und Corner kennen sich seit Jahren. In seiner Zeit bei der BBC hatte Corner des Öfteren mit ihm zu tun. Sie mögen sich zwar nicht besonders, haben aber auch keinen konkreten Grund, sich an die Gurgel zu gehen. Es ist die typische

Koexistenz zweier Männer, die sich auf »Guten Tag, guten Weg« reduziert. Oder wie in dem Fall: »Bonsoir, John, ça va bien?«

»Hi, Pierre, everything's fine.«

Der Franzose lobt die Idee, hier im originellen Ambiente gemeinsam den *Tatort* zu gucken, statt in den ausgesprochen hässlichen Garderoben auf den Beginn der Show zu warten, und bestellt sich einen Rotwein. Das ist hier zwar nicht der Deutsche Fernsehpreis, aber für weiße Tischdecken und alles sonst Nötige ist gesorgt. Corner bittet die Bedienung, dem Botschafter doch gleich eine ganze Flasche zu servieren, und im Grunde genommen war das doch ein super Vorgespräch.

Groschen-Klaus kommt kurz herein, um sich – von Tönsing getrieben – von der Tatsächlichkeit dieser Veranstaltung zu überzeugen und dann sofort wieder zu verschwinden. Jetzt kann ihm nur noch der Joseph helfen. Was Corner da macht, kann nur schiefgehen.

Es klopft, und als Nächstes tritt Eurogegner Andreas Fenster ein. Bei Fenster handelt es sich um einen Choleriker erster Güte, der schon in vielen Talkshows bewiesen hat, dass der, der schreit, am Ende irgendwie doch recht behält. Zumindest in den Augen der Zuschauer im Studio. Er weiß genau, mit welchen reißerisch vorgetragenen Vereinfachungen er Applaus und damit auch die Zustimmung der Menschen vor den Bildschirmen erzielen kann. Er ist ein gewiefter Populist. Corner reicht ihm kurz die Hand und bietet an, bei Gelegenheit und Wunsch noch mal zwei Sätze zu wechseln, ansonsten wird hier gleich der *Tatort* übertragen, und er solle sich bitte ganz wie zu Hause fühlen. Fenster bestellt sich ein alkoholfreies Bier und fragt nach Salzstangen.

Silke Meyer-Unwucht, Finanzexpertin der Grünen und MdEP, kommt zusammen mit Jette-Malin Schöfferhuber, CDU-Fraktionsvorsitzende und Mitglied des NATO-Ausschusses. Ein dreifaches Doppelpack. Doppelnamen, Doppelfunktion, doppelte Begrüßung. Einig sind sich die Damen auch darüber, dass das mal ein toller Einfall sei. Doppeltes Lob. Sie lassen sich an einem Doppeltisch nieder und bestellen jeweils einen Wodka Red Bull mit doppelt Eis.

Fehlen nur noch der Finanzminister und die Steil. Knetter wird maximal dreißig Minuten vor Beginn der Sendung eintreffen, das hat sein Büro bereits kommuniziert. Die Steil befindet sich sprichwörtlich im Anflug und muss von Corner unbedingt abgefangen werden, denn er will das Video vor Beginn der Sendung ausgehändigt bekommen.

Ivana und der Joseph betreten das Catering, und während der Joseph sich den Gästen als Regisseur vorstellt, schließt seine Assistentin einen Fernseher an. Pünktlich mit Beginn der *Tagesschau* erscheint dann auch das Bild. Es ist die russische Präzision, die ihr diesen Job verschafft hat.

Der Joseph geht auf Corner zu. »John, auf ein Wort bitte. Draußen.«

Corner folgt ihm auf den Gang Richtung immer noch kaputter Fahrstuhl und hat von da aus praktischerweise auch gleich den Studioeingang im Blick.

»John, auch wenn dir hier alles scheißegal ist, hör bitt'schön auf den Joseph. Des geht nicht, was du da machst. Das Besäufnis mit der Twitter-Tussi, keinerlei Vorbereitung, keine Vorgespräche, jetzt gucken die Leute da *Tatort* – du reißt die letzten vier Wochen mit dem Oarsch ein!« Es ist schon fast überflüssig zu erwähnen, dass der Joseph sich an sein Herz fasst. In Zukunft wird nur noch beschrieben, wenn er sich nicht ans Herz fasst. Das macht die Sache kürzer, schließlich beginnt in fünfzehn Minuten der *Tatort*.

Corner greift ihm um die Schulter. »Joseph, jetzt mach dir doch keine Sorgen, es wird langsam so, wie ich es immer wollte. Seit vier Wochen fühle ich mich zum ersten Mal wohl. Das ist bei allem Respekt wichtiger, als dass du, Tönsing oder Groschen-Klaus es tun. Und lass jetzt endlich dein Herz los, du steigerst dich da in was rein.«

Die beiden Männer gehen Arm in Arm den Flur auf und ab. Corner erklärt weiter, warum ihm eine gute Stimmung bei den Gästen wichtiger ist, als sinnlose Vorgespräche in deprimierenden Garderoben zu führen. Außerdem konnte er mit der Sushi-Gurke bei »den paar Drinks« mehr klären als bisher in allen Redaktionssitzungen zusammen. Sie soll sich seinetwegen in seiner Garderobe eine halbe Stunde hinlegen und danach einen extrastarken Espresso trinken, das wird schon. Das sei ihm immer noch lieber als eine vor Nervosität platzende Jenny (er hat sich den Namen gemerkt!) – außerdem würde im deutschen Fernsehen eh zu wenig gesoffen. Auf der einen Seite würden die Langeweile und das getaktete Abfragen von Standardfragen bemängelt, und auf der anderen Seite jeder Anflug von Kreativität seitens der Macher verhindert.

»Joseph, lass locker. Ich gehe da gleich raus und liefere mir mit den Typen einen herzerfrischenden Schlagabtausch. Versprochen. Je weniger alle vorbereitet sind, desto besser.«

Der Joseph dreht noch einmal um und nutzt die nächste Ganglänge, um seine Sicht der Dinge zu schildern. Corners herbeigesehnter Anarchismus funktioniere in der heutigen Fernsehwelt nur in der Theorie. Nicht die Zuschauer wollten das Chaos, sondern die Fernsehkritiker. Der Zuschauer sei ein scheues Reh, das sofort die Lichtung verlässt, wenn es von irgendwo ungewohnt knackt. Corner habe eine Fernsehinstitution übernommen, keinen Abenteuerspielplatz. Hinzu kommend würde dieses Public Viewing alle geübten und bewährten Abläufe des Back-ups einer solchen Sendung durcheinanderbringen. Die Gäste müssen verkabelt werden, es muss ein Soundcheck gemacht werden, Babsi muss die Maske auftragen – wann soll das alles passieren? Er kann sich doch nicht allen Ernstes gut neunzig Minuten vor einer Livesendung zum Public Viewing verabreden, nur weil irgend so ein Hundertjähriger sich das gewünscht habe.

»Soundchecks sind das Lächerlichste, was es gibt. Eins, zwei, drei, Check, und das war es. Ihr habt die in einer Minute verkabelt, und die Maske dauert bei Männern auch nicht länger. Der Knetter hat bestimmt noch die

ZDF-Schminke drauf, so oft, wie der derzeit in Talkshows sitzt. Und die Frauen? Joseph, hast du dir mal angeguckt, wie angemalt die jetzt schon sind? Bullshit, alles. Wenn doch bisher alles so prima war, warum hat man mich dann engagiert? Der Sender wollte Corner, jetzt hat er Corner. Ich habe mich nicht verändert und habe es auch nicht vor. Sorry, Joseph.«

In dem Moment fährt die Steil vor.

»Du, ich habe jetzt keine Zeit mehr, bereite alles vor, meinetwegen sind wir alle um 21.30 Uhr im Studio, bis dahin weiß man eh, wer der Mörder ist, okay?«

Der Joseph hat keine Chance mehr zu antworten. Und das hat ausnahmsweise nichts mit seinem Herzen zu tun, sondern mit Ivana, die den Gang hinunter ruft: »Joseph, die Nutten sind da!«

Seite 1

Story lässt sich über die in der Kürze gewonnenen Erkenntnisse seiner Kollegen aufklären. Kay-Sölve hat eine mediengeile Psychologin aufgetrieben, die, ohne Corner auch nur einmal persönlich begegnet zu sein, eine tief greifende Analyse seiner Persönlichkeit aufgestellt hat. Zusammengefasst hat er wohl eine bipolare Störung, einhergehend mit ausgeprägtem Narzissmus auf der einen Seite und zerstörerischem Selbsthass auf der anderen. Wenn überhaupt, könne nur eine professionelle Therapie sein Leben retten. Darüber hinaus hält sie einen Entzug für denkbar, denn in den meisten Fällen liegt einem solchen Verhalten jahrelanger Alkohol- und Drogenmissbrauch zugrunde.

»Sehr gut, Kay-Sölve, schreib das runter. Daraus machen wir eine Info-Box, Überschrift: SO SCHLIMM STEHT ES UM SEINE PSYCHE. Der Nächste bitte!«

Kotelett hat mit alten Schulkameraden, Lehrern und Nachbarn aus Corners englischer Heimat gesprochen und kann folgendes Bild zeichnen: John-Bob war schon als Jugendlicher ein exzentrischer Egomane, der sein Umfeld mit seiner vorlauten Art nervte und dessen Witze immer zulasten anderer gingen. Niemand hat ihn in sonderlich guter Erinnerung. Ein Einzelgänger aus besseren Kreisen ohne Freunde.

»Auch gut. Daraus machst du mir einen eigenen Artikel für den Innenteil, SCHON ALS KIND EIN ARSCHLOCH, oder warte, besser: DIE KAPUTTE KINDHEIT DES MODERATORS. Danke, Kotelett, Nächster bitte.«

Kalle Jankowski kennt jemanden beim Liegenschafts-, dem Straßenverkehrs- und dem Finanzamt. Alle stehen so tief in seiner Schuld, dass sie sich am Sonntag auf den Weg in ihre Behörden und auf die Suche nach Corners Immobilienbesitz, auf ihn zugelassene Autos und seiner letzten Steuererklärung gemacht haben. Neben der Villa in Grunewald gehören ihm noch zwei Penthouses am Ku'damm, ein 24-Familien-Haus in Treptow und diverse Grundstücke in spekulativen Lagen direkt an der Spree, die auf neue Bebauungspläne des Senats warten. Nicht weniger als zwölf Luxuskarossen nennt er sein Eigen, und gemäß seiner letzten Steuererklärung hat er über zwei Millionen positives Einkommen angegeben.

»Sauber, Kalle! Liste das Ganze tabellarisch auf, mit der Frage: BRAUCHT DIESER MANN UNSERE GEBÜHREN? Und zum Schluss schreibst du: DAS BLATT MEINT NEIN! Wer hat sonst noch was?«

»Ich!«

Der Spritzer berichtet über eine Quelle, die wohl belegen kann, dass es in Berlin eine regelrechte Schwulen-Combo gibt, mit Vertretern aus Wirtschaft, Politik und Showbusiness, die sich zu bizarren Mottopartys treffen, entweder in städtischen Einrichtungen, wie zum Beispiel dem Roten Rathaus, in alten Industrieruinen oder in feudalen Ballsälen im brandenburgischen Umland.

»Recherchier das bitte weiter, das brauchen wir für Dienstag. Und sprich dich mit Kenn-ich ab, ob das eventuell mit den Baugrundstücken was zu tun hat. Gute Arbeit!«

Die Truppe ist zwar ein Haufen hoffnungsloser Chaoten, aber wenn es darauf ankommt, halten sie wie Pech und Schwefel zusammen. Einzig Julia von Starnberg-Ritter kann keine neuen Erkenntnisse zu Corners Privatleben beitragen. Wie denn auch? Diese Methoden, diese Überlegungen, diese Furchtlosigkeit sind ihr völlig fremd. Ihre Feuertaufe im Boulevard ist so richtig in die feine Hose gegangen. Beschämt guckt sie zu Boden.

Story erwägt kurz, sie das öffentlich zugeben zu lassen, entscheidet sich dann aber dagegen. Immerhin hat sie ihn heute Morgen auch mit Ignoranz gestraft. Auge um Auge, Zahn um Zahn. Die Ressortleiterin der Unterhaltung beteiligt sich bei der wichtigsten Redaktionssitzung der letzten Jahre nicht mit einem Wortbeitrag. Sie ist nur eine hübsche Dekoration am Konferenztisch.

»Ich werde mit einem druckfrischen Exemplar unserer Zeitung später Corner in Adlershof besuchen und Trinkgeld als Kellner einschleusen. Wir treffen uns morgen zur Frühkonferenz wieder und bereiten die zweite Angriffswelle vor. Ich brauche eure Texte in dreißig Minuten, wir müssen drucken!«

Auch Story macht sich an die Arbeit und schreibt den Leitartikel für Seite 1.

EXKLUSIV: SEX-SKANDAL UM NEUEN ARD-MODERATOR!

Von Manfred Dörner

Berlin. Die Talkshow-Hoffnung der ARD, John-Bob Corner (51) ist in einen handfesten Sex-Skandal verwickelt. Dem BLATT liegt exklusiv ein Video vor, in dem eindeutig zu erkennen ist, wie der aus England stammende Fernsehmoderator perverse Lustspiele mit maskierten Männern vollzieht. Brisanterweise sind auf den Masken die Konterfeis berühmter Staatsmänner abgebildet, und so sollte wohl der Eindruck erweckt werden, als hätte Corner Gruppensex mit Wladimir Putin, Barack Obama und François Hollande. Dabei wurde auch mehrfach der in Deutschland verbotene Hitlergruß gezeigt (siehe Foto). Das BLATT konnte Corner für keinerlei Stellungnahme erreichen. Lesen Sie im Innenteil weitere Hintergründe zu Corners bizarrem Leben, seinem unglaublichen Reichtum und der einsamen Kindheit. Außerdem: weitere Fotos und eine fundierte Psychoanalyse, die sein widerwärtiges Verhalten erklärt.

Tatort III

20.15 Uhr. Fast jeder zweite Zuschauer sitzt vor dem Fernseher und wartet gespannt auf die nächste Ausgabe des Bielefelder Erfolgs-*Tatort*. Bereits zum zehnten Mal gehen die Kommissare Dirk-Ulrich Leineweber und Mehmet Brackmann auf Verbrecherjagd.

Dirk-Ulrich ist ein gemütlich aussehender Mittfünfziger, dessen Rebellion gegen das »Schweinesystem« sich durch Tragen einer Jeansjacke mit The-Rolling-Stones-Patch und das Fahren eines Youngtimers vom Typ Opel Monza 3.0 Injection gleich auf den ersten Blick bemerkbar macht. Das ist für ostwestfälische Verhältnisse ganz schön unangepasst. Außerdem ist er bekennender Junggeselle und nimmt es auch sonst mit gesellschaftlichen Konventionen nicht so genau. Wie die neun Folgen zuvor beginnt auch diese damit, dass sich Dirk-Ulrich in seinem zugemüllten Apartment über den maximal vier Stockwerke hohen Dächern Bielefelds eine Tiefkühlpizza zum Frühstück zubereitet. Zum Frühstück! Eine Pizza! Das lässt den *Tatort*-Zuschauer nicht kalt. Herrlich abgedreht und doch so vertraut. Durch die traditionelle Eröffnung weiß der Zuschauer sofort, dass es jetzt obskur wird, ohne zu sehr zu überraschen. Ein Erfolgsgeheimnis der Bielefelder Reihe. Tiefkühlpizza zum Frühstück. Wahnsinn.

Fluchend steigt Dirk-Ulrich über dreckige Wäsche, leere Bierdosen und eine originalverpackte Rudermaschine, um an sein Telefon zu gelangen, das, wie im Fernsehen üblich, so lange klingelt, bis auch wirklich jemand drangeht. In diesem Fall mehrere Minuten, was dem Kommissar Zeit für eine Slapstick-Einlage gibt. Mal bleibt er in einem Hosenbein hängen, dann tritt er schmerzerfüllt auf einen am Boden liegenden Zauberwürfel, versucht wieder, an das Telefon zu kommen, indem er sich über die Lehne des Sofas streckt (kippt natürlich um!), oder steht einfach mit nach oben gerissenen Armen im Raum und schreit: »Herrgott!«

Hahaha, so lustig, die Bielefelder *Tatort*-Macher haben es echt drauf. Und das für nur 15 500 Euro brutto, die eine Sendeminute der Serie im Schnitt kostet.

Endlich erreicht Dirk-Ulrich sein Telefon und meldet sich wie immer mit: »Wer stört?« Am anderen Ende der Leitung meldet sich sein Kollege Mehmet, und der Zuschauer kann ihn dank Split Screen sehen. Diese Technologie haben sich die ARD-Verantwortlichen von amerikanischen Serien abgeschaut, und sie setzen sie experimentell bei den Bielefeldern ein, die eh für total abgefahrenes Storytelling stehen.

Mehmet Brackmann ist der Vorzeigesohn türkischer Gastarbeiter, mit Abitur und deutscher Ehefrau, deren Nachname er angenommen hat, mittlerweile stolzer Besitzer zweier eigener Kinder und einer demnächst abbezahlten Doppelhaushälfte im benachbarten Gütersloh. Öffentlich-rechtlich gesehen also ein »ordentlicher Türke«.

»Leineweber, wir haben einen neuen Fall!«

Dann folgt eine Fast-forward-Orgie im immer noch geteilten Bildschirm, in der der Zuschauer sieht, wie sich beide Kommissare zur Musik von *Die schnellste Maus von Mexiko* getrennt voneinander zum Tatort aufmachen. Halsbrecherische Kameraschwenks, spektakuläre Totalen und eine GoPro-Einstellung an den Kotflügeln beider Autos, die das Bild erst wieder zusammenführt, als Dirk-Ulrich seinem Kollegen direkt am polizeilich abgesperrten Schauplatz des heutigen Mordes von hinten in die Karre fährt. Nicht sonderlich doll, aber stark genug, damit Mehmet seinen Kaffee aufs weiße Hemd verschüttet.

»So sagen wir Bielefelder den Güterslohern Guten Morgen!«

Mehmet ärgert sich natürlich, darf aber in seiner Rolle gegenüber dem hemdsärmelig agierenden Chef nicht austeilen, sondern muss neunzig Minuten lang brav einstecken. Vorhersehbar wie die Dauer einer Schwangerschaft, aber extrem erfolgreich.

Eine weitere Gepflogenheit dieses Ermittlerteams ist es, dass der Fall immer in Tagesfrist geklärt wird, da die letzte Einstellung wieder Dirk-Ulrich Leineweber in seiner Junggesellenbude zeigt, wie er abends die verkohlte Pizza vom Morgen aus dem Backofen holt und sich pünktlich zu den Nachrichten eine neue zubereitet. Überraschend ist eigentlich nur, welcher Mord aufgeklärt werden muss. Dass es einen gibt, steht von der ersten Minute an fest. Willkommen beim aktuell erfolgreichsten Spielfilmformat des deutschen Fernsehens!

In der heutigen Ausgabe ermittelt das Duo im industriellen Milieu. In einer der Bürgervillen im Johannistal ist die Gattin des mittelständischen Unternehmers Arne Köttker tot aufgefunden worden. Die Köttker Maschinenbau GmbH & Co. KG stellt Förderbänder für andere Mittelständler her, und Arne führt die Firma in dritter Generation. Wie der bereits anwesende Gerichtsmediziner Dirk-Ulrich und Mehmet erklärt, wurde Frau Köttker mithilfe einer Gardine erwürgt, die der Wohnsituation entsprechend über eine Goldkante verfügt. Gefunden hat sie die extrem gut aussehende Haushaltshilfe, die seltsam unbeeindruckt wirkt und somit gleich als tatverdächtig gilt. Hat sie eine Affäre mit dem Hausherrn, oder wurde sie von ihrer Chefin gedemütigt? Und warum ist sie überhaupt so hübsch? Da kann doch was nicht stimmen. Außerdem verfügt sie über kein Alibi, der Todeszeitpunkt wird mit ein Uhr nachts angegeben, da befand sie sich allein in ihrem Dienstzimmer der Villa und hat auch nichts gehört. Seltsam. Der Gerichtsmediziner führt weiter aus, dass es keinen Kampf gegeben habe, und ein Mitarbeiter der Spurensuche ergänzt, dass es auch keine Hinweise auf einen Einbruch gibt. Lediglich ein Stück der Gardine fehle. »Frau Köttker muss ihren Mörder gekannt haben!«, analysiert Dirk-Ulrich scharfsinnig, und Mehmet nickt zustimmend.

Dumm nur, dass man die Leiche selbst nicht mehr fragen kann, wer es war, denn dann könnte man sich den Rest sparen und eine Wiederholung von James Bond in *Casino Royale* zeigen. Ein völlig aufgebrachter Arne Köttker betritt die Szenerie. Die beim Schauspiel extra aufgesparten Emotionen der Haushaltshilfe hat sich der Industriellen-Darsteller draufgepackt und stürmt in Richtung toter Ehefrau.

»Maria, Maria, Maria!«

Was auch immer sie mit ihm nach so vielen Jahren Ehe noch gemacht hat, es muss seiner Reaktion nach sehr, sehr gut gewesen sein.

»Nein, Maria!«

Dirk-Ulrich zieht den Neu-Witwer im letzten Moment zur Seite, sonst hätte er sich auf sie draufgeschmissen. »Nun beruhigen Sie sich doch mal!«

Ein typischer Satz, wie er nur allzu gern in Krimis fällt. Kommissare weisen völlig fremde Angehörige von Mordopfern zurecht, wie die sich bitte schön im Rahmen ihrer Trauer zu verhalten haben.

Arne Köttker trauert jedenfalls viel zu extrem, da stimmt doch was nicht. Außerdem verfügt er über ein auffällig stichhaltiges Alibi, das er noch am Tatort beweisen kann. Eine Hotelrechnung belegt, dass er die Nacht in Kassel auf einem Mittelstandskongress verbracht hat. Nach eigener Angabe können befreundete Unternehmer bezeugen, dass er bis Mitternacht an der Bar gezecht hat. Das ist besonders seltsam, weil er den Todeszeitpunkt doch gar nicht wissen kann. Da braut sich was zusammen. Die Kommissare geben sich aber bewusst befriedigt und verlassen mit den Worten »Halten Sie sich zu unserer weiteren Verfügung« Richtung Haushälterin und Ehemann gewandt den Tatort.

»Das stinkt doch zum Himmel. Eine regungslose Haushälterin, die nicht mitbekommt, wie eine Etage tiefer ihre Chefin erwürgt wird, und ein Ehemann, der uns ein Alibi präsentiert, ohne die genaue Tatzeit zu kennen«, fasst Dirk-Ulrich den Stand der Ermittlungen mundgerecht zusammen. Diese Erklärung kann man als Gebührenzahler auch erwarten.

Mehmet, der Trottel, fährt zum Kommissariat, während Leineweber einen seiner berühmten Egotrips beginnt, der ihn in die feinsten Bielefelder Kreise führt, zum Vereinsheim der Teutoburger Kleinkalibergesellschaft von 1832 e. V. Maria Köttker ist, nein, war die amtierende Schützenkönigin, wie Dirk-Ulrich, der Fuchs, auf einem Foto im Salon der Villa entdeckt hat. Ein Würgemord im Schützenverein lässt sich eben so herrlich bescheuert erzählen, dass dreißig Prozent Marktanteil bei den 14- bis 49-Jährigen drin sein sollten.

Die Nachricht von Marias Tod muss sich schnell rumgesprochen haben, denn vor dem roten Klinkerbau mit angeschlossenem Schießstand stehen zahlreiche Luxuskarossen der Marken Porsche, Aston Martin und Bentley. So wie man sich den Fuhrpark eines Bielefelder Schützenvereins eben vorstellt.

Kommissar Leineweber erbittet sich Zutritt und wird von einem fein betuchten Schnösel mit zurückgelegten Haaren abgewiesen: »Nur für Mitglieder.«

Dem Standesgetue begegnet der Kommissar auftrumpfend mit: »Ich bin Mitglied«, und zückt seinen Dienstausweis. Ein Klassiker.

Mehmet checkt in der Zwischenzeit die finanziell schlechte Situation der Köttker GmbH & Co. KG, stellt fest, dass Maria Köttker eine außergewöhnlich hohe Lebensversicherung zugunsten ihres Mannes abgeschlossen hatte. Darüber hinaus bringt er in Erfahrung, dass die Haushälterin nicht angemeldet und aus Polen ist. »Wo verdammt ist Leineweber?«

Dirk-Ulrich mischt die Runde Korn trinkender Schützen auf, die für ihn allein schon wegen ihrer teuren Autos unter Generalverdacht stehen. Zahnärzte, Rechtsanwälte und sonstige Betrüger, die, entsprechend der Zuschauervorstellung über die moralischen Koordinaten dieser Branchen, von Schauspielern dargestellt werden, die »Unsympath« als erste Kompetenz auf ihrer Sedcard stehen haben. Der eine hatte eine Affäre mit Maria, ein anderer ihrem Mann Geld geliehen, das Hausmädchen wurde vereinsintern auch mal geschwängert – aber ein Mord?

»Im Leben nicht, Herr Kommissar.«

Mit dem Hinweis, alle Alibis überprüfen zu lassen, verabschiedet sich Dirk-Ulrich und trifft beim Ausparken den 911er des ersten Vorsitzenden. Ups!

»Wo warst du denn so lange?« Mehmet erzählt seinem Chef von den neu gewonnenen Erkenntnissen, der winkt allerdings resigniert ab.

»Das beweist doch gar nichts. Wir haben nichts in der Hand.«

Und in der Tat ist niemand der bisher offensichtlich gezeigten Akteure der Mörder. Jetzt kommt die Stelle, auf die sich die Zuschauer am meisten freuen, und im Gegensatz zu der Split-Screen-Technologie handelt es sich um eine von den *Tatort*-Machern selbst entwickelte Kunst des Erzählens, an der selbst Hollywood schon Interesse gezeigt hat. Mehmet muss den Schreibtischstuhl mit seinem Chef drauf ganz schnell rückwärts drehen, sodass Dirk-Ulrich in eine Art negative Zeitspirale gerät und noch einmal jede Szene rund um den Tatort als eine Art Flashback sieht. Dazu erklingt wieder die Melodie von *Die schnellste Maus von Mexiko*, dieses Mal allerdings – Achtung! – rückwärts gespielt. Rückwärts. Darauf muss man erst einmal kommen. Ganz großes Kino. Plötzlich stoppt der Drehstuhl, und eine Szene deutet an, wer der Mörder sein könnte. Oder in dem Fall: die Mörderin. Eine Nachbarin der Köttkers hielt sich auffällig unauffällig im Hintergrund auf, als Kommissar Leineweber seinem türkischen Freund und Kollegen so extrem witzig ins Auto gefahren ist. Warum ist sie nicht stehen geblieben und hat gegafft? Jeder andere hätte einen kurzen Moment verweilt und beobachtet, was sich aus dem Parkrempler entwickelt. Nicht aber die besagte Frau. Sie schlich sich regelrecht davon.

»Mehmet, ich hab's. Komm mit.«

Frisch, unkonventionell und überraschend

Corners Talkgäste kommen nicht mehr in den Genuss der Auflösung, denn der Sonntagabend steuert bereits seinem nächsten Höhepunkt entgegen.

Seit über fünfzehn Jahren folgt dem *Tatort* um 21.45 Uhr die bekannteste Politdebatte im deutschen Fernsehen. Vor Corner gaben drei Moderatoren diesem Format ihr Gesicht und ihren Namen. Sein direkter Vorgänger geriet zum Schluss unter extremen Quotendruck, da es ihm einfach nicht gelingen wollte, das immer besser werdende Lead-in des Kultkrimis zu nutzen, und sogar Marktanteile verloren gingen. Der *Tatort* wurde immer abgefahrener und eroberte die jungen Zuschauer, während der Talk in einer Art Bedeutungsschwere resignierte, die dem Vorprogramm so gar nicht mehr entsprach.

John-Bob Corner soll den etablierten Sendeplatz wachküssen, eine Bielefelder Version daraus machen. »Frisch, unkonventionell und überraschend.« So jedenfalls haben ihn die Macher angekündigt. Seine Kleidung wird dieses Versprechen schon mal einlösen. Der Blogger hat ihm einen türkisfarbigen Anzug vorbeigebracht. Darunter trägt Corner ein schwarzes Hemd mit weißer Krawatte. Er sieht aus wie eine Geschenkverpackung von Tiffany & Co. Nicht unbedingt schlecht, aber im Rahmen dieser Veranstaltung eher ungewöhnlich.

Die Steil hat ihm im Übrigen das Sextape vor der Sendung ausgehändigt. Warum auch nicht? Der Deal lautete auf Einladung in die Sendung, und was immer sie darin vorhat, ist nicht mehr seine Sache. Währenddessen flimmerte der *Tatort* über den Bildschirm, und alle schauten gebannt zu, wie Dirk-Ulrich Leineweber und Mehmet Brackmann minutenweise Gebührengelder verbrannten. Zum Schluss auch die Steil. Es war faszinierend zu beobachten, wie Menschen, die unterschiedlicher in Alter, Beruf, Vermögen und Meinung nicht sein könnten, sich um einen Fernseher scharten und dem Laienschauspiel zweier Deppen im seltsam friedlichen Konsens folgten. Selbst Benno hat mitgeguckt. Es sagt schon einiges über den Zustand der Fernsehgesellschaft aus, wenn das das neue Lagerfeuer ist. Hoffentlich pinkelt es bald jemand aus.

Nur Finanzminister Knetter hat sich entzogen. Aber nicht etwa, weil er kein Fan der Reihe ist, sondern seine verspätete Ankunft ließ es nicht zu. Er kam gerade noch rechtzeitig zur Maske und Verkabelung kurz vor der Sendung. So blieb erfreulicherweise auch keine Zeit mehr für ein Vorgespräch, in dem die Causa Steil hätte erörtert werden können. Ganz Politprofi, umgarnte er die Verlegerin sogar mit lobenden Worten zu der kritischen Euro-Berichterstattung ihrer Zeitungen. Auch die Angriffe gegen ihn persönlich »fallen unter die Pressefreiheit«, die er als Minister »für besonders schützenswert« halte und die »wesentlich höher einzustufen« sei als sein politisches Schicksal.

»Ich freue mich wirklich, liebe Frau Steil, dass Sie heute die Chance nutzen wollen, um mit mir persönlich zu diskutieren.« Vergifteter hätte man es nicht formulieren können.

Tsubba und Groschen-Klaus haben sich mittlerweile wieder beruhigt und stehen mit den anderen hinter der Bühne, schütteln Hände, wünschen Glück und weisen alle darauf hin, dass die Aftershowparty direkt im Anschluss der Sendung in einem benachbarten Studio erfolgt.

»Toi, toi, toi.«

Eigentlich ist alles gut, wenn man nur wüsste, wo der Joseph steckt. Der hat gestern Nacht nicht nur sein erstes Koksexperiment mit Adlershofer Nutten durchgezogen, sondern teilte im Rausch auch fünfzehn Freikarten »für die erste Reihe, versprochen!« aus. Man kann ja über Nutten sagen, was man will, aber an fremde Versprechen erinnern die sich ziemlich genau. Mit eigenen ist es nicht ganz so weit her, das liegt aber am Beruf. Jedenfalls verbrachte der Joseph die erste *Tatort*-Hälfte damit, engelsgleich auf die Damen einzureden, bitte wieder zu verschwinden, denn: »... das war doch nur Spaß!« Keine Chance, Nutten verstehen keinen Spaß. Es blieb ihm also nichts anderes übrig, als sein Versprechen zu erfüllen und ein gutes Dutzend leichter Mädchen in der ersten Reihe zu platzieren. Es sollte ja eigentlich nicht mehr erwähnt werden, aber er fasst sich aktuell so schmerzverzerrt ans Herz, dass es als sinnlos gelten kann, ihn für die Aftershowparty mit einzuplanen. Polternd betritt er den Backstage-Bereich.

»Es geht jetzt los. Bitt'schön, nehmen S' Ihre Plätze ein.« Aufgeregt bittet er Ivana, die Talkgäste zu ihren Sesseln zu führen, als ihm einfällt, dass der Hundertjährige mit seiner zweiten Frau ja im Publikum platziert werden muss. Und wo? Richtig, in der ersten Reihe.

Tatort IV

In Bielefeld muss noch ein Kapitalverbrechen aufgeklärt werden. Dazu fahren die beiden Kommissare gemeinsam in Dirk-Ulrichs Monza Richtung Johannistal.

»Hör mal, wie ruhig der läuft. Wie ein Elektroauto. Und die Beschleunigung, noch heute erste Sahne. Zehn Liter bei normaler Fahrweise. Häbel on the Täbel, dreizehn Liter. Mehr aber nicht. Den Monza, den hätten se weiterbauen sollen bei Opel. Glaub mir.«

Vom Kommissariat geht es bildreich am alten Rathaus vorbei, durch die Innenstadt bis zum Hauptbahnhof, in den gerade ein ICE einfährt und wo Mehmet sich einen Döner zieht. Dieser *Tatort* ist auch eine Liebeserklärung an die schönste Stadt Deutschlands.* Mit der Romantik eines Roadmovie erreicht das Duo im weichen Abendlicht die stilvolle Gegen-

* lt. einer repräsentativen Umfrage unter Bielefeldern.

sprechanlage des noch stilvolleren Hauses der Verdächtigen.

»Ja, bitte?«

»Mordkommission Bielefeld, wir hätten da mal ein paar Fragen.«

»Kommen Sie rein.«

Der Türsummer bestätigt das Einverständnis der Bewohnerin.

»Mein Name ist Dirk-Ulrich Leineweber, und das ist mein Kollege Mehmet Brackmann, der sich, äh, wenn es geht, zuerst einmal die Hände waschen möchte.«

Mehmet kaut noch herrlich klischeebehaftet und kommt wieder einmal richtig schön doof weg. Köstlich. Die Hausherrin ist nicht einfach zu knacken. An ihr gleiten die Verdächtigungen ab wie Spiegeleier an Teflon, aber sie muss es einfach gewesen sein. Erstens, weil nur noch zehn Minuten Sendezeit bleiben, und zweitens hat es der Drehstuhl orakelt. Jetzt kommt Mehmets große Stunde.

»Chef, guck mal, was ich im Badezimmer gefunden habe!« Triumphierend hält er ein Stück abgerissene Gardine hoch. »Die lag im Hygieneeimer.«

Warum auch immer er darin gewühlt hat – damit ist der Fall fast gelöst.

»Und ist es die mit der Goldkante?«, fragt Dirk-Ulrich seinen jungen Kollegen, ohne darüber verwundert zu sein, dass der immer noch am Döner kaut.

»Ja!«

»Gut gemacht, Mehmet!«

Wie von Zauberhand erscheinen uniformierte Beamte und nehmen die Verdächtige fest. Ihr Abgang findet unter den argwöhnischen Augen Arne Köttkers statt, der die Haushaltshilfe im Arm hält. Aber warum hat sie ihre Nachbarin Maria ermordet? Das erzählt eine Stimme aus dem Off, während sich Dirk-Ulrich Leineweber wieder einsam eine Tiefkühlpizza zubereitet und Mehmet Brackmann an der Tür zu seiner Doppelhaushälte von Frau und den Kindern freudestrahlend empfangen wird.

»Maria Köttkers Nachbarin handelte aus niederen Beweggründen. Ihr wurde durch eine einzige Gegenstimme die Aufnahme in die Teutoburger Kleinkalibergesellschaft von 1832 e. V. verweigert. Diese Stimme gehörte der verstorbenen Schützenkönigin, die sich ihrerseits damit für die Gegenstimme der Nachbarin revanchierte, als es vor geraumer Zeit um die Aufnahme in den Bodelschwingh'schen Golf- & Reitverein e. V. ging. Auf Vorschlag der Nachbarin trafen sich die Damen am besagten Abend zu einem Friedensgipfel, und als nach der dritten Flasche Sherry die alten Streitereien wieder aufkamen, legte sie der Rivalin hinterrücks die Gardine mit der Goldkante um und zog so lange zu, bis keine Gegenstimme mehr zu erwarten war. Maria Köttker hinterlässt neben ihrem Ehemann einen volljährigen Sohn, der sich zum Zeitpunkt der Tat auf einer Studienreise im australischen Outback befand und erst Tage später vom Tod seiner Mutter erfuhr. Die nicht angemeldete Haushaltshilfe hatte natürlich ein

Verhältnis mit Arne Köttker, sonst wäre sie ja auch nicht so hübsch gewesen. Das Landgericht Bielefeld verurteilte die Nachbarin zu einer lebenslänglichen Freiheitsstrafe.«

21.45 Uhr

Der Abspann des *Tatort* läuft noch, Corner steht auf seiner ersten Moderationsposition, und der Joseph gibt Ivana »noch dreißig Sekunden« aufs Headset. Gleiches gibt sie lautstark ins Studio weiter, hält Blickkontakt zu allen Gewerken, und ein Warm-Upper animiert das Publikum zum Klatschen. Corner streckt den Daumen Richtung Blogger aus, der freudestrahlend in der zweiten Reihe sitzt, und zwinkert ihm zu.

»Ivana, noch zwanzig Sekunden.«

Die Anspannung steigt bei allen Beteiligten. Die Gewissheit, in wenigen Sekunden live im Fernsehen und in Millionen von Wohnzimmern zu sein, lässt niemanden kalt.

Niemanden außer Corner. Ihm fällt auf einmal eine riesige Last von den Schultern, er fühlt sich frei, euphorisch. Es ist das Adrenalin, das ihn beschützt. In Anbetracht der Gesamtsituation müsste er sich in die Hose machen. In wenigen Sekunden startet ein Experiment, dessen Ausgang niemand vorhersagen kann, und er ist das Kaninchen. Nicht gerade die begehrteste Position im Labor. Der Joseph schaltet sich vom benachbarten Regieraum auf die Beschallung des Senderaums und wünscht allen Beteiligten eine gute Sendung. Man kann förmlich hören, wie er sich dabei ans … ach ja, das sollte ja nicht mehr erwähnt werden.

»Noch zehn Sekunden.« Ivana guckt jetzt nur noch zu Corner und hält ihm zehn ausgestreckte Finger entgegen. Aus zehn werden neun, aus neun acht

sieben

sechs

fünf

vier

drei

zwei

eins

»Vorspann ab!«

Nichts passiert.

»Bitt'schön, den Vorspann!«

Wieder nichts.

Im Regieraum bricht Panik aus, Ivana deutet dem Moderator an, einfach nichts zu machen, und zeigt auf ihr Headset, was bedeutet, dass sie auf weitere Anweisungen wartet. Der Zuschauer sieht nur ein leicht verzerrtes Standbild.

»Startet endlich den verdammten Vorspann!« Es bleibt beim Standbild. Der Joseph keucht mit letzter Kraft seiner Assistentin aufs Ohr: »Wir haben koan Intro, in drei

Sekunden ist Kamera eins auf John«, und bricht zusammen. Sein Oberkörper knallt aufs Regiepult, trifft dabei alle möglichen Regler und trägt somit nicht wirklich zur Entspannung der Situation bei.

Über Letzteres in Unkenntnis, aber mit den Worten »John, ohne Vorspann in drei, zwei, eins« und auf die Führungskamera zeigend, gibt Ivana den Startschuss.

»Guten Abend, sehr verehrte Damen und Herren, mein Name ist John-Bob Corner. Normalerweise hätten Sie jetzt einen filmreifen Vorspann gesehen, da wir uns aber nicht in Hollywood, sondern in Berlin-Adlershof befinden, hat das nicht geklappt. Persönlich finde ich das nicht schlimm, so kann ich Ihnen mit eigenen Worten erklären, was Sie ab heute auf diesem Sendeplatz erwartet, und Sie haben einen Grund, nächste Woche wieder einzuschalten, und wenn es nur wegen des Vorspanns ist … Ihre neue Lieblingssendung heißt JBC, und ich verspreche Ihnen eine Mischung aus Unterhaltung und Informationen zum aktuellen Weltgeschehen mit interessanten Talkgästen und einem noch interessanteren Gastgeber. Wie Sie gemerkt haben oder bereits wussten: Ich bin Engländer, der deutschen Aussprache einzelner Wörter nicht immer mächtig, dafür aber unabhängig in meiner Meinung zu den Politikern, die Sie in Deutschland regieren. Lediglich mit der Queen darf ich es mir nicht versauen, alle anderen sind mir egal.«

Im Studio ist es mucksmäuschenstill. Corner fasziniert das Publikum mit einer Deutlichkeit in seiner Anmoderation, die das deutsche Fernsehen so noch nicht gesehen hat. Da traut sich mal wirklich jemand was! In der Regie kümmert sich nur Groschen-Klaus um den Joseph, indem er verzweifelt versucht, einen Defibrillator in Gang zu bringen, alle anderen gucken mit offenem Mund auf die Bildschirme. Und Corner ist noch nicht fertig.

»Wer mir nicht egal ist, das sind Sie, liebe Zuschauer. Deswegen möchte ich unsere frische Beziehung nicht gleich mit einer Lüge beginnen.« Er zögert kurz und sagt dann doch leicht aufgeregt: »I am gay and that is okay.«

Das Fallen einer Stecknadel würde regelrecht als Knall wahrgenommen werden. Es vergehen Sekunden, die sich für Corner wie Minuten anfühlen. Quälende Minuten. Bis der Blogger anfängt zu klatschen. Kein hastiges In-die-Hände-Schlagen, sondern ein langsam beginnendes und im Takt schneller werdendes Zeichen der Anerkennung. Saalzuschauer um Saalzuschauer steigen in den Applaus mit ein, und schon bald begegnen Corner Standing Ovations.

Ivana weist die Steadicam an, das mittlerweile komplett stehende Publikum einzufangen, und im Regieraum fängt die Bildmischerin selbstständig an, die Fernsehzuschauer zu Hause damit zu versorgen. Zu diesen Zuschauern gehört auch Trabitz, der die Sendung in seinem Büro verfolgt.

Bei Twitter explodieren die Mitteilungen zu #JBC, und Groschen-Klaus wird von einer Produktionsassistentin informiert, dass der Notarzt in weniger als vier Minuten eintrifft. Der Defi gibt blecherne Anweisungen von sich, und Tsubba entscheidet am Studiorand stehend, dass Ivana die Regie übernehmen solle und er ihren Job. Der Hundertjährige fragt seine zweite Frau, was der Moderator gesagt hat, und bekommt »Der Johnny ist schwul!« zur Antwort.

»Danke, danke, vielen Dank. Ich weiß Ihre Zustimmung hier im Studio wirklich zu schätzen, und wer zu Hause jetzt auch vor Begeisterung im Wohnzimmer steht, den bitte ich, sich wieder zu setzen, denn nun kommen wir zum Thema meiner ersten Sendung, das ernster kaum sein könnte.« Corner entdeckt Tsubba in der Kulisse, der umständlich versucht, sich eines der Headsets aufzusetzen und dabei Klappbrett und Stoppuhr zwischen den Knien balanciert. Wo verdammt ist Ivana? Normalerweise sollte sie ihn jetzt auf irgendeine Kamera hinweisen, die ihn zum Hundertjährigen begleitet, oder soll er erst die anderen Gäste vorstellen? Hätte er das doch mal geprobt. Ohne Anweisung ist er aufgeschmissen. Also redet er erst mal weiter in Kamera 1, die ihm immer noch ein rotes Signal gibt. »Neue Angst in Europa – bringt uns die Gemeinschaftswährung den Krieg zurück? Mit dieser Frage wollen wir uns heute beschäftigen. Die Streitereien um den Euro nehmen bedrohliche Ausmaße an, Rechtspopulisten nutzen nationalistische Stimmungen, und aus dem einstigen Versuch, Europas Bevölkerung mittels einer gemeinsamen Währung zu einen, ist ein Pulverfass geworden, dessen Explosion nur noch eine Frage der Zeit zu sein scheint.«

Erneuter Blick Richtung Tsubba. Der ist mittlerweile mit Ivana in der Regie verbunden und zeigt gerade noch rechtzeitig auf den Hundertjährigen.

»Bevor ich Ihnen meine heutigen Gäste zu diesem Thema vorstelle, möchte ich mir fünf Minuten Zeit nehmen, um mit einem Mann zu sprechen, der beide Weltkriege, die jeweils von europäischem Boden ausgingen, miterlebt hat.«

Corner geht auf Alfred Krallmann zu, der zusammen mit seiner zweiten Frau eingerahmt von einem Dutzend Adlershofer Nutten in der ersten Reihe sitzt. Die haben sich keinerlei Mühe gemacht, ihren Job mittels ziviler Kleidung zu verbergen. Ganz im Gegenteil. Sie sehen noch billiger aus, als die halbe Stunde bei ihnen kostet. Ivana ordnet eine Totale an. Der Zuschauer soll sich zurechtfinden. Das Studio begreifen. Sehen, von wo der Moderator gesprochen hat, wohin er jetzt geht, und vor allem sollen die späteren Talkgäste schon einmal eingeblendet werden. Da sitzt der deutsche Finanzminister, beklatscht Corners Outing, und niemand hat es gesehen. Aus der Totalen heraus zieht sie einige Close-ups der prominenten Gesichter, bis der Moderator seinen Platz beim Hundertjährigen gefunden hat.

Der Joseph wird derweil fachmännisch notversorgt, und das Letzte, was er hört, bevor ihn ein zweiter Infarkt heimsucht, ist, wie Ivana sagt: »Ich kriege die Nutten nicht aus dem Bild, egal mit welcher Kamera.«

Tsubba zählt John von drei auf null runter und zeigt ihm Kamera 2 an. Die »2« irritiert Corner, denn er denkt, dass sie mit zum Countdown gehört, und so sieht man einen verdutzten Moderator, der sprachlos inmitten eines Arrangements sitzt, das an *Tutti Frutti meets Kriegsveteran* erinnert.

»Guten Abend, Herr Balda, äh, Herr Krallmann. Bevor wir beginnen, möchte ich mich auch bei Ihrer Ehefrau bedanken, die Sie heute begleitet.« Damit kein Zweifel bleibt, welche der Damen gemeint ist, gibt Corner ihr demonstrativ einen Handkuss.

»Sie müssen lauter sprechen, ich höre schlecht«, erwidert der Hundertjährige die Begrüßung.

»Damit geht es Ihnen wie den meisten unserer Zuschauer.«

Tsubba schlägt das Klappbrett über dem Headset zusammen. Das hat er jetzt nicht wirklich gesagt, oder? Im Studio lachen ein paar Leute, anderen bleibt es im Hals stecken. Trabitz notiert sich die Aussage und denkt an »SO MACHT ER SICH ÜBER SEINE ZUSCHAUER LUSTIG« als Zeile für die nächste Ausgabe, während dem Finanzminister so langsam schwant, dass es vielleicht doch keine so gute Idee war, in die Sendung zu kommen.

»Herr Krallmann, Sie haben zwei Weltkriege überlebt. Fürchten Sie sich vor einem dritten?«

Der Hundertjährige überlegt einen kurzen Moment und beginnt dann, besser zu sprechen, als er hören kann. »Nun ja. Ab einem gewissen Alter hält sich die Angst vor Dingen, die man nicht mehr ändern kann, in Grenzen.« Seine Stimme ist warm, in keiner Weise zittrig. »An den ersten Krieg kann ich mich nicht erinnern, da war ich noch ein Kleinkind. Ich hatte keinen Einfluss auf die damaligen Verhältnisse in Politik, Gesellschaft und Kultur. Ich hatte seither aber über hundert Jahre Zeit, die Entstehung einzuordnen. Dabei sind mir große Parallelen zum Heute aufgefallen.« Er hebt die Hand zum Mund und räuspert sich, ehe er wohlbedacht fortfährt: »Seinerzeit befanden sich die Menschen in einem Rausch enormen Fortschritts, scheinbaren wirtschaftlichen Wohlstands und vertrauten einer Politik, die vorgab, den richtigen Weg in einer Zeit zu kennen, die für alle neu war. Die Vorstellung, es könnte ein Krieg ausbrechen, muss vor hundert Jahren genauso unglaublich gewesen sein wie heute. Der Zweite Weltkrieg entsprang meiner Meinung nach einer Enttäuschung in die Demokratie. Auch davon sind wir heute nicht mehr weit entfernt, wenn ich mir Wahlbeteiligungen und die Ergebnisse einzelner Länder angucke.«

Nicht nur Corner hängt dem Hundertjährigen fasziniert an den Lippen. Im Studio herrscht eine gespannte Atmosphäre. Ein einzelner Lichtkegel ist auf Krallmann gerichtet, während die restliche Beleuchtung gedimmt wurde.

Ivana fängt immer wieder Schnittbilder der restlichen Talkgäste ein, nur eine der Nutten knabbert aufgeregt wertvolle Zentimeter ihrer künstlichen Fingernägel ab. Alle anderen hören Opa Alfred gebannt zu.

»Deshalb halte ich auch Ihre Frage nach einem dritten Weltkrieg für berechtigt. Angst aber habe ich vor etwas ganz anderem.«

»Und wovor?« Man kann Corner die Neugier regelrecht ansehen.

»Vor den Menschen. Krieg hört sich immer so abstrakt an, wie das Werk Einzelner. Das ist er aber nicht. Kriege entstehen durch eine breite Zustimmung in den Köpfen der Menschen. Menschen wie Sie und ich. Ich war einer von ihnen und nach dem Ende des Zweiten Weltkrieges von mir selbst überrascht. Wir waren damals nicht dümmer als heute. Das Märchen einer naiven Bevölkerung, die mittels Propaganda verführt wurde, ist Quatsch. Es war viel einfacher. Viel menschlicher. Unsere Kriegslust entstand aus einem nationalen Überlegenheitsgefühl heraus. So etwas kommt nicht von heute auf morgen. Das hat sich entwickelt. So wie ich heute als Deutscher anfange zu denken, wie dumm doch der Rest von Europa ist, nicht besser durch die Wirtschafts- und Finanzkrise gekommen zu sein, fing ich 1940 an zu denken, dass wir unsere Überlegenheit der Welt aufdrücken müssten. Damals waren es Truppenfahrzeuge mit Soldaten auf der Ladefläche, heute sind es Finanzspritzen und Sanktionen gegen die, die nicht mitmachen wollen. Wir befinden uns bereits im Krieg. In einem Währungskrieg. Und der schiere Hass nimmt das Zepter des Handelns wieder in die Hand. Das ist ein urmenschlicher Reflex. Die Eliten, die uns glauben machen möchten, dass alles unter Kontrolle sei, verstärken ihn nur. Wir steuern in eine Zukunft, die uns nur enttäuschen kann, und sind doch sorglos in der Gegenwart. Das ist wie bei einem Aktiencrash. Wenn alle glauben, es kann nichts passieren, dann kracht es. Ich habe die Große Depression als Teenager mitgemacht. Wir dürfen unserer eigenen Propaganda nicht vertrauen. Der Mensch neigt dazu, sich die Dinge schönzureden, um dann im Nachhinein die eigenen Erkenntnisse zu verteufeln. Davor möchte ich Sie warnen. Über hundert Jahre alt zu werden ist nicht unbedingt ein Geschenk. Ich habe so viel Leid gesehen, verursacht oder einfach nicht verhindern können. Habe Versprechen gegeben und gebrochen. Geliebt und gehasst. Aber nichts davon war von Dauer. Die Unendlichkeit ist eine Lüge. Wenn mich mein langes Leben was gelehrt hat, dann, dass sich alles ändern kann. Von jetzt auf gleich. Uns scheint es im Moment gut zu gehen. Doch wir dürfen uns dessen nicht zu sicher sein.«

Die letzten Sätze verließen seinen Mund leise. Extrem leise. Wie eine Warnung, an der man nicht zweifeln möchte.

Corner entscheidet sich, sie genau so stehen zu lassen. Keine Nachfrage, kein Kommentar. Einfach nur: »Herr Krallmann, Sie haben mich sehr beeindruckt. Danke für diese klugen Worte.«

Der Saal applaudiert angemessen. Ein lang anhaltender Beifall, ohne dass gleich mit den Füßen auf den Boden getrampelt würde. So wie der Hundertjährige auf Effekthascherei verzichtet hat, bedankt sich das Publikum für den Beitrag aufrichtig. Der zweite große Moment in der noch jungen Sendung, und der Moderator spürt das. Es läuft.

Tsubba zeigt auf die Steadicam, die Corner aus Reihe eins abholt. Er moderiert dieses Mal nahtlos weiter.

»Jetzt freue ich mich auf meine weiteren Gäste, und da man Ihrem neuen Lieblingsmoderator scheinbar nicht zutraut, sich alle Namen zu merken, werden sie in einem kleinen Film vorgestellt. Bitte schön.«

Ivana startet den neunzigsekündigen Einspieler.

Babsi, die Maske, sprintet mit frischem Puder bewaffnet auf Corner zu.

»Lass mich in Ruhe!« Er stößt sie zur Seite und geht aufgebracht auf Tsubba zu. »Wo ist Ivana? Und was war das für eine Scheiße mit dem Vorspann?«

»Ruhig, John, alles tsubba. Ivanna sitzt in der Regie. Der Joseph hatte einen Herzinfarkt. Ich führe dich weiter durch die Sendung.«

Corner guckt ihn fassungslos an. »Alles super? Einen Herzinfarkt? Was ist daran super?«

»Er ist in besten Händen, es geht ihm wohl entsprechend gut. Der Notarzt hat ihn geholt.« Tsubba versucht, Corner auf die Schulter zu fassen.

»Fuck! Finger weg.«

»John, noch fünfundvierzig Sekunden, du musst auf deinen Platz.«

»Ich möchte vorm Ende der Sendung wissen, in welchem Krankenhaus der Joseph liegt. Klar?«

»Ich kümmere mich. Versprochen.«

Auf seinem Weg in den Stuhlkreis ruft ihm Sushi, die Gurke, noch zu, dass er sie nicht vergessen soll. Babsi nutzt die letzten zwanzig Sekunden, um ihm trotz größter Gegenwehr noch ein wenig die Stirn zu mattieren, als Ivana über die Studiobeschallung »In zehn Sekunden machen weiter wir« durchgibt. Noch nie hat Corner sie so sehr vermisst wie jetzt. Tsubba fummelt schon wieder an seiner Ausrüstung rum und steigt zu spät in das drei, zwei, eins ein. Ein Kameramann winkt dem Moderator aufgeregt zu und signalisiert ihm so, dass er bereits im Bild ist.

»Was für ein schöner Beitrag über unsere noch schöneren Gäste.« Dabei zwinkert er der Steil zu, die sich sogleich geschmeichelt fühlt. »Bevor wir überprüfen, ob sie halten können, was uns gerade versprochen wurde, habe ich noch einen weiteren Hinweis in eigener Sache. Keine Angst, ich bin nach wie vor schwul, aber wenn ich hetero wäre, dann würde ich einen Blick auf unsere Jenny werfen, die hier live im Studio das Gezwitscher der sozialen Medien zu unserer Sendung analysiert und später zusammenfassen wird. Jenny, erklär doch bitte kurz den Zuschauern, was es außer einem Jahresabo der *Apotheken-Umschau* zu gewinnen gibt und wie genau man sich an der Diskussion beteiligen kann, ohne die Dose Bier aus der Hand zu stellen.«

Jenny guckt den Moderator an, als hätte der gerade den Quellcode von Google verkündet. Aus Silke Meyer-Unwucht prustet es laut heraus. Das verschafft Jenny ein wenig Zeit, um sich zu sammeln, während Corner dadurch angestachelt noch einen draufsetzt.

»Die Grünen haben ja schon lange nichts mehr zu lachen, umso mehr freut es mich, dass wir mit dieser Veranstaltung für die nötige Heiterkeit sorgen. Aber bitte, Jenny, bring uns den nötigen Ernst zurück.«

Ivana blendet die Steadicam ein, die sich dynamisch wie das Internet auf Jennys Arbeitsplatz zubewegt. Der Sushi-Gurke kommt ein letztes Mal der Gin hoch, aber dann ist sie voll da.

»Gerne, John. Unsere Zuschauer können sich im Gästebuch auf der Internetseite www.jbc-talk.de jederzeit an der Studiodiskussion beteiligen. Entweder blenden wir die Wortbeiträge ein, oder ich trage sie auf Zuruf vor. Des Weiteren finden Sie uns bei Facebook, ebenfalls unter JBC-Talk, hier steht Ihnen die Kommentarfunktion zur Verfügung. Auf Twitter erreichen uns Ihre Beiträge unter dem Hashtag #JBC. Wem das jetzt zu schnell ging, der findet im Videotext auf Seite 321 diese Informationen in der Zusammenfassung. Zu gewinnen gibt es leider nichts, lieber John, ich kann jetzt aber schon einmal so viel verraten, dass die Beteiligung enorm ist. Alfred Krallmanns Aussagen ist eine große Zustimmung widerfahren, und ich freue mich schon, in Kürze zum weiteren Verlauf der Diskussion mit interessanten Wortbeiträgen unserer Zuschauer beizutragen.«

Applaus, Applaus, Applaus.

»Danke, Jenny, gut gemacht.«

Ihr fällt ein Stein vom Herzen.

Doch bevor Corner weitersprechen kann, grätscht ihm Eurogegner Andreas Fenster forsch ins Wort. »Dann fragen Sie doch mal Ihre Zuschauer, wer alles die D-Mark zurückhaben will!«

Corner lässt sich nicht aus der Ruhe bringen. »Wissen Sie eigentlich, was das Beste daran ist, wenn man eine eigene Fernsehsendung hat?« Ohne die Antwort abzuwarten, fährt er fort: »Man kann jederzeit die Gäste rausschmeißen. Die Fragen hier stelle ich, und Sie antworten, wenn ich darum bitte. Behalten Sie Ihren durchaus berechtigten Gedanken, genau dafür haben wir Sie eingeladen, aber den Zeitpunkt bestimme ich. So weit in Ordnung?«

Der erfahrene Populist guckt, als hätte man ihm sein Spielzeug weggenommen. Fenster wurde mit seinen eigenen Waffen geschlagen.

Corner hat nur das ausgesprochen, was jeder an den Bildschirmen schon dachte. Es als Moderator aber dann auch wirklich zu machen ist noch mal eine ganz andere Sache. Auch Trabitz notiert sich den Vorfall. So langsam wird ihm dieser Corner unheimlich. Er hat in seiner neuen Rolle kein Stück an Bissigkeit eingebüßt. Ob er sich später wirklich kampflos dem BLATT ergeben wird?

Druckfrisch

Story steht in Begleitung von Trinkgeld am Eingang des Druckhauses der Steil Media AG im Berliner Bezirk Spandau, als ihm sein Blackberry folgende Kurzmitteilung anzeigt: »Mach dieses Großmaul richtig fertig, ich will ein Foto, wie du ihm das BLATT überreichst! CT.«

Zum Antworten bleibt Story keine Zeit, denn die Tür öffnet sich, und ein Pförtner bittet beide, ihre Mitarbeiterausweise vorzuzeigen und sich in die Besucherliste einzutragen. Der Zugang ist ähnlich streng reglementiert wie im Verlagshaus. Es herrscht hier allerdings ein freundlicherer Umgangston. Das ist deswegen bemerkenswert, weil das Druckhaus zum Verkauf steht und sich keiner der Mitarbeiter sicher sein kann, den Arbeitsplatz dauerhaft zu behalten.

»Meister, die Handys hier in die Schale«, sagt der Pförtner.

»Wir sind Kollegen«, protestiert Story.

»Mir doch egal.«

Na ja, streichen wir das »freundlich«, es herrscht zumindest ein Umgangston. Das ist doch schon mal was. Und dafür, dass Print tot ist, wirkt die Druckerei noch ziemlich lebendig. Im Herzen sorgen acht Rollenoffset-Rotationen mit 192 Druckwerken dafür, dass eine fünfzig Kilometer lange Papierrolle in weniger als einer Stunde mittels einer Mischung aus Cyan, Magenta, Yellow und Schwarz auf beiden Seiten mit farbigen Geschichten bedruckt werden kann. Das entspricht 13,5 Meter je Sekunde. Oder 40 000 Zeitungen pro Stunde je Rotation. Nachdem die Papierbahnen den Druckturm verlassen haben, werden sie einem Trichter zugeführt, der die erste Falz übernimmt. Ein ausgeklügeltes Transportsystem übernimmt die Weiterverarbeitung, und am Ende hängt das fertige Produkt zum Trocknen an einer Art Endloswäscheleine, die direkt zur Distribution führt. Die ersten Exemplare gehen per Flugzeug ins Ausland, sodass man als deutscher Urlauber auf Mallorca wie gewohnt seine Morgentoilette mit BLATT in der Hand erledigen kann. Des Weiteren warten mobile Zeitungsverkäufer auf ihre geschnürten Pakete, um in Kneipen, Restaurants und S-Bahn-Stationen die Schlagzeile des nächsten Tages auszurufen. An vier weiteren Standorten außerhalb Berlins wird die restliche Auflage gedruckt, mit der in erster Linie Kioske, Bäckereien und Tankstellen in ganz Deutschland versorgt werden.

Von einem der schießstandähnlichen Aussichtstürme, die überall in der 15 000 Quadratmeter großen Halle stehen, erklärt Story seinem jungen Kollegen den Herstellungsprozess. Das ist ein erhabenes Gefühl. Nicht nur der Höhe wegen. Zeitung machen ist schon ziemlich geil. Aber zu sehen, wie die Ausgabe, deren Titelgeschichte man geschrieben hat, unter Zischen, Stampfen und Summen der Transportbänder Richtung große Welt die Hallen verlässt, ist berauschend.

Am liebsten würde Story jetzt schon einen Jubeltanz vollführen, seine Mission ist jedoch noch nicht ganz erledigt. Einer der Maschinenführer macht ihn darauf aufmerksam, dass die ersten Exemplare fertig sind. Und wenige Minuten später hält Story tatsächlich die noch warme Montagsausgabe in der Hand.

Über einem ganzseitigen Foto aus dem Video ist EXKLUSIV: SEXSKANDAL UM NEUEN ARD-MODERATOR! getitelt.

Storys Finger streichen über die Zeilen, die frische Druckerschwärze färbt ab. Er kann die Sensation fühlen. Das ist die Faszination einer Zeitung. Gedruckt ist eine Geschichte real. Wenn man will, dass einem die Menschen glauben, muss man eine Zeitung dazu bringen, darüber zu schreiben. Der Vertrauensvorschuss in dieses Medium ist immer noch extrem hoch. Story blättert die ganze Ausgabe durch, findet im Innenteil die Beiträge seiner Kollegen und weiteres Fotomaterial aus dem Film. Auf allen Bildern ist eindeutig »Corner« zu sehen. Keine Fragen mehr. Das ist er. Das muss er sein. Die Geschlechtsteile sind natürlich gepixelt, alles andere ist in einer brillanten Schärfe zu erkennen.

Der Druck ist die Bestätigung, alles richtig gemacht zu haben.

»Komm, Trinkgeld, das hauen wir dem jetzt um die Ohren!«

Der Finanzminister

JBC plätschert derweil relativ gemütlich vor sich hin. Ivana hat die Regie für eine Anfängerin auf der Position ganz gut im Griff, Tsubba fummelt sich ebenfalls beachtlich in seine neue Aufgabe ein, und der Moderator tritt mittlerweile als entspannter Gastgeber auf, der ein launisches, aber wenig aggressives Gespräch mit dem französischen Botschafter und Jette-Malin Schöfferhuber über die Bedeutung der NATO, den aktuellen Brandherd Ukraine und historische Verantwortung führt.

Das ruhigere Fahrwasser tut der Sendung ganz gut, immerhin steuern mit Ivana, Tönsing und Corner auf ihren Positionen drei Matrosen einen Tanker, während der Kapitän mit Herzinfarkt im Krankenhaus liegt. Groschen-Klaus kümmert sich in der Regie um die Inhalte und spricht Tsubba aufs Headset, dass der Corner signalisieren soll, so langsam auf das Thema »Währung« mit Finanzminister Knetter und Eurorebell Fenster zu kommen. Inklusive einem ersten Zwischenstand von der

Zuschauerbeteiligung aus den sozialen Medien. Tsubba hält dem Moderator die entsprechende Pappe hin.

»Frau Schöfferhuber, Herr Botschafter, haben Sie bis hierhin recht herzlichen Dank für Ihre Einblicke und interessanten Meinungen«, unterbricht Corner brav das Gespräch. »Mich würde jetzt einmal interessieren, was unsere Zuschauer bewegt, und bitte Jenny um einen zweiten Überblick der uns erreichten Zuschriften.«

In bester Twitter-Tussi-Manier referiert die Sushi-Gurke über »wahnsinnig« viele Wortmeldungen, »tolle« Beiträge und »super« Feedback. In Wirklichkeit werden ein paar langweilige Hirnwindungen eingeblendet, die, selbst auf 140 Zeichen reduziert, den fragwürdigen Geisteszustand der Zuschauer entlarven und an Belanglosigkeit nicht zu toppen sind. Wer bitte schön macht bei dem Mist auch schon mit? Wer bedient den »Second-Screen« mit Smartphone in der Hand, während er fernsieht? Nur Idioten mit Aufmerksamkeits-Defizit-Hyperaktivitäts-Störung. Die neuen Zappelphilipps. Wirklich interessant sind nur die Reaktionen auf Corners Coming-out, die vorzulesen hat Groschen-Klaus Sushi allerdings verboten. So bleibt es bei dem Blablabla, Laber-Rhabarber, das kein Mensch braucht. Drei unnötige Minuten vergehen, bis der Moderator dem Schauspiel ein Ende setzt.

»Danke, Jenny. Und nächste Woche lesen wir Ihnen dann die Postkarten unserer Zuschauer vor, die keinen Computer haben.« Wumms. Corner scheint immer wieder ein echtes Problem mit seinem Publikum zu haben.

Zu Recht, aber er wäre gut beraten, das weniger oft auszusprechen. »Wenden wir uns nun dem Euro zu, für viele der Auslöser für wieder aufkommenden Patriotismus, obwohl er doch genau das Gegenteil bewirken sollte. Es ist schon verrückt, wenn eine Gemeinschaftswährung dafür sorgt, dass genau diese Gemeinschaft auseinanderzubrechen droht. Herr Knetter, erste Frage an Sie: Wird es den Euro in der heutigen Form, inklusive aller Länder, insbesondere Griechenland, in fünf Jahren noch geben?«

Der Finanzminister räuspert sich kurz, lehnt sich dann aber entspannt zurück und setzt mit einer demonstrativen Selbstverständlichkeit zur Antwort an. Dabei wird er von der Steil genauestens beobachtet.

»Ja. Ganz klar, ja. Zum Mitschreiben: Ja. Ein J und ein a. Ja. Kein Wenn und Aber.«

Corner ist überrascht. Kein Politiker-Geschwafel. Klare Frage, klare Antwort. Das ist selten. »Dann will ich als Engländer, dem der Euro relativ schnuppe ist, die Frage anschließen: Wie viel wird es Deutschland, den deutschen Steuerzahler, kosten, Ihre gerade getätigte Aussage nicht zu brechen?«

Knetter büßt trotz der provokanten Frage nichts an Sicherheit ein. »Ganz einfach: gar nichts! Im Gegenteil, streng genommen haben wir bisher von der Krise profitiert. Zumindest, was den Haushalt angeht. Die Bürgschaften kosten keinen Cent, für unsere Finanzspritzen an Krisenländer – und dazu zählt nicht nur Griechenland – bekommen wir höhere Zinsen, als wir selbst für das Geld bezahlen müssen. In wenigen Jahren haben Portugal, Griechenland, aber auch Spanien, Italien und Frankreich ihre Staatsfinanzen wieder so weit im Griff, dass wir zusammen aus dieser schwierigen Zeit gestärkt hervortreten. Und dann hat uns der Euro genau das gebracht, was er mal versprochen hat: eine verschworene Gemeinschaft.«

Einige Zuschauer im Publikum applaudieren. Andreas Fenster steht die Empörung ins Gesicht geschrieben, doch Corner hält ihm vorbeugend die ausgestreckte Handfläche entgegen, um zu signalisieren, dass er noch nicht fertig ist, und wendet sich erneut dem Minister zu.

»Aber ist das nicht genau das Problem? Deutschland drückt anderen Ländern Reformen auf, die zugegebenermaßen richtig und wichtig sind, profitiert am Ende davon am meisten und stellt sich an die Spitze eines Europas, ohne dafür die Zustimmung der Bevölkerung zu haben. Tut mir leid, aber das alles hört sich an, als hätte es das schon mal so gegeben. Und der Ausgang war ein Krieg.«

Knetter will sich partout nicht reizen lassen und antwortet mit der Ruhe des ihm verliehenen Amtes. »Herr Corner, ich bitte Sie. Das ist nicht Ihr Ernst, oder? Sie wollen doch unsere Bemühungen um die Rettung des Euros nicht mit nationalistischen Großmachtfantasien von vor über siebzig Jahren vergleichen. Außerdem verlangen wir nichts, was wir nicht auch selbst gemacht haben. Mit der Agenda 2010 unter Bundeskanzler Gerhard Schröder haben wir unser Land schon vor Jahren einer Rosskur unterzogen, die uns in die komfortable Situation gebracht hat, heute anderen helfen zu können. Meiner Meinung nach ist das höchst pazifistisch.«

Jetzt hält es den Eurogegner nicht mehr auf dem Sitz: Fenster beugt sich bedrohlich Richtung Finanzminister. »Das ist ungeheuerlich, was Sie hier von sich geben. Natürlich wird uns die Eurorettung Geld kosten. Und zwar mehr, als wir uns leisten können. Am Ende sind wir pleite und die anderen fein raus. Es gibt für die genannten Länder nur eine Chance: Wir müssen sie jetzt aus dem Euro entlassen, und durch gezielte Abwertungen ihrer alten Währungen können sie ihre Finanzen, ihre Wirtschaft wieder in Ordnung bringen. Vor allem dürfen wir keine weiteren Verpflichtungen in eine Währung eingehen, die in dieser Konstellation nachweislich nicht funktioniert. Das ist doch ein Wahnsinn, was Sie da machen. Sie spielen mit dem Volksvermögen dreier Generationen!«

Die Finanzexpertin der Grünen springt dem Minister der SPD zur Seite und attackiert den Eurogegner: »Herr Fenster, bei allem Respekt, aber Ihre Überlegungen sind in keiner Weise zu Ende gedacht. Ich will das aber gerne für Sie übernehmen. Ein ›harter‹ Euro mit den Nordstaaten oder gar die Rückkehr zur D-Mark würde für uns bedeuten, dass diese extrem aufgewertet würde, was uns als Exportnation schaden und vor allem das Leben unserer Bürger extrem teuer machen würde. Außerdem könnten sich Länder wie Griechenland, Portugal oder mittlerweile auch Spanien ohne die faktische Gesamtbürgschaft auf ihre Staatsanleihen durch die EZB gar nicht mehr finanzieren. Die Investoren würden scharenweise den sicheren Hafen wählen, uns mit Geld überschütten, was wir mit einem Strafzins abwehren müssten, und wenn Investoren kein Geld verdienen, können sie wiederum die Einlagen ihrer Sparer in Form von Lebensversicherungen und Fonds nicht verzinsen. Eine Negativspirale am Kapitalmarkt wäre die Folge. Wollen Sie das erreichen?«

Dankbar nimmt Fenster diese Form der Argumentation auf und wendet sich an beide. »Sehen Sie, immer nur wir, wir, wir. Was Sie da unter dem Deckmantel der Solidarität machen, ist in Wirklichkeit purer Nationalismus. Und das stößt den Leuten in Europa so bitter auf. Es geht gar nicht um Europa, es geht um Deutschland. Sie schüren Hass auf uns.«

Zunehmender Applaus für diese Argumentation.

Knetter antwortet laut in diesen hinein, ein alter Trick, um den anderen Diskutanten nicht besser als notwendig aussehen zu lassen. »Ich bitte Sie, an wen sonst soll ich als deutscher Finanzminister denn sonst denken, als in erster Linie an unser Land?«

Das ist die Chance für Franziska Steil, die sich bisher aus allem vollkommen rausgehalten hat. »An sich selbst!«

Im Studio wird es auf einmal sehr ruhig. Das hat auch mit ihrer hohen Stimme zu tun, aber in erster Linie sorgt ihr Einwand für Irritation.

Fragend guckt Knetter sie an. »Wie meinen Sie das?«

»So, wie ich es gesagt habe. Sie denken bei der Eurorettung in erster Linie an sich selbst. An Ihre persönlichen Finanzen.«

Corner überlegt kurz, ob er dazu was sagen soll, bleibt aber in dem Gedankenspiel hängen, ob das jetzt wohl der Augenblick ist, für den sie unbedingt in seine Sendung wollte.

Knetter macht weiter. »Es ist ja kein Geheimnis, dass wir keine Freunde sind, Frau Steil, aber das müssen Sie jetzt schon genauer erklären.«

»Kein Problem.« Sie greift in ihre Clutch und holt ein paar Zettel hervor, die sie zu sechs DIN-A4-Blättern auseinanderfaltet und ihrem Nachbarn Pierre de Kandénz mit der Bitte um Verteilung gibt. Der ist genauso erstaunt wie alle anderen in der Runde, nimmt sie aber nach kurzem Zögern, behält eins und gibt die übrigen weiter.

»Das ist der Auszug eines Schweizer Aktiendepots«, erläutert die Steil, »lautend auf Julius Knetter, eröffnet am Tag vor der ersten Griechenlandzahlung durch Deutschland. Unser Minister hat mit hochkomplexen Hebelprodukten an den Finanzmärkten auf einen Anstieg des Euros spekuliert, der natürlich durch das Hilfspaket eingetreten ist. Sein persönlicher Gewinn betrug über eineinhalb Millionen Euro. An einem Tag. Das ist Insiderhandel und Verrat am Amtseid.« Sie schaut ihn direkt an und kann sich das Grinsen kaum verkneifen, als sie hinzufügt: »Schämen Sie sich!«

Das Publikum hat keine Ahnung, wie es sich verhalten soll. Klatschen? Es hat ja keine Einsicht in das Dokument, weiß also gar nicht, ob es stimmen kann, was die laut Gäste-MAZ »Deutschlands jüngste Verlegerin« soeben von sich gegeben hat. Ein aufgeregtes Murmeln macht sich im Studio breit. »Unglaublich«, »Das kann nicht wahr sein«, »Die lügt« oder »Dann muss er zurücktreten« sind Satzteile, die man immer wieder hört. Bis jemand deutlich »Wir wollen das auch sehen!« ruft.

In der Regie bricht Hektik aus. Ivana schickt die Steadicam zur Steil, um das Dokument abzufilmen. Eine Kamera soll ausschließlich Zuschauerreaktionen einfangen, eine andere ein Close-up des Finanzministers, und die »1« muss jetzt auf Corner, der wie alle anderen mit gesenktem Haupt das Dokument studieren will, von Tsubba aber wild gestikulierend davon abgebracht wird. Abwechselnd werden die Bilder geschnitten, bis eine Totale gefunden ist, die die unübersichtliche Situation am besten abbilden kann.

Groschen-Klaus kann sein Glück nicht fassen. Wenn diese Talkshow nicht in die Fernsehgeschichte eingeht, dann wird er, wie man so schön sagt, einen Besen fressen. Ach was, eine Jahresproduktion an Besen. Der Depotauszug ist seiner Meinung nach echt, er kann sich nicht vorstellen, dass eine Frau wie Franziska Steil live im Fernsehen eine plumpe Fälschung präsentiert. Corner ist da noch etwas vorsichtiger, während man Knetter ansieht, dass ihm das Wasser gerade bis zum Hals steigt.

»Nun ja, ich habe da jetzt mal gerade einen Blick drauf geworfen, und unsere Zuschauer zu Hause sollen meinetwegen auch in den Genuss kommen.« Corner hält das Blatt Papier in die Kamera. »Und hier im Studio bitte ich Sie, auf die Monitore an der Decke zu schauen. Das Schreiben ist weder von uns redaktionell geprüft noch kann ich Ihnen sagen, ob die Anschuldigungen stimmen. Glücklicherweise haben wir den Finanzminister ja bei uns in der Sendung, und deswegen frage ich ihn direkt: Herr Knetter, haben Sie mit privatem Vermögen im direkten Zusammenhang der Eurorettung und einer durch Sie in Auftrag gegebenen Hilfszahlung an Griechenland auf den zu erwartenden Anstieg des Euros spekuliert?«

Das Publikum ist verstummt, und bis auf die Steil warten alle gespannt auf seine Antwort.

»Ja, hat er!«, nimmt sie vorweg.

»Frau Steil, Sie kennen die Regeln: Ich bestimme, wer redet, und jetzt halten Sie mal einen Moment an sich. Hier sitzt der Finanzminister, und für den gilt die Unschuldsvermutung wie für alle anderen auch. Herr Minister, Sie haben das Wort.«

Knetter richtet sich die Krawatte und tut das Unglaubliche. »Zunächst möchte ich feststellen, dass der deutsche Bundestag die Griechenlandhilfe beschlossen hat und nicht ich alleine. Des Weiteren wurde soeben das Bankgeheimnis verletzt, und ich behalte mir wegen Mithilfe rechtliche Schritte gegen Frau Steil vor. Was den Vorgang als solchen betrifft, muss ich ihn leider bestätigen. Ich werde noch heute von meinem Amt zurücktreten und sichere zu, bei der Aufklärung des genauen Sachverhaltes bedingungslos zu kooperieren. Jetzt entschuldigen Sie mich bitte, ich muss zur Bundeskanzlerin.«

Der ehemalige Finanzminister steht auf und verlässt das Studio. Bemerkenswert für einen Politiker. Er gibt sofort alles zu. Normalerweise wird in diesem Berufszweig erst einmal alles geleugnet und dann scheibenweise nur das zugegeben, was man nicht mehr leugnen kann. In einem Rücktritt endet es dennoch. Knetter hat sich die Salamitaktik erspart und für reinen Tisch gesorgt. Nicht schlecht. Man könnte fast meinen, dass er damit gerechnet hat. Vielleicht nicht direkt hier und heute, aber auf der Vielzahl an Steuer-CDs, die in letzter Zeit aufgetaucht sind, musste ja irgendwann auch mal sein Name stehen.

»Ich habe mir ja so einiges vorgestellt«, durchbricht Corner die Stille, »als ich diesen Sendeplatz übernommen habe, aber dass gleich in meiner ersten Talkrunde live ein Minister zurücktritt, ist mir in den kühnsten Träumen nicht eingefallen. Glory Shit!« Corner schüttelt ungläubig den Kopf. Einige Zuschauer beginnen zaghaft zu klatschen, werden aber von ihm aufgefordert, das zu unterlassen. »Bitte beklatschen Sie keinen Rücktritt eines Ministers, ehe der Sachverhalt komplett aufgeklärt ist. Das ist eine Form der vorschnellen Hetze, die ich nicht dulden möchte. Des Weiteren möchte ich klarstellen, dass weder meine Redaktion noch ich selbst im Vorfeld der Sendung von Frau Steil über ihre geplante Enthüllung in Kenntnis gesetzt wurden. Ich werde mich gleich mit ihr darüber unterhalten, bitte meine anderen

Talkgäste aufzurücken, und jemand von der Produktion soll den übrig gebliebenen Stuhl entfernen. Ich brauche hier kein Symbol der Schwäche. Bitte, rücken Sie auf.«

Rechts von Corner folgen der französische Botschafter und Silke Meyer-Unwucht der Aufforderung, während Tsubba die Anweisung bekommt, den einen Stuhl zu entfernen. Das ist sein großer Auftritt. Er zieht sich die Hose hoch, steckt übereilig Teile des Hemds rein und richtet seinen albernen Baumwollschal zurecht. Mit der Gewissheit, jetzt nicht nur von einem Millionenpublikum, sondern auch von seinen Eltern im Job endlich mal wahrgenommen zu werden, schreitet er wie ein Catwalk-Model in die Kulisse, versucht, so unauffällig wie möglich in jede Kamera zu gucken, und lässt sich extrem viel Zeit. Er ist sich sicher: Diese Szene wird, genau wie der Rücktritt selbst, bestimmt in keinem Jahresrückblick fehlen. Tsubba!

Der Fahrstuhl

Trabitz tobt in seinem Büro. Er kann keinerlei Verständnis dafür aufbringen, dass seine Verlegerin eine solche Nachricht in einem anderen Medium lanciert. Das ist doch Wahnsinn! Und seiner Meinung nach nicht zu Ende gedacht. Mit dem Depotauszug in der Hand hätte das BLATT den Finanzminister wunderbar erpressen, sich ihn zunutze machen können. Dabei denkt er nicht nur an die fehlende Unbedenklichkeitsbescheinigung. In erster Linie hätte man seinen »eigenen« Finanzminister in der populistisch dankbaren Eurokrise gehabt. Hätte man diese im Schulterschluss gemeistert, wäre aus Knetter ein Kandidat für das Kanzleramt geworden. Ein Bundeskanzler, vom BLATT gemacht – das ist Trabitz' feuchter Traum. Sein eigener Regierungschef, als Produkt aus dem Giftschrank. Das alles hat die Steil soeben vergeigt. Wie dumm.

Fernsehdeutschland diskutiert das soeben Erlebte. Ein Politikerrücktritt live im TV. Die Zuschauer spüren förmlich die Besonderheit, dabei gewesen zu sein. Die ARD blendet einen +++breaking-news+++-Ticker ein, und wer nicht eh schon vor der Glotze sitzt, erhält SMS wie: »Schalt mal das Erste an« oder: »Schon gehört?«. In der jetzigen Zeit, im Überlebenskampf um Währung und Wohlstand, um Krieg und Frieden, ist ein Finanzminister, der mit Insiderwissen bei einer Schweizer Bank auf den Euro spekuliert, ein echter Paukenschlag. Im Internet glühen die kabellosen Leitungen, und die User müssen sich nicht nur bei Twitter entscheiden: Kommentiert man weiterhin Corners Sprüche, oder fällt einem selbst was Originelles zum Rücktritt des Jahres ein? Egal wie, wo und wer – ganz Deutschland ist nur mit dem einen Thema beschäftigt, und das wurde bei JBC gesetzt. Im Nachhinein hat Corner alles richtig gemacht.

Und doch gibt es zwei Menschen, die von alledem nichts ahnen. Sie sitzen in einem alten Saab-Cabrio und hören »We are the Champions« vom Queen-Album *Live at Wembley '86* auf Kassette. Das Radio ist kaputt (wie so vieles in dem Wagen), und ihre Handys haben sie im Eifer des Gefechts in der »Wir sind doch Kollegen«-Schale des Druckhauses liegen lassen. Story und Trinkgeld also.

Trinkgeld hat sofort bemerkt, dass Story in dieser Karre wohnt. Der Innenraum gleicht einem begehbaren Kleiderschrank, und im Dosenhalter steckt ein Plastikbecher mit Zahnbürste, Einwegrasierer und Deostift. Während der junge Kollege fortwährend damit beschäftigt ist, weitere Absurditäten im Fahrzeug zu entdecken, moderiert Story den nächsten Song mit einer schrägen Anekdote an. Queen-Sänger Freddie Mercury versprach 1986 auf dem Konzert seinen Fans, dass die Band bis zum Tod zusammenbleiben würde. Er wäre sich da absolut sicher. Damals ahnte niemand, dass es schon fünf Jahre später so weit sein würde. Im Anschluss an seine prophetische Aussage spielte die Band »Who wants to live forever«, so wie jetzt auch auf Kassette, und Trinkgeld entdeckt nebenbei eine ausgelaufene Portionspackung Kaffeesahne, die sich krustenartig mit dem Armaturenbrett verbunden hat und – trotz ihres mehrwöchigen Daseins – einen unangenehm sauren Geruch verbreitet. Dieser Geruch, in Kombination mit kaltem Rauch und altem Schweiß, sorgt dafür, dass sich Trinkgeld zwar über die gute Laune seines Chefs freut, es aber nur schwer in dem Auto aushält.

Wenige Augenblicke später stoppt das schwedische Wohnklo vorm Eingang von Studio C, und so, wie die beiden aussehen, bleibt dem liebevoll ausgebildeten Mann vom Sicherheitsdienst nichts anderes übrig, als zu fragen, ob sie den Fahrstuhl reparieren wollen.

Story fasst die Gelegenheit beim Schopf und antwortet mit: »Jawoll! Notdienst, OTIS-Aufzüge, wo ist denn das gute Stück?«

»Na, gleich hier vorne, hinter mir.« Doch als Story mit seinem Kollegen an dem Mann mit Knopf im Ohr vorbeihasten will, baut der alles an Körper auf, was Steroide und Eiweißshakes die letzten Jahre zusammengezaubert haben. Story ahnt Böses. Der etwas schlichte Typ will jetzt bestimmt einen Ausweis sehen, eine Visitenkarte oder einen Reparaturauftrag. Irgendwas Offizielles. Es hätte so schön sein können, und jetzt das. Verdammt. Doch nichts davon. Ganz im Gegenteil.

»So, hier zwei All-Area-Ausweise für Sie und Ihren Kollegen, damit könnt ihr euch frei bewegen. Willkommen beim Fernsehen!«

Tagesthemen

Corner wendet sich Franziska Steil zu. Die trägt ihren Triumph im Gesicht spazieren. Sie hat es geschafft. Ihr Plan ist aufgegangen.

»Frau Steil, Ihre Publikationen haben den Finanzminister wegen seiner Europolitik schon seit einigen Wochen angegriffen.« Corner überlegt kurz, wie er ihr am besten eine Aussage abringen kann, die bestätigt, dass er nicht mit ihr unter einer Decke steckt. »Ich bin nicht so naiv zu glauben, dass Sie zufällig meine Sendung nutzen, um eine Bombe zu zünden, die auch in Ihrer Zeitung BLATT hätte hochgehen können. Haben Sie einen Hintergedanken? Ich fahre nicht zufälligerweise gemeinsam mit Julius Knetter in einem Fahrstuhl nach unten?«

Die Steil muss lachen. Natürlich weiß sie ganz genau, was Corner damit bezweckt, und erkennt seine strategisch-intelligente Absicht. Das gefällt ihr. Auf so hohem Niveau tut sie ihm gern den Gefallen, denn ihr Deal ist durch und das Ergebnis einfach nur fantastisch.

»Nein, Herr Corner, Sie stehen weder in irgendeinem Fahrstuhl, noch hat der Umstand des Leaks etwas mit Ihnen persönlich zu tun. Es war einfach der Tatsache geschuldet, dass der Finanzminister hier in der Sendung war und ich ihm meine Erkenntnisse persönlich präsentieren wollte. Ich bestätige Ihnen sehr gerne, dass weder Ihre Redaktion noch Sie selbst in diesen Vorgang involviert waren.«

Corner fällt ein Stein vom Herzen. Das war ein Freispruch erster Klasse.

»Wissen Sie denn schon, was morgen im BLATT steht?«

»Nein. Weder was im BLATT noch was in anderen Tageszeitungen der Steil Media AG steht. Ich nehme grundsätzlich auf redaktionelle Entscheidungen meiner Zeitungen keinen Einfluss. Auch war der Depotauszug des Finanzministers keinem meiner Chefredakteure vorher bekannt. Ich habe hier, wie man so schön sagt, auf eigene Faust gehandelt.«

»Das ist aller Ehren wert«, sagt Corner, »eine Angelegenheit von größtem öffentlichen Interesse den eigenen Medien nicht exklusiv vorzubehalten. Aber woher stammen die Dokumente? Haben Sie dafür gezahlt?«

Amüsiert antwortet die Steil, ohne sich aus dem Konzept bringen zu lassen. »Gehen Sie einfach davon aus, dass eine Frau meines Formats über Informationen verfügt, die ungefragt an mich herangetragen werden, da man meiner Auffassung von Verantwortung traut. Und nein, ich habe nicht dafür gezahlt.«

»Gehört es auch zu dieser Verantwortung, dass das BLATT seit Wochen gegen den Euro Stimmung macht, gegen Griechenland hetzt und Ressentiments bedient?«

»Noch mal: Ich habe keinerlei Einfluss auf Inhalte meiner Zeitungen. Chefredakteur Carl Trabitz hat mir aber in einem persönlichen Gespräch bestätigt, dass es bei einem Großteil der Leser genau diese Stimmung gibt. Der Euro ist in der Bevölkerung nicht so unumstritten, wie viele Politiker glauben wollen. Wir erreichen mit dem BLATT täglich mehr als zwölf Millionen Menschen, und – bei aller Bescheidenheit – würden wir da so viel verkehrt machen, wären es merklich weniger. Meine Zeitungen schreiben für ihre Leser, nicht für eine politisch verordnete Eurotreue.«

Der letzte Satz veranlasst Andreas Fenster sofort, ihr beizuspringen. »Mein Reden! Die Politik ist viel zu weit von Volkes Stimme entfernt. Ich würde wetten, dass eine Abstimmung über den Euro zum Austritt führen würde. Eine Solidargemeinschaft muss auch Grenzen haben.«

Meyer-Unwucht weist ihm die Grenzen seiner Argumentation auf. »Ohne die Steil Media AG hier über die Maße loben zu wollen, bedenken Sie bitte, dass es durchaus Publikationen in dem Verlag gibt, die pro Euro sind. Die Wirtschaftszeitung zum Beispiel.«

»Die demnächst eingestellt wird«, wirft Fenster ein und holt sich Applaus ein.

»Eingestellt wird sie nicht, wir bieten sie nur noch digital an, was den Lesern laut aktuellen Abrufzahlen im Internet entgegenkommt. Das ist kein Rückschritt, sondern Fortschritt«, greift die Steil ein, bis die Grünen-Finanzexpertin ihren eigentlichen Gedanken weiterführt. »Sehen Sie, Herr Fenster, Sie vereinfachen die Dinge zu sehr. Es bleibt wesentlich vielschichtiger, als Sie denken. Außerdem haben wir eine regelmäßige Volksabstimmung, und die heißt Bundestagswahl.«

Wie der Zuschauer es von solchen Debatten gewohnt ist, versuchen die Teilnehmer gar nicht erst, sich auf irgendwas zu einigen, sondern werfen einander Nichtwissen und Unverständnis vor. Daran kann auch Corner im Moment nichts ändern, und er ist froh, als ihm Tsubba signalisiert, dass die Sendung sich dem Ende zuneigt, indem er ihm eine Pappe mit der Aufschrift »Twitter + Tagesthemen + Vivantes Klinikum Neukölln« hochhält und mit fünf Fingern anfängt runterzuzählen. Hier gibt es auch keinen Krieg mehr zu gewinnen, die Siegerin der heutigen Schlacht steht fest. Franziska Steil hat ihre Sache am besten platziert, umgesetzt und abgeschlossen. Sie nimmt als Einzige aus der Runde einen Mehrwert mit. Wegen Andreas Fenster wird es morgen nicht einen Eurokritiker mehr oder weniger geben, Silke Meyer-Unwucht war ähnlich belanglos, ein Botschafter muss sich eh nicht bei der Bevölkerung anbiedern, und NATO-Schöfferhuber hat als CDU-Fraktionsvorsitzende genau das gesagt, was ihre Parteiführung hören wollte. Die Steil hat gewonnen, der deutsche Finanzminister verloren. So ließe sich die Sendung zusammenfassen, wenngleich der Moderator a) das besser kann, b) Alfred Krallmann nicht vergisst und c) wie immer für eine Überraschung gut ist.

»Wir kommen so langsam zum Ende der Sendung, und ich möchte trotz der turbulenten Endphase noch einmal darauf hinweisen, dass uns Alfred Krallmann gleich zu Beginn ein paar weise Worte mit auf den Weg gegeben hat, an die wir uns länger erinnern sollten, als diese Sendung in der Mediathek zur Verfügung steht. Normalerweise käme jetzt noch Jenny mit einem kurzen Überblick darüber, was Sie uns an Kommentaren zur Sendung, zum Thema und bestimmt auch zum Rücktritt des Finanzministers geschickt haben, jedoch habe ich da heute keine Lust mehr drauf. Also nicht auf Jenny, sondern auf stark verkürzte Meinungen in noch kürzerer Zeit. Außerdem beginnen gleich die *Tagesthemen*, und ich frage meine Kollegin Pia Loheide, was diese denn sind.«

Corner dreht sich zu einem der Studiomonitore, und im Wissen, die Premiere seiner Show ganz ordentlich über die Bühne gebracht zu haben, begrüßt er die Nachrichtensprecherin locker mit: »Hallo, Pia!«

»Guten Abend, Herr Corner.«

Herr Corner? Was soll das denn? Es ist zwar keine Probe mehr, aber die plötzliche Seriosität irritiert den Moderator. Außerdem guckt sie auf irgendeine Weise verstört. Ein »Yo Cornerchen« hat es ja nicht gleich sein müssen, aber ein »lieber John-Bob« oder so schon. Beide kennen sich seit geraumer Zeit nicht nur von diversen TV-Auftritten, die sie in den freitäglichen Boulevard-Talkshows der Dritten gemeinsam absolviert haben, sondern verkehren auch privat miteinander. Pia Loheide ist seltsam distanziert, fummelt an ihren Zetteln rum, und man merkt ihr förmlich an, dass sie diese Schalte so schnell wie möglich hinter sich bringen möchte.

»Nun ja, natürlich ist der Rücktritt von Finanzminister Julius Knetter auch ein Thema bei uns. Wir haben bereits erste Stimmen der Opposition einfangen können und schalten gleich zum Regierungssprecher, um ein erstes offizielles Statement zu bekommen. Bitte, bleiben Sie dran.«

Kein »Auf Wiedersehen« zu Corner, keine Geste der Verbundenheit, kein Garnichts. Normalerweise verlaufen solche Übergaben immer locker und sind von gegenseitiger Sympathie getragen, selbst wenn sie manchmal nur für den Zuschauer gespielt ist. Aber in dem Fall war das kurze Gespräch von einer einseitigen Kälte geprägt, die ihren Höhepunkt im letzten Blick der *Tagesthemen*-Moderatorin fand. Sie sah Corner enttäuscht an. Davon ausgehend, dass sich das später als Missverständnis aufklären würde, segelt Corner weiter gut gelaunt dem Ende der Sendung entgegen. Nur noch wenige Sekunden, und er hat es geschafft. Der Druck, die Anspannungen der letzten Wochen, des heutigen Tages allein, fallen von ihm ab in ein Becken der Erleichterung.

»Danke, Pia. Mir bleibt noch, unseren Regisseur, den Joseph, lieb zu grüßen, der mit Herzproblemen im Vivantes Klinikum Neukölln liegt. Lieber Joseph, gute Besserung, Grüße nach Neukölln, ich bin mir sicher, dass du uns jetzt zuschaust, aber ›bitt'schön‹ kümmere dich um deine Gesundheit. Das war es, die erste Ausgabe JBC, ich bedanke mich fürs Zuschauen, bei meinen Gästen im

Studio und freue mich auf nächsten Sonntag, 21.45 Uhr, in meinem neuen Lieblingssender, dem Ersten Deutschen Fernsehen. Auf Wiedersehen!«

Die Zuschauer im Studio sind übers Ende genauso froh wie Corner. Die Dichte, Spannung, Hektik, Emotionen – kurz, die unglaubliche Intensität dieser Sendung hat ihre Spuren hinterlassen.

Im Regieraum fallen sich Groschen-Klaus und Ivana in die Arme, Tsubba wirft alles an Headsets, Stoppuhren und Klemmbrettern in hohem Bogen von sich, während sich die Talkgäste aus ihren Sesseln erheben, die Hände reichen und im Wissen darüber, dass sie neben dem Abspann noch eine knappe Minute im Bild zu sehen sind, so tun, als würden sie weiterdiskutieren. In Wirklichkeit sprechen sie sich wegen der Aftershowparty ab oder tauschen Kontakte aus, um dann auf einmal doch gemeinsame Interessen voranzubringen. Es gibt nichts Verlogeneres als die stummen Schnittbilder der Gesprächsteilnehmer zum Schluss einer Talkshow.

Corner entzieht sich der Szenerie, bedankt sich noch einmal bei dem Hundertjährigen und seiner zweiten Frau, lädt die Adlershofer Nutten im Sinne vom Joseph zur Aftershowparty ein und begibt sich unter Empfangnahme einiger persönlicher Glückwünsche vom Studiopublikum zum Blogger. Sie küssen sich auf den Mund. Das sorgt für weiteren Zuspruch, und schnell findet er sich in einer Traube Menschen wieder, die ihre Meinungen kundtun, nach dem Depotauszug fragen (den Corner bereitwillig rausrückt) und lebhaft zu diskutieren beginnen, bis Mitarbeiter der Zuschauerbetreuung sie bitten, das Studio zu verlassen.

Die Kameraleute bringen ihr Gerät in Ruheposition, die Kabelhilfen legen alles zusammen, was schwarz und rund am Boden liegt, während sich abseits Groschen-Klaus mit der Steil unterhält. Ihr Chauffeur hat zwischenzeitlich Benno ins Studio gebracht, der die neue Umgebung extrem spannend findet.

Ivana und Tsubba befinden sich ebenfalls noch in der jetzt hell erleuchteten Kulisse, alle anderen sind schon auf dem Weg zur Party. Die Studiomonitore übertragen im Hintergrund die *Tagesthemen*, und im Anschluss an das Interview mit dem Regierungssprecher, das bis auf die üblichen Floskeln wenig Erhellendes zu bieten hatte, trägt Pia Loheide die nächste Nachricht vor:

»Berlin. Wie die Boulevardzeitung BLATT in ihrer morgigen Ausgabe berichten wird, gibt es um den Fernsehmoderator John-Bob Corner einen handfesten Skandal. Er soll sich sexuellen Handlungen hingegeben haben, die gegenüber den amtierenden Präsidenten der USA, Russlands und Frankreichs schwer ehrverletzend sind, und in diesem Zusammenhang auch den in Deutschland verbotenen Hitlergruß gezeigt haben. Das Erste überprüft die Vorwürfe gegen den Gastgeber der Polittalkshow JBC, die heute ihre Premiere feierte.«

In dem eben noch sehr betriebsamen Studio herrscht auf einmal Totenstille. Alle gucken auf die Monitore. Alle bis auf Corner. Der guckt auf Franziska Steil, die sich ihm mit hochgezogenen Achseln und fragendem Blick zuwendet. Jeder ist auf seine ganz eigene Art und Weise fassungslos. Corner, weil er doch einen Deal hatte, die Steil, weil sie alles getan hat, um eine Berichterstattung zu verhindern, und das Team, weil es seinen Moderator zwar als verrückten Hund kennengelernt hat, die von den *Tagesthemen* parallel zur Ankündigung gezeigten Bilder aber dennoch schockieren.

Noch bevor jemand seine Worte wiederfindet, betritt Story die Bühne. Mit seinem hoch in die Luft gehaltenen Exemplar des BLATT schreitet er wie ein General im Stechschritt auf den Exerzierplatz. Nur sieht er mit Lederjacke, fettigen Haaren, weit aufgeknöpftem Hemd und ausgelatschten Slippern eher aus wie ein Zuhälter, dem die Nutten weggelaufen sind. »Extrablatt, Extrablatt, Extrablatt!«

Die Steil guckt ihn entsetzt an, Corner stürmt auf ihn zu. »Gib her, du fucking asshole!«

Hektisch blättert er durch die Zeitung. Diese Schweine. Die Steil hat ihn reingelegt.

»Bitch!«, schreit er sie an.

Das sind die Bilder, die Trabitz wollte. Corner mit der Zeitung in der Hand, die ihn die Karriere kosten wird. Die ihn alles kosten wird: Ansehen, Heimat und Geld. Die totale Vernichtung. Story kann sein Glück gar nicht fassen. Mission completed. Doch wer macht das Foto?

Das Foto

Zu dumm, dass Trinkgeld und Story ihre Handys in der Druckerei vergessen haben. Während sich der Nachwuchsreporter über die vertane Chance ärgert, damit das Foto seines Lebens zu schießen, scheint Story das überhaupt nicht zu stören. Er genießt den Moment auch so.

Genüsslich beobachtet er Corner dabei, wie er Seite für Seite seine Gesichtsfarbe verliert. Seine Geschichte kam gerade in den *Tagesthemen*, wen interessiert da ein Foto mit dem Wichser?

Trinkgeld legt sich schnell seine alte Kellnerschürze an und versucht sein Glück auf der Aftershowparty nebenan. Wie reagieren die Leute da? Er möchte die Stimmung von Anfang an einfangen.

Die Steil bleibt erstaunlich ruhig. Sie hat Benno bei Fuß gerufen, rechnet damit, jederzeit des Studios verwiesen zu werden, und analysiert das Für und Wider der Titelgeschichte. Natürlich ist es ein ungeheuerlicher

Vorgang, dass Trabitz entgegen ihrer Anweisung gehandelt hat. Er muss sich eine Kopie des Videos von Underberg besorgt haben. Auf der anderen Seite hat das BLATT am Tag nach dem Knetter-Sturz ein eigenes Thema gesetzt. Das muss man sich mal vorstellen. Jede, aber auch wirklich jede Tageszeitung wird morgen mit dem Rücktritt aufmachen, mit einer Schlagzeile zum Finanzminister um Käufer buhlen. Nur ihr BLATT, das per se immer die prominenteste Verkaufsposition im Einzelhandel innehat, hat Corner auf Seite eins. Den Mann, in dessen Show sie den Finanzminister gestürzt hat. Die Leute müssen morgen also zwei Tageszeitungen kaufen. In jedem Fall das BLATT und eine zweite, um mehr über die Umstände des Rücktritts zu erfahren. Da der Steil neben dem Flaggschiff ein Drittel des restlichen Zeitungsmarktes gehören, wird sie überproportional profitieren.

So sehr sie der Gedanke, ihr Wort gebrochen zu haben, anwidert, beim Gedanken daran, wie die morgigen Verkäufe unter diesen Umständen ausfallen werden und dass der Aktienkurs der Steil Media AG um mindestens fünf Prozent höher eröffnen wird, läuft der Steil ein wohliger Schauer über den Rücken. Ihr Unternehmen war soeben an Beitrag eins und zwei der *Tagesthemen* wesentlich beteiligt. Jetzt müsste sie Trabitz wirklich dankbar sein.

Und Corner? Ein Mann von gestern. Tot. Von der Nummer erholt sich niemand. In den nächsten Wochen werden sich noch zahlreiche Kerle melden, mit denen er ebenfalls perverse Sexspiele veranstaltet hat. In Politik und Gesellschaft wird er nie wieder eine Rolle spielen. Er ist ein Aussätziger. Selbst eine Flucht nach England würde ihm nur bedingt helfen. Die Boulevardmedien dort sind noch viel härter. Ihm bleibt fast nur der Strick.

Für die Steil ist Corner ein Einzelschicksal, ein Kollateralschaden, ein Malheur. Dennoch möchte sie eine gewisse Form wahren. Nach ihrem Talkshow-Auftritt findet sie endgültig Gefallen an der Rolle einer Grande Dame. Storys Schauspiel will dazu nicht passen.

»Kommen Sie her, Dörner.«

»Was ist denn, Franziska?«

Story hat ein generelles Problem mit der Steil. In seinen Augen ist sie weder geeignet, einen Verlag zu führen, noch hat sie die legitime Berechtigung dazu. Sie hat geerbt. Glück gehabt. Mehr nicht. Sie kennt ihn wiederum von Kindesbein an. Er war ein guter Freund ihres Vaters, ein viel besserer, als Trabitz es war. Er war oft bei ihnen zu Hause, auch wenn der alte Steil nicht da war, er ging mehr oder weniger ein und aus.

»Was soll das?«, fährt sie ihn an.

»Wir haben unseren Job gemacht. Wir sind Journalisten, keine Marionetten.«

»Woher haben Sie das Video?«

Story überlegt kurz. »Underberg hatte noch eine Kopie. Ich soll Sie lieb von ihm grüßen, Ihr Besuch bei ihm muss ja äußerst dramatisch gewesen sein.«

»Nicht viel dramatischer als Ihr Auftritt hier. Wir verlassen jetzt gemeinsam das Schlachtfeld. Der Mann ist gestraft genug, der muss sich nicht noch Ihr dreckiges Lachen anhören.«

Richtung Corner ruft sie noch: »Tut mir leid, ich wusste davon nichts«, fasst Story an den Unterarm und führt ihn Richtung Ausgang. Benno folgt beiden schnell.

»Wie? Das war es?«

»Ja, was haben Sie sich denn vorgestellt, Dörner? Eine Siegerehrung?«

»Ein Drink würde mir reichen. Nach alter Verleger-Sitte. Auf die morgige Zeitung!«

Der Steil ist unwohl dabei. Soll sie jetzt mit einem Freund ihres Vaters auf etwas anstoßen, das sie untersagt hat? Auf der anderen Seite war das heute ein erfolgreicher Tag. Sie könnte sich diese Schwäche leisten und einen Drink durchaus vertragen.

»Na gut. Einen.«

Mit solchen Antworten kennt Story sich aus. Und er wäre nicht der Typ, der er ist, wenn ihm nicht überall in Berlin sofort eine Kneipe in der Nähe einfallen würde, wo er entweder schon mal war oder schon immer mal hinwollte.

»Gleich nebenan ist das Imma uff.«

»Na toll, ich dachte eher ans Borchardt.«

»Quatsch, kurze Wege. Komm, Franziska.«

Wenn er sie Franziska nennt, fühlt sie sich wie ein Kind. Insbesondere ist ihr in Erinnerung geblieben, dass, egal wann und wo sie ihn sah, er immer ein anderes Auto fuhr und nicht zweimal dieselbe Frau dabeihatte. Story war immer der Chaot, der besoffene Onkel. Und mit dem soll sie jetzt in einen Laden, der »Immer uff« heißt? Na, denn mal prost.

Aftershowparty I

Das Wichtigste vorab: Eine Aftershowparty *muss* stattfinden! Egal, wie schlecht der Gig war, egal, was hinter den Kulissen passiert ist, egal, wer sich mit wem auf der Bühne zerstritten hat. Selbst wenn der Rock 'n' Roll tot ist, dieses Erbe muss gepflegt werden. Eine Aftershowparty ist wie die Vorstellung eines reifen Pfirsichs, dessen Saft angenehm kribbelnd am Kinn runterläuft, während man im heißen Wüstensand umherirrt und kurz vorm Verdursten ist. Sie ist das Ziel. Das letzte große Versprechen im Medienzirkus.

Es hat was mit Verantwortung zu tun, so etwas nicht abzusagen. Und so war »Die Aftershowparty findet statt« Corners Antwort auf Tönsings Frage, ob man sie nicht besser abblasen sollte. Natürlich ist keinem der Gäste nach Feiern zumute. Auch bei denen, die eben nicht mehr im Studio waren, hat sich die Nachricht vom Sexskandal rumgesprochen. Alle starren auf ihre Smartphones, checken die Nachrichtenseiten und sehen im abgedunkelten Nebenraum mit ihren hellblauen Gesichtern aus wie indirekt beleuchtete Zombies. Fürchterlich. In der einen Hand die Funke, die andere wischt, streicht oder tippt, und der Kopf hängt auf halb zwölf. Möchte man wirklich so aussehen? Mit der Haltung eines Neandertalers, der das 3G entdeckt hat?

Der Mensch ist offensichtlich eine Fehlkonstruktion. Oder die Telefone. Trotzdem gelten beide als intelligent. Auf jeden Fall mangelt es eindeutig an Respekt gegenüber der Party. Niemand besitzt den Anstand, sich ordentlich zu besaufen. Denn bis auf die Stimmung ist alles vorhanden, was eine gute Aftershowparty ausmacht. Es gibt jetzt doch eine Tanzfläche, einen DJ, der keine Musikwünsche entgegennimmt, und reichlich Alkohol. Den Rest müssen die Teilnehmer erledigen. Und auch bei denen ist durchaus Potenzial vorhanden. Masken-Babsi ist dafür prädestiniert, Drogen in die Getränke zu mischen, Groschen-Klaus ist der perfekte Eintänzer und Tsubba für sexuelle Belästigungen zuständig.

Corner betritt den Raum. Kein Applaus, keine Glückwünsche, nur betretene Stille. Selbst die Adlershofer Nutten hören kurz auf, ihre Nägel nachzulackieren, um eine Art Schweigeminute einzulegen. Das hier ist keine Aftershowparty, das ist eine Beerdigung. Ein paar durchaus ansehnliche Hostessen versuchen verzweifelt, den auf Verdacht bereits in Kelche gefüllten Champagner loszuwerden, haben aber keine Chance. Die Hände aller Anwesenden kleben schon wieder an ihren Telefonen, und die Gedanken kreisen offensichtlich darum, wie man möglichst unauffällig von hier wegkommt. Weg von dem Mann, der sich bei perversen Sexpraktiken filmen lässt. Auch die Mitglieder seiner eigenen Redaktion üben sich in Nichtbeachtung des Moderators und der Getränke. Idioten.

Corner nimmt sich eines der Gläser und prostet zaghaft den Menschen zu, die sich noch in seiner unmittelbaren Nähe befinden: Sushi, die Gurke, und der Blogger. Mehr sind es nicht. Ivana überwacht die letzten Aufräumarbeiten im Studio, Tsubba und Groschen-Klaus diskutieren ihre PR-Strategie vor der Tür. Corner ist ihrer Meinung nach nicht zu halten, ein schneller Rauswurf des Moderators und vorbehaltlose Distanzierung ist die einzige Möglichkeit. Der Finanzminister hat gerade vorgemacht, wie so etwas geht: kurz und schmerzlos. Schade um den schönen JBC-Vorspann, den niemals ein Fernsehzuschauer zu sehen bekommt. Bis ein Nachfolger gefunden ist, wird eben nach dem *Tatort* gleich noch einer ausgestrahlt, es gibt ja genug von dem Zeug. Trotzdem deprimierend. Was hätte aus dem Typen alles werden können?

»Guck mal, John!« Corners Lover ruft ihn aufgeregt herbei. In seiner Stimme klingt mehr Hoffnung, als alle Beteiligten zusammen im Moment aufbringen könnten. Hektisch hält er ihm das aufgeschlagene BLATT hin. »Schau doch, der Fuß!« Auf einem Foto im Innenteil sieht man den Moderator, wie er stehend Getränke bestellt. Oder laut Bildunterschrift den Führer grüßt. Corner fällt es schwer hinzugucken, er schämt sich. Der Blogger deutet aufgeregt auf das Foto.

»Guck genau hin!«

»Ja, und?«

»Mensch, der Fuß, dein rechter Fuß!« Voller Euphorie schreit der Blogger: »Macht das Licht an! Macht das Licht an! Schnell!«

Die anderen Gäste lassen plötzlich von ihren Smartphones ab und verfolgen das Geschehen. Was ist da auf einmal los? Der nächste Skandal?

»MACHT DAS LICHT AN!«

Von dem Geschrei werden auch Groschen-Klaus und Tsubba angelockt. Letzterer weiß, wie man das Licht anschaltet, und kurz danach bricht es aus Corner raus: »YES, YES, YES – fucking assholes, that's not me!«

Er springt in die Luft, hält allen das Foto vor die Nase und rennt rum wie ein Geisteskranker.

»Look at this, look at this, look. That's not me!« Er stellt sich auf die Tanzfläche und fordert ein Mikro vom DJ. Dabei entledigt er sich seines rechten Schuhs inklusive Socken, was zunehmend für Irritation sorgt. Dreht er jetzt völlig durch?

»Herzlich willkommen zur Aftershowparty von JBC. Keine Angst, das Licht wird gleich wieder gedimmt, und bevor ich mich mit ein paar persönlichen Worten an Sie wende, bitte ich Sie, die hübschen Mädchen um den Champagner zu erleichtern, der tablettweise darauf wartet, getrunken zu werden. Nehmen Sie sich ein Glas, wir haben Grund, anzustoßen.«

Erst mal abwartend, was da so kommen mag, verzichtet ein Großteil darauf, dafür nehmen sich Vereinzelte gleich zwei Gläser. Das sind in erster Linie die Techniker und Kameraleute, denen eh total egal ist, was gleich passiert. Erstens sind sie gerade erst gekommen, und zweitens interessieren sie sich wirklich nur fürs Saufen. Was auf einer Aftershowparty nicht stört. Ganz im Gegenteil. Endlich mal vernünftige Leute hier.

Corner fährt fort: »Ich muss mich bei Ihnen entschuldigen. Für meine Lethargie. Ich war die letzten zehn Minuten nicht ich selbst, wurde aus der Bahn geworfen, habe mich aus der Bahn werfen lassen. Durch einen Vorwurf, der so ungeheuerlich ist, dass ich ihn einen Moment lang nicht einzuordnen wusste. Präsentiert von einer medialen Übermacht, die mich verzweifeln ließ. Ich war ohnmächtig, konnte nicht handeln. Meinem Freund ist es zu verdanken, dass ich wieder zu mir selbst gefunden habe. Danke, Florian!«

Florian also. Der Blogger heißt Florian. Nett.

»Ich bin nicht die abgebildete Person im BLATT. Das bin nicht ich! Ich habe diese Sexparty weder veranstaltet noch an ihr teilgenommen. Es ist eine verdammte Lüge. Ein Rufmord!«

Die Leute schauen ihn verdutzt an. Er hätte jetzt auch genauso gut sagen können, dass die Mauer wieder steht.

»I know, es klingt unglaublich, aber sehen Sie selbst.« Corner zeigt auf seinen rechten Fuß. »Ich habe eine

Anomalie. Sechs Zehen anstelle von fünf. Die Mediziner bezeichnen das als Polydaktylie. Und die ist äußerst selten. Schauen Sie sich nun das Foto im BLATT an. Der Typ hat nur fünf Zehen, ganz normal also. DAS BIN NICHT ICH!«

Ein Raunen geht durch die Menge. Wie auf einem mittelalterlichen Jahrmarkt zieht der Freak das Publikum in seinen Bann. Sofort holen die ersten ihre Handys wieder hervor und fotografieren, wie er ihnen seinen anormalen Fuß entgegenstreckt.

Die Politikerin der Grünen fasst ihn an und ruft: »Alles echt!«

NATO-Jette-Malin von der CDU kann es nicht fassen. Schwul, sechs Zehen, Engländer – lieber Gott im Himmel.

Fenster und der französische Botschafter sind irgendwie erleichtert. Auch wenn sie Corner nicht mögen, aber der Party tut die Info ganz gut. An den Stehtischen warten immerhin ein Dutzend Nutten auf Typen wie sie.

Corner ist außer sich vor Freude. »Jenny, schnell. Komm her! Wie viele Follower haben wir auf Twitter, Facebook und so?«

»Hunderttausende. Es kommen sekündlich Unmengen dazu.« Sie guckt ihn fragend an. »Wieso?«

»Fotografier mich mit meinem Fuß und dem BLATT in der Hand. Stell das Foto ins Internet und schreib, dass ich das nicht bin.«

Florian setzt mit #THATSNOTME das passende Hashtag, und innerhalb von Minuten verbreitet sich die

Nachricht, dass John-Bob Corner nicht die im BLATT abgebildete Person ist. Wenn diese sozialen Medien und Smartphones für irgendetwas gut sind, dann dafür, eine Party genauso wieder in Gang zu bringen, wie sie davor dafür sorgten, dass sie fast ins Wasser gefallen wäre. Der Champagner fängt an zu fließen. Und zwar in Strömen. Party on!

Aftershowparty II

Im Imma uff bekommt niemand was von der Aufregung mit. Storys Handy wurde soeben vom Wachdienst in der Druckerei ausgestellt, weil es in einer Tour klingelte, und bei dem von der Steil ist der Akku leer.

Dafür unterhalten sich beide in einer nicht für möglich geglaubten Eintracht. Dieser Laden hat wahrlich magische Kräfte. Er verbindet Menschen, die sich zuvor weit voneinander entfernt glaubten. Mittels einer Theke und Getränken. So einfach, so gut. Und vor allem ohne komplizierte Öffnungszeiten. Nun liegen sich die Verlegerin und ihr Klatschreporter nicht gedankenverloren in den Armen, aber sie sprechen miteinander. Sie sprechen sogar relativ normal miteinander. Er verzichtet auf jegliche Art von Neid, und die Steil behandelt ihn nicht wie Dreck. Sie haben ihr berufliches Setting verlassen. Auf der einen Seite die kleine Franziska und auf der anderen Onkel Manfred, der sie hat aufwachsen sehen. Die gemeinsame Vergangenheit als Basis für ein Gespräch zwischen Menschen, die sich irgendwann mal verloren haben. Nicht räumlich, sondern in Lebensumständen.

Die Steil wollte diesen ganzen Verlag nie haben. Die Verantwortung, die Last. Das sollte aber niemand erfahren. Nur Benno weiß, wie sie sich wirklich fühlt. Dummerweise hält man es auf Dauer nicht aus, sich ständig mit einem Hund über seine Gefühlswelt zu unterhalten.

Und Story? Sein Leben ist nicht weniger verkorkst. Er hat im Alkohol einen Gesprächspartner gefunden. Auch wenn seine Familie noch lebt, hat er sie genauso verloren wie die Steil ihre. Und der Job? Der ist eine Sackgasse. Von hinten zugeparkt. Kein Vor und kein Zurück. An Trabitz wird er nie vorbeikommen. Trotz der Corner-Geschichte. Nie war ihm das klarer als in diesem Moment.

Auch diese Erkenntnis gehört zu einer Aftershowparty. Es ist vorbei. The Show is over. Der große Auftritt liegt hinter, der nächste vor einem. Wird er genauso gut? Besser, schlechter? Stellt sich irgendwann der Ruhm ein, oder war alles umsonst? Die Steil hat den Finanzminister erledigt und Story vermeintlich Corner, aber sind die beiden deswegen jetzt glücklicher? Normalerweise sind das Gedanken für den nächsten Tag, aber wenn die Anspannung nachlässt, fangen die Gedanken ganz automatisch an, um dieses Thema zu kreisen. Es ist die Einsamkeit des Protagonisten. Und genau deshalb ist man auf Aftershowpartys nie allein. Man schart Menschen um sich, um abgelenkt zu werden.

Im Imma uff ist außer der Steil und Story aber niemand. Der Wirt sitzt vor seinem Spielautomaten, Benno pennt im Wagen beim Chauffeur, und der Reporter und die Verlegerin feiern die kleinste Aftershowparty der Welt. Vereint in ihrer Einsamkeit.

Es folgt eine intensive Unterhaltung über das Leben, die Familie und das Schicksal. Nur der Job bleibt außen vor.

Story kann der Steil eine Menge über ihre Kindheit erzählen. Anekdoten, an die sie sich nicht mehr erinnern kann. Sie wiederum trägt aus ihren Erinnerungen vor, und Story ist erstaunt, an welche Details aus seinem Leben sie sich erinnern kann. Ihm fehlt genauso viel wie ihr. Schon komisch, wer sich an was und an was nicht erinnern kann. Das Gedächtnis ist ein merkwürdiger Kauz.

Manche Dinge setzen sich fest, andere nicht. Warum ist das so? Wer bestimmt die Wertigkeit einzelner Ereignisse? Wer legt fest, ob es sich lohnt, sie abzuspeichern? Ist es der Mensch selbst oder sein Umfeld? Hat man Einfluss auf das eigene Archiv, oder ist es fremdbestimmt? Wer bestückt die Bibliothek des Lebens? Das Gespräch wird immer philosophischer, und die Flasche Tequila immer leerer. Auf eine gewisse Art und Weise haben sie sich gefunden. Da ist mehr als ein gegenseitiges Verständnis für ein ähnliches Schicksal. Sie sind zwar keine Seelenverwandten, fühlen sich aber, als teilten sie sich eine gleiche Abstammung.

»Magst du mit mir Gras rauchen?« Story holt das Zeug raus, das er auf der Admiralbrücke gekauft hat.

Die Steil prustet den letzten Shot in hohem Bogen über die Theke. Der Wirt guckt sich kurz um, nickt zustimmend und wendet sich wieder dem Glücksspiel zu.

»Das ist nicht dein Ernst, Manfred, oder?«

Story stellt die zugleich einfachste und schwierigste Gegenfrage der Welt: »Warum nicht?«

Die Frage nach dem Warum. Niemand kann das Warum final beantworten. Auf jede Antwort kann man wieder nach einem Warum fragen.

»Weil ich immer noch deine Chefin bin!«

»Und warum bist du das?«

»Weil mein Vater verstorben ist.«

»Und warum ist der verstorben?«

»Weil ihn eine Lawine erwischt hat.«

»Und warum hat sie ausgerechnet ihn erwischt?«

»Weil er zum falschen Zeitpunkt am falschen Ort war.«

»Und warum war er da? Warum hat er nicht einen Hubschrauber später genommen? Warum hat er den Abend zuvor nicht mehr gesoffen und verkatert im Bett gelegen, anstelle Ski laufen zu gehen?«

»Komm, du hast gewonnen, gib her das Zeug, wenn es wirklich einen Gott gibt, dann hat er uns heute irgendwie zusammengeführt. Da ist der Joint jetzt auch egal.«

Der Stoff hat es wirklich in sich. Minuten vergehen und fühlen sich wie Stunden an. Irgendwann landen beide in der schwarzen S-Klasse und fahren Richtung Mitte. Story versucht zu schlafen. Dieses Mal hindern ihn keine defekten Stoßdämpfer daran, sondern ein sabbernder Benno, dessen Kopf in seinem Schoß liegt.

Story hievt den Hund durch die Vordersitze neben den Fahrer. Die Steil nutzt den neu gewonnenen Raum und schmiegt sich bei ihm an. Der ohnehin schon zerbrochenen Brille gibt das den Rest, und die Gläser zerbersten in der Innentasche seiner Lederjacke. Er öffnet ihren Zopf und streicht ihr durchs Haar. Es ist zwar viel gepflegter als das der Schlampe im Taxi, trägt aber wieder den Geruch einer durchzechten Nacht in sich. Franziska beginnt, ihm die Hose aufzuknöpfen. Zum Schluss reduziert sich eben alles aufs Menschliche.

»Würde es Ihnen was ausmachen, wenn die Kleine mir einen bläst?«

Der Chauffeur dreht sich um und erschrickt fürchterlich.

Hangover

Die JBC-Aftershowparty eskalierte in bester Tradition. Es gab drei Polizeieinsätze, acht Leichtverletzte und noch viel mehr Toilettensex. Corner kam gar nicht dazu, richtig mitzufeiern, weil er unentwegt Entschuldigungen annehmen musste. Er hat die Veranstaltung dann verlassen und ist in Begleitung von Florian mit dem Porsche ins Borchardt gefahren. Dort saßen auch die Bundeskanzlerin und ihr neuer Finanzminister. Gerade noch rechtzeitig konnte man die Schnitzelbestellung auf vier erhöhen. Florian freute sich, die Kanzlerin einmal persönlich kennenzulernen, und in dieser Konstellation verbrachte die Runde einen gepflegten Abend mit teurem Rotwein und Käse zum Dessert.

Corner war angekommen. Sein Outing, seine Reaktion auf den Rücktritt und die Tatsache, dass er sich dem BLATT nicht ergeben hat, brachten ihm größten Respekt ein. Man kann in Deutschland nicht viel mehr erreichen, als von der Bundeskanzlerin gelobt zu werden. Unser Freund. John-Bob Corner.

Am nächsten Morgen eröffnete der Steil-Media-Aktienkurs nicht wie erwartet mit fünf Prozent im Plus, sondern mit fünfzig Prozent im Minus. Während die Steil-Publikationen von der Falschmeldung des BLATT wie gelähmt waren, brachte der Wettbewerb immer wieder aktualisierte Ausgaben raus, die die Machenschaften von Trabitz & Co. thematisierten.

An diesem Montag wurden so viele Tageszeitungen verkauft wie seit dem Fall der Mauer nicht mehr. Das Erste widmete Corner einen *Brennpunkt*, entschuldigte sich für die Aufnahme des Rufmords in die *Tagesthemen* und sprach dem Moderator das volle Vertrauen aus.

Die sozialen Netzwerke verzeichneten einen unglaublichen Anstieg von neuen Usern, und #THATSNOTME wurde der meistgenutzte Hashtag aller Zeiten in Deutschland.

Der Steil blieb nichts anderes übrig, als das BLATT einzustellen. Von Europas größter Tageszeitung sollte es keine Dienstagsausgabe mehr geben. Das halbierte den Aktienkurs nochmals. Sie verlor innerhalb von achtundvierzig Stunden über zwei Milliarden ihres Vermögens. Dermaßen geschwächt, griffen angelsächsische Hedgefonds nach den restlichen Unternehmensteilen und sicherten sich in kürzester Zeit die Mehrheit. Die seitdem von allen nur noch »Franziska« genannte Ex-Verlegerin konnte noch ihr Penthouse und einige Millionen retten. Auf die Dienste eines Chauffeurs verzichtet sie aber und fährt mittlerweile einen Audi RS 6 Avant. Benno freut sich darüber, dass sie jetzt selbst mit ihm spazieren geht. Ihre Schweizer Bank verwaltet das restliche Vermögen und zahlt ihr je nach Lage an den Kapitalmärkten monatlich zwischen 25 000 und 50 000 Euro Zins- und Spekulationsgewinn aus. Sie liest viel und hat einen Freund. Beides tut ihr gut. Fragt man sie nach ihrem Beruf, gibt sie »Privatiere« an.

Trabitz ist bei der englischen *Sun* untergekommen. Er leitet dort die kostenpflichtige Website und gilt auf der Insel als Erfinder von »No Quality for Money«. Seine meistgeklickte Geschichte handelte von einer Truppe britischer Party-Touristen, die in einem Berliner Nachtclub mit K.-o.-Tropfen sexuell gefügig gemacht wurden.

Underberg hat seine goldene Rolex vom Bierbike-Verleiher nicht zurückbekommen und sich nach Thailand abgesetzt. Aus dem Fa-raon ist ein austauschbarer Hauptstadtclub geworden, der nach dem Skandal dieselben Leute anzog, die schon im Berghain die Stimmung versaut haben.

Mister Rabbit hat sich von dem Sturz nie erholt. Er fristet das Dasein eines ehemaligen Champions bei Trainer Ede und bekommt das Gnadenbrot auf einer großen Koppel. Wenn es ihn mal juckt, läuft er mit den anderen Pferden um die Wette, gewinnt aber nicht mehr.

Trinkgeld hat sich auf der JBC-Aftershowparty so gut angestellt, dass ihm das Cateringunternehmen einen Job als »Bereichsleiter Adlershof« angeboten hat. Da es das BLATT am nächsten Tag schon nicht mehr gab, hat er sofort zugesagt.

Der Joseph hat es leider nicht geschafft. Er ist noch vor dem Ende der Sendung im Vivantes Klinikum Neukölln verstorben. Auf seiner Beerdigung waren alle zwölf Nutten. Ivana ist jetzt die JBC-Regisseurin, und es wurde eine Regieassistenz gefunden, vor der Corner sich nicht mehr fürchtet.

Groschen-Klaus hat sich zur Ruhe gesetzt. Der Stadtführer hat den Job des Redaktionsleiters übernommen. Tsubba ist weiterhin als Produzent tätig. Er war aber in keinem der Jahresrückblicke.

Florian betreibt den bestbesuchten Blog im deutschsprachigen Internet. Er hat sich auf die Aufdeckung von Medienskandalen spezialisiert. Mittlerweile ist er mit Jenny zusammen, da ihm das Schwulsein dann doch zu kompliziert wurde, und Jenny findet es ganz cool, was mit einem Homosexuellen zu haben.

War es das? Nein. Was wurde aus Story? Zu ihm könnte man sicherlich am meisten schreiben. Wie er nach dem Skandal bei seiner Familie angekrochen kam, wie sie ihn erst weggejagt und dann doch aufgenommen hat. Wie er sie wieder enttäuschte und danach um Verzeihung bat. Eine endlose Geschichte um Enttäuschung, Verzeihung, Versprechen und Zerstörung. Zwischen altem Saab-Cabrio und Ritz Carlton. Er hat sich von allen am wenigsten geändert. Warum auch? Er ist, war und bleibt

Story. Wenn schon, dann soll sich die Welt verändern, aber nicht er.

Doch ist er wirklich Franziskas Vater?

Ja, ist er.

Okay, dann bleibt noch eine Frage: Hat sie ihm einen geblasen? Entscheiden Sie selbst.

Die Antwort I

Ja.

Die Antwort II

Nein.

Ich möchte mich neben dem vierten Mann der Doppel-Tennisrunde bei meiner Gang vom Heyne Verlag bedanken, Hanka, Irmi, Markus und Oskar – es war mal wieder eine große Freude mit euch!

NOCH MEHR HARDCORE!

HEYNE HARDCORE ONLINE:

heyne-hardcore.de
facebook.com/heyne.hardcore

CORE – DAS PRINT-MAGAZIN

rund um die Autoren und Bücher
von Heyne Hardcore

HEYNE HARD CORE